目次

写楽殺人事件

プロローグ

一本の掛軸がある。

表装だけを見ると、かなり古いもののようだが、あまり開かれたことがないのか、絵の状態は良い。絵具の剥落（はくらく）や虫喰いの跡もほとんど見られない。軸の標木から下方に二本垂れ下がっている風帯と、絵の上下の縁どりに用いられている裂地（きれじ）は、共に銀欄（ぎんらん）の錦である。当時としては高価な材料である。

絵の色調は茶色が主体となっている。横三十センチ、縦九十センチばかりの絹地の画面には一頭の巨大な獅子が描かれている。

獅子は頭を低く構えて、その眉間から鼻にかけては深く狂暴な皺（しわ）が刻まれている。太く鋭い爪は地面にくい込み、背中まで続くたてがみは一本一本が大きく波うっている。見ている者に、獅子の荒い呼吸までが伝わってくる。今にも画面から躍り出て、襲いかかってでもきそうに、その姿態は激しい。

もちろん、古くから画題に取り扱われている唐獅子ではない。江戸時代のものとしては珍しく写実的なライオン図である。

絵具は日本絵具であるようだ。だが油絵具のような光沢と厚みが、この絵には感じられる。なお仔細に眺めてみると、全面にニスのようなものが塗られていて、それが光沢と厚みを創り出しているのが分かる。油絵具のない時代に、西洋画の雰囲気を何とか伝えようとして考案された技法である。

背景には東洋的な風景が配されている。

獅子はオランダ渡りの銅版画あたりを粉本として描かれたものなのだろうが、それには背景がなくて、作者が新たに足し加えたものに違いない。日本的な松の木や中国的な奇山を背にして、攻撃的に身構えるライオン。まったく不思議な取り合わせと言うほかはない。

しかし筆使いは達者である。

アンバランスという点を抜きにすれば、かなり優れた才能の持主と言っても良い。

絵師の名は、画面の左上部に小さく書きこまれている。

〈寛政戊午如月　東洲斎写楽改近松昌栄画〉

寛政の戊午とは十年のことである。つまり寛政十年二月の何日かに、もと東洲斎写楽と名乗っていた絵師が、近松昌栄と名を改めてこの獅子図を描いたということになろう。

邂逅（かいこう）

1

十月十日

小さな懐中電灯の光は、真下六十メートルにあるはずの海面までは届かなかった。ただ、一条の細い光の筋が男の手許からのび、深い闇の底に溶けこんで消えていった。その光を、逆に駆け昇ってくるかのように、重くねっとりとした波のうねりの音が、風に混じって聞こえてくる。

男は大きく息を吐いた。

光の明るさが、たとえ今の倍以上あったとしても、草も木もない断崖の黒い岩肌と、この夜の海では何も見つけることはできない。それでも、男は執拗に光を動かし続けていた。その光は、時折、リアス式海岸特有の切り立った斜面を闇の中に捉えては消した。

深夜の三時である。

まだ十月の初旬だと言うのに、気温は零度に近い。突然、強風が海から吹き上がり、男は思わず背広の襟を立てた。コートは着ていない。東北の海はすでに冬に入ろうとしていた。

凍(こご)える手で金属製の懐中電灯を固く握り締めていた男は、やがて諦めた様子で海に背中を向けて歩き始めた。

寒さのために、次第に足速やになっていく。白い息を吐きながら五分程歩くと、小さな道路に出る。そこには銀色のＢＭＷがエンジンをふかしたまま停められていた。男の乗ってきた車である。形はおとなしいが、スピードは出る。後ろの席には別の男が乗っていた。

「遅かったですね――どうでした」

近づく足音で気がついたのか、戻ってきた男の姿を素早く認めて、内側からドアを開きながら中の男が尋ねた。車内はヒーターがきいて暖かい。煙草の匂いが充満していた。

「見当らない……こんな時間だから無理でしょうね……あなたの方もやっぱり――」

運転席に腰をおろしながら男は答えた。

「ええ、私もずいぶん遠くまで行っては見たんですが。何しろこの辺は初めてですし……ああ、この少し先にレストランがあります」

「そうです。しかしあそこには誰も――」

「いませんね。真っ暗なんで、一応中も照らしては見ましたが」

「あそこは店舗だけで、経営者は他所から通っているはずです。この辺は民家も少なくて住むには不便なところでね」

男は説明しながら、凍えた指先をヒーターの吹き出し口にかざしていた。先に戻っていた男は、そのことに気づくと、手早く魔法瓶から紙コップにコーヒーを注いで男に渡した。狭い車内にコーヒーの暖かい香りが漂った。男は受け取ったコップのぬくもりを大切そうに両手で包みながら、しばらく無言でいた。

「もう別荘に戻った方がいいね」

やがて捨てばちな口調で男は呟いた。

「こうして、いつまでもこんな所にいても埒が明かない。少しは眠らないと……東京からここまで十時間以上も車に乗り続けなんだ。まあ、兄のことだから私は当然のこととしても、これ以上あなたに迷惑をかけるわけにはいかない」

「構いませんよ。一晩くらい寝なくたって僕は平気ですから……それよりも我々の思い過ごしってことはありませんか？」

「いや、それはないだろう――兄は確かに別荘にはきていたし、朝の電話の件もある」

男の声は少し沈みがちだった。

風はますます激しさを増して、二人の乗っている車体をユラユラと揺すった。男達は不安気に外の闇に瞳をこらした。厚い雲が上空をすっぽりと覆い、星はなかった。窓ガラスを細めに開き、紙コップを男が外へ投げ出すと、それは強風に飛ばされて一瞬のうちに漆黒の闇に消え去った。夜明けにはまだ少し間がある。

2

十月十四日

投身自殺か　四日ぶり遺体発見
田野畑村　北山崎
東京の篆書家　嵯峨さんと判明

十三日午前七時三十分ごろ、下閉伊(しもへい)郡田野畑(たのはた)村北山崎沖合四キロの海面で、航行中のイカ釣り漁船第八栄光丸（大船渡市坂田栄三郎さん所有）の甲板員佐藤英春さん（27）が漂流中の男の人の遺体を発見し、同船に収容後、最寄りの久慈署に届け出た。

同署では、この男の人の身許確認を急いでいたが、同日午後二時過ぎに下閉伊郡普代村駐在所から照会があり、その結果、この人は捜索願いの出されていた東京都府中市宮西町五丁目に住む篆書家、嵯峨厚さん(56)と判明した。

　嵯峨さんは八日夜、誰にも行先を告げずにマンションを留守にして、そのまま行方を断っていたもので、安否を気づかっていた義弟の水野継司さんから普代村駐在所に十日の朝、捜索願いが出されていた。

　田野畑村北山には嵯峨さんの別荘があり、知人と水野さんが同所を九日夜になって訪れたところ、嵯峨さんの荷物だけが置かれてあったと言う。水野さんはその後も同地に留まり、付近を探し続けていたが、十三日午後、遺体発見の報に接し、久慈市に直行し五日ぶりの悲しい対面となった。

　嵯峨さんの遺体は行政解剖のため、同日午後六時、県警本部の車で盛岡市の岩手医大病院に運ばれた。久慈署の調べでは、嵯峨さんは九日午後五時ごろに、別荘近くの北山崎の断崖より投身自殺を図ったものと思われている。遺書は見つかってなく、現在のところ自殺の動機なども詳しくは分かっていない。嵯峨さんは奥さんに先だたれ、府中市のマンションで一人暮しをしていたが、嵯峨さんが会長として主催していた「東京愛書家倶楽部」の集まりでも、会長辞任の意思を漏らしていたり、特に最近は沈みがちだったと言う。

　嵯峨さんは篆書家として人気があり、美術展でも何度か特選の実績を持ち、蔵書印の作製にかけては斯界の第一人者として認められていた。また、浮世絵の研究者としても著名で、その方面の著書も多数あり、関係者からはその死を惜しまれている。(毎朝新聞岩手版)

十月十七日

3

津田良平は焦っていた。

電車が国鉄線八王子駅にようやく到着すると、ドアが開く間ももどかしい様子で、津田はホームに降り立った。階段を二段ずつ跳び越えて駆けるように歩く。体が瘦せているので、それは小気味良い動きだった。

改札口から出ると、八王子の街並は津田の知っていた頃とはずいぶん違っていた。駅そのものが、新築工事の最中とかでイメージが異なっている。津田は慌てて交番を探した。以前には改札口のすぐ左隣りに派出所があった。そこは今見ると取り壊されている。だが階段の裏側に仮設交番が作られていた。津田は安心した。時間はあと二十分しかない。一刻も早く場所を確かめておきたかった。

尋ねると、広安寺は駅から歩いて五分もかからないところにあった。市立図書館の近くだと言う。そこなら、津田は学生時代に何度か利用したことがある。警官に頭を下げるとそのまま図書館の方向に足を向けた。津田の足取りは、しかし、少し重くなっていた。

師の代理として、葬儀に参列するために、津田はここまでやってきていたのである。服は平服だった。

4

「びっくりしましたよ。あんな場所で、まさか国府さんに会えるなんて」

津田は葬儀を終え、広安寺の近くの喫茶店に入って腰をかけるなり、人懐っこい微笑で国府洋介に話しかけた。

「ああ、オレもだ」

国府も懐かしそうに津田を見た。

午後五時。外はもう薄暗い。店内には二人のほか、客は数えるほどしか入っていない。

「二年くらいじゃないか?」

国府は頭の中で計算しながら尋ねた。

「そうです。先生の――」と言いかけて、津田は思わず国府の顔を盗み見た。国府が二人の恩師にあたる西島俊作の出版記念パーティの会場で、やはり津田には先輩の吉村と口論になり、彼を衆人の中で殴りつけたことが西島の不興を買い、まるで破門同様の形で皆の前から姿を消して以来の邂逅だった。

だが、国府の顔には変化はない。津田は安堵して続けた。

「ええと、あのパーティ以来ですから、もう二年半以上になりますね」

「早いな……そんなになるかね」

国府は笑いながら煙草に火をつけた。

国府は津田にとっては、西島の開講している「江戸美術史ゼミナール」の十年先輩にあたる。大学は一緒だが、二人は学内で顔を合わせたことは一度もない。西島ゼミを受けていたOB達の集まりが年に数回開かれていてその席上で津田は国府を見知っていた。

西島ゼミのOB会に集まってくるほとんどの者は浮世絵関係者である。

西島は吉祥寺の近くにある私立の武蔵野大学で浮世絵を教えている。中でも特に東洲斎写楽の研究では他の追随を許さない。二十年も前に西島が発表した「写楽論」は、出世作であると共に、名著と評されて現在でも版を重ねている。武蔵野大が西島を講師として十六年前に招いたのも、この「写楽論」の成功による。

大学側としては、講座の特殊性はともかくとして、西島を迎えることで、開校間もない大学の名が世間に喧伝(けんでん)されるというメリットを充分考慮した上でのことであった。

それにしても国文系の大学である。「浮世絵」という特殊な講座を開かせることには反対も多かった。結局、範囲を拡げて「江戸美術史」という名目で講座が開かれたのだが、西島の世間的な知名度に較べると受講生の数は少なかった。

津田は西島がゼミを開講して、ちょうど十回生にあたっているが、OB会に参加する津田の先輩達は名簿の上でも六十人を超えていない。年平均六人の受講生である。このことがかえって西島の奮起を促した。「江戸美術史」という曖昧な方針を捨てて、徹底的に浮世絵の講義に内容を切り替えたのである。ただし、講座名は元のままであった。と同時に、西島は精力的な研究活動を開始した。美術雑誌や新聞に彼の論文や批評の掲載される回数が多くなるに従い、学内での地位も自然に上がり教授の位置に昇りつめるまで、わずか五年もかからなかった。

受講生の少ない講座の担当が教授にまで出世することはあまり例がない。この力は、そのまま浮世絵研究会の側にも通用した。浮世絵は学問としてまだ確立されたとは言えない。全国の大学を見渡しても、講座を開いているところは数えるほどしかない。浮世絵研究者で、一応大学教授の肩書きを持っているものは、西島のほかには二人しかいなかった。

西島の名は重く用いられるようになった。

こうして、西島の浮世絵界での影響力が大きくなっていけばいくほど、美術館や雑誌社にゼミ卒業生の就職する割合が増えていくようになった。浮世絵に何らかの関係を持つ出版社や美術館では、西島の推薦を断わることができないほどに、西島の力は強大になっていたのである。そこに門下生を送りこむことによって、権力はますます増大した。吉村健太郎が私立美術館に学芸員として入ることができたのも、西島の力があったからである。

津田が卒業した四年前でも、すでにそういう状況になってはいたが、最近ではマスコミ関係への就職率の高さが学内で評判となり、浮世絵に全く関心を持たない学生までがゼミナールを希望しているという噂もあった。

美術出版社への就職の話を断わり、助手として研究室に残った津田にしてみれば、あまり愉快な噂ではなかった。

津田は二十六歳になる。助手となって四年が早くも過ぎていた。

〈だとすれば、国府さんも三十六か〉

国府は西島が大学にきて一番最初の門下生である。だが浮世絵とは全く無縁の貿易会社に勤めている。それでも浮世絵には断ち切れぬ思いがあったのか、ＯＢ会と聞けば毎回のように顔を見せていた。

国府が姿を見せると、吉村を初めとする他のＯＢ達は、兄弟子という形で一応国府を立ててはいたが、その実、ほとんどの者は浮世絵と無縁な世界にいる国府の存在を、心の中では無視し、煙たがっていた。

津田だけが国府と妙にうまが合っていた。

5

「亡くなられた嵯峨さんとは、どういうつきあいだったんですか?」

津田は抱いていた疑問を口にした。

「不思議だろうな――これが先生の耳に入れば、また破門ものだな――だが浮世絵とは全く関係ないんだ。偶然あの人がやっていたクラブに入会してね。中野から府中に移ってきてから」

「それじゃ今は府中に」

「一年近くになる」

津田は納得した。訊いてみるまでは、何故国府があんな所にという気持が強くあった。

嵯峨厚の名前は、浮世絵関係者であれば誰でもが知っている。津田も嵯峨の著書を読んだことがあれば、姿も展覧会の会場などで何度か見かけたことがある。しかし紹介されたことは一度もない。

西島と嵯峨厚は、研究上の見解の相違からここ五年来、いわゆる冷戦状態の関係になっていたのである。

それは門下生である津田達にとっても同じことだった。嵯峨の新しい論文が雑誌に発表されると、西島門下は争って嵯峨の論文の不備をあげつらい、まともな評価が下されることはほとんどない。確かに嵯峨は同じく浮世絵研究を志す人間の一人には違いなかったが、門下生達は、まるで別世界の住人のように扱っていた。無視してかかっていたのである。

それなのに、国府はその嵯峨厚の葬儀会場の受付に並んでいたのだった。

咄嗟(とっさ)に津田は人違いだと思った。しかし、通り過ぎようとしたところに声をかけられて、やはり国府だと認めた時の驚きを、こうして話している今も津田は忘れないでいる。

まさか、浮世絵と無関係のところで結びついていたとは……津田は思い過ごしと分かって、話を続けた。

「クラブって言うと、愛書家倶楽部のことですか、式場に大きな花を飾っていた」

「大きいのは花輪だけさ。会員は二十人もいない」

「それで受付にいたんですね」

「ああ。あそこに立ちながら、もしかすると先生がくるなって実はハラハラしていた。何しろあんなことがあって以来だからな……いっそ誰かと代わってもらおうかとも思っていたんだが、君がきてくれたんで助かった」

「まさか、先生がこられるなんて」

「本当だよ。先生と嵯峨さんは三十年来のつきあいだったらしいからね。くると思うのが当り前だろう……もっとも、ここ何年かはああした状態だから、君を代理に寄こすのも分からないわけじゃないが、やはり、オレは先生に少し失望したよ」

「そんなに親しいつきあいだったんですか」

「ああ、何でも尚古堂で一緒に机を並べていたことがあったらしい」

津田には信じられなかった。尚古堂は今でこそ潰れて失くなってはいるが、戦前までは名の通った美術出版社として聞こえていた。確かに西島がそこに在籍していたことは、津田も知っている。だが嵯峨と一緒に働いていた話など、西島から一度として聞いたことがない。もともと、あり得ないこととして門下生が訊かなかっただけのことかもしれないが津田は不快なものを感じた。

嵯峨は在野の研究家として、大学や美術館とは一切無縁である。西島が理事として所属しているアカデミックな性格を持つ「江戸美術協会」にも参加していない。それどころか反協会的な姿勢をスローガンにして生まれた「浮世絵愛好会」の中心的人物の一人であった。二人の冷戦も、この両会の対立から生まれたものである。互いに所属する会での地位が高くなればなるほどに、その溝は深くなっていった。この対立は二十年来のものである。

もともとは、同じ浮世絵を研究している者同士であるから、互いの研究成果にはそれなりに注目はしているのだが、浮世絵に対するさまざまな見解の相違が、この両会を決定的に区分していた。

そのひとつに肉筆浮世絵の問題がある。

肉筆の価値判断を、どの辺に置くかという点で、両会の意見は著しく衝突していた。

「江戸美術協会」は原則的に浮世絵の主体を版画と捉えている。つまり浮世絵が大衆文化の中で発展を続けることのできた大きな要因として、版画の持っている低コスト、複数性を最も重要視しているわけである。もちろん肉筆画も、浮世絵師達の手になる以上、決しておろそかにはしていないが、やはり主体は版画であり、肉筆はそれを補うものでしかない。

一方「浮世絵愛好会」はと言えば、肉筆画こそが浮世絵の原点と主張する。浮世絵の定義のひとつである「時世風俗を描いた絵画」という意味からすれば、版画が誕生する遥か以前より、すでに肉筆で浮世絵は描かれていた。版画は確かに浮世絵に発展をもたらした一因ではあるが、それも浮世絵師達が人々の嗜好に合わせて版下絵(はんしたえ)を描いたからこその結果にすぎない。それでは肝心の絵師の伎倆(ぎりょう)は何で判断すれば良いのか。浮世絵版画は絵師が描いた版下絵を彫師（ほりし）が彫るものである。他人が作るものである以上、その作品にどれだけ絵師の実力が発揮されているかは疑問が残る。絵師の本当の伎倆を知るためには、直接、自身が描いた肉筆を手がかりにしなければならないのは当然のことであろう。

　幕末期の肉筆画の中には、これが本当にその絵師の描いたものかと、とまどいを覚える作品もある。これは、その絵師の拙（つたな）い線描が版画の場合では彫師や摺師（すりし）の技術でうまくカバーされている良い証拠とも言える。

　髪の毛の描写などに、そのことがはっきり出てくる。絵師は版下絵の段階で髪の毛を一本一本描くことはしない。単に大雑把（おおざっぱ）な髪型の輪郭だけを描き、それに墨を塗って彫師に渡す。彫師はその輪郭の中に、自分の腕のありったけを注ぎこんで一本一本髪の毛を彫りこんでいく。だから彫師の力量によって同じ絵師の作品でも、できあがりに微妙な差が生じてくるのは当り前である。

　北斎は肉筆画においても傑作を数多く遺（のこ）している絵師の一人であるが、それだけに版画の完成度にもかなり神経を使った。出版元に信用のおける彫師を指定した手紙さえ遺っているほどなのである。版画は版元、彫師、摺師、絵師の共同作業によって作られるものであって、絵師一人の作品ではない。だからこそ肉筆画の研究が最も重要な鍵となる。

「浮世絵愛好会」のこうした意見には熾烈(しれつ)なものがあった。

部外者から見れば、どちらにも一理があり、研究者の情熱から生まれた、ほほえましい意見の対立とも思われよう。だが、この問題の底辺には昭和九年に日本中を震撼(しんかん)させた、あの「春峰庵事件」が今だに尾をひいているのである。

昭和九年といえば、もう五十年近い昔のこととなってしまった。今ではこの事件を表だてて言うものはいないが、肉筆問題は実に、これを契機として生まれたと言っても良い。

発端は四月二十六日朝日新聞の記事である。

この紙上に「春峰庵秘蔵の肉筆浮世絵売立て」の紹介記事が載せられ、その中で、二点の写楽の肉筆を、当時の浮世絵研究家で国文学者でもあった笹川臨風(りんぷう)博士が激賞し、売立ての前景気を煽ったのである。

ここにその記事を引いてみよう。

〈珍しや写楽の肉筆現わる——日本にたった一枚しかなかった写楽の肉筆が大震災で灰になって以来、絶望視されていたところ、このほど大作二点が旧大名の秘庫から発見され鑑定した笹川臨風博士をして〝世界の大発見〟と推賞せしめた。笹川博士語る——秘蔵されているのは某大名華族で、春峰庵と号されている。十九点の肉筆を拝見したが写楽を初めいずれも得難い珍品揃いで、十九点の評価はまず十五万

円から二十九万円のものではないかと思う〉

この金額は現在に直すと五億円を超す。当時としては正に空前の売立てであった。世間は沸きに沸きかえった。

ところが、売立ての当日になって、これらはすべて或るグループが画策して作った偽物だということが判明したのである。

春峰庵という号も架空のものであった。

これらの作品を鑑定し、図録に解説まで寄せて、その価値を賞讃して憚らなかった笹川博士を初め、関係した浮世絵研究家達は、図らずも自らの不明を世間に喧伝したこととなった。贋作そのものには幸い無関係で刑事的責任こそ追及されなかったものの、以降、博士らは一切の研究生命を断たれてしまった。

浮世絵研究家達は、この事件をきっかけに肉筆の真贋問題から足を遠ざけてしまった。

君子危うきに近寄らず、の例である。何しろ、笹川博士といえば当時の浮世絵研究界を代表する人物であった。その人が一朝にして権威を失ったのを目のあたりにして、研究家達がそういう気持になったとしても不思議ではない。だが、このことで、それまで同等のものと認められ研究が進められてきた肉筆画の価値が一挙に半減してしまったことは否定できない。

研究家は肉筆に対して、慎重な態度で臨むようになった。新しい作品が発見されても、百人が百人本物と認めるまでは、決して自分の判断を述べようとはしなくなったのである。価値が決定されないまま、その作品が何年も放って置かれることもあった。

これではむしろ混乱をまねくばかりである。

業を煮やした人々が集まり、積極的に肉筆を調べていこうということになった。

これが「浮世絵愛好会」である。

そして二十年。今だにその対立が続いている。ここまでこじれると、もはや意地の張り合いでしかなくなってはいるが、二十年前ならともかく、現在は「江戸美術協会」の中心にある西島が、嵯峨厚との親しい関係に触れることがなかったのは、当然のことと言えるかも知れない。

だが、津田には大きなショックだった。

吉村や他の先輩達は、会う度ごとに「愛好会」の悪口を言い合い、冗談ではあろうが彼らを「愛好会」と呼ばず「敵さん」と言ったりもする。西島は一体それをどんな気持で聞いていたのだろう。津田には分からなかった。

「ところで先生の方は……」

津田が無言でいるので国府が話を変えた。

「忙しいんだろう、例の著作集のことで」

「ええ、集学社の編集が毎日のように――」

「あれには古い論文なんかも入れるのかい」

「そうです。今、岩越さんと僕とで整理させられているんですが、先生の学生時代の論文なんかも入れる予定です」

「やっぱりね」国府は苦笑した。

「多分そうだろうとは思っていたが――しかし、そんなものを再録しても意味がないだろうにな。昔、オレも読まされたことがあったけど、写楽なんか阿波の能役者説を採っていたからね。先生だって今はその説を見限っているんだから、そんな論文を入れたら、かえって混乱をひきおこすだけだぜ――思い切ってこの機会にもう一度写楽に取り組んでみるのが研究者としての態度だと思うがね。例の『写楽論』を出して以来、最近はその焼き直しばかりで研究が進んでいないだろう。画集の解説だけに逃げてしまわないで、もっと本筋のことに力を注いでもらいたいね」

津田は言葉もなかった。それは直接西島の下にいる自分が一番感じていることだった。

「そうそう、写楽っていえば君の発表した『写楽研究ノート』読ませてもらった」

「あ、そうですか」津田は驚いた。

それは西島が中心になって出している「江戸美術研究」誌上に発表したものであった。

この研究誌は刊行は不定期だが、主に西島門下の発表の場となっていて、出版社や図書館、美術館等に無料配布されている。西島のPR雑誌と陰口をたたく人間もいて、特に「愛好会」には評判が良くない。市販はされていないから、破門状態になっている国府が、まさか読んでいたとは思わなかった。

「嵯峨さんも感心していたな——君のことをいろいろと訊かれてね——若いのに良くこれだけ調べたものだって賞めていたよ」

「本当ですか」

「嘘を言っても仕方がないだろう——まあ『愛好会』だってね、見るところはきちんと見ているのさ」

津田は少し胸が熱くなった。単にこれまでの写楽研究を振り返り、整理しただけのものにしか過ぎなかったが、それでも二ヵ月はかかりっきりになっていた論文である。賞められて悪い気はしない。それも「愛好会」の嵯峨厚にである。仲間に言われることとは格段に違う嬉しさがこみあがってきた。

「嵯峨さんってのは妙な人だったね。オレは最初近づかないようにしていたんだよ。何といってもオレは西島門下だったし、何か魂胆でもあるのかと勘ぐられでもして先生に迷惑をかけてもつまらないからね……ところが、やっぱりバレてしまった。しかしあの人は、オレが先生の門下だってことを知ると、逆に親しくしてくれるようになった。後で聞いたんだが、まだ先生と嵯峨さんとの間に行き来があった頃、オレのことを先生から聞いていたってことだったらしい。実際、冷や汗ものだったよ」

「国府さんは優秀だったから」

「良く言うよ――まとまった論文ひとつも発表しないで優秀も何もあったもんじゃない」

「岩越さんなんか、いつも言っていますよ」

「あいつにはいつもほらを吹いていたからな」

国府は苦笑した。

「岩越は、まだ研究室に残っているのか？」

「ええ、二人で何とかやっています」

「大変だな――助手のままで八年か。良く続くもんだな。君にもヤツにもその点では感心する」

「僕はまだ四年目ですから」

国府は頷（うなず）きながら、そろそろ出ようか、と津田を促した。気がつくと店内は、かなり混み合ってきていた。

「場所を変えよう。久しぶりに飲もうか——府中に良く行く店があるんだ。君は今日何もないんだろう?」

「僕はいいんですが、帰りを心配しているひとでもいるんじゃないんですか」

津田はこの何年かの間に国府が結婚でもしているのではないかと思って遠慮した。

「その言葉を言われると辛いね。まだ一人なんだ。あいかわらず嫁のきてはないよ」

国府は明るく笑った。

6

「後を振り返るなよ」

歩きながら国府は突然低い声で話しかけた。府中駅を降りて五分くらいの繁華街の中だった。競馬は終っていたが人通りは多い。

津田は訊き返した。

「うしろを見ないでくれ、気がつかれるとまずい」

「何かあるんですか」津田は低い声になった。

「八王子からオレ達の後を尾けている奴がいるんだ。君の後ろに坐っていたんで、覚えてはいないと思うが、確かにさっきの喫茶店で見かけた顔だ。電車の中では偶然だと思っていたが、ここまで一緒だと、そうとも思われない。間違いなくオレ達を尾行している」

「知らない人ですか」

「知っていたらあの店で挨拶している」

「どんな奴なんです」津田は訊きながら、体の震えを感じた。初めての経験であった。

「それほど強そうでもない。猫背で無精髭をはやしている。髪は短い。手にはコートを持っているから、東京以外の人間だろう。まだ少し早いからね。背は君より少し低い。年齢はオレより少し上ってとこかな」

「ずいぶん精しいんですね」

津田は国府の観察力に呆れて言った。

「すいている電車の中で眠ったふりをしていれば、誰だって妙に思うよ——それでさ」

「ああ——それでどうします？」

「いっそ思い切って仕掛けてみるか——まさか奴だってどうにもできないだろう。人通りもあるし、こっちは二人もいるんだから」

津田も頷いた。二人は同時に振り返った。

十メートルくらい後を歩いていた男の歩調が急に止まった。一瞬、男は顔にとまどいの表情を見せて、やがてそれは笑顔に変わった。軽く会釈をしながら、二人に近づいてくる。

「何か用ですか」国府は厳しい口調になった。

「やっぱり気がつかれていたんスか」

男は照れくさそうに笑った。

「別に尾行するつもりはなかったんスが。すいません。つまらない思いをさしちまって」

謝りながら男は深々と頭を下げた。

国府と津田は思わず顔を見合わせた。

7

「さっきは驚きましたね。いきなり警察手帳を見せて『岩手県警の小野寺です』なんて言うんだから」

小野寺のグラスにホワイトホースを注ぎながら、国府は苦笑いをした。スナック「モア」のカウンターに三人は腰掛けていた。国府のボトルが置いてある。

「本当にすまんことをして——これしか身分証明がないもんスから」

言いながら小野寺は頭を掻いた。外では良く見えなかったが、意外に人懐っこい目をしていた。津田は安心した。

「それにしても、何故八王子では？」

「それなんスがね。自分でも妙に思っとるんです。仕事中なら誰であろうと、何処であろうと気にならんのですが、これが仕事外ってことになれば別になってしまうんですよ。いつも仕事で厭な思いをさせてますんで、その反動って言うんスかね、スマートになんて考えてしまって……」

国府と津田は吹き出した。どう見ても小野寺はスマートという柄ではない。

「誰だっていきなり刑事から声をかけられればいい気持はしないでしょう。犯人なら構わないが、関係ない人にまでそういう気持を味わわせたくはないスから……つまり八王子では、きっかけを摑みそこねちゃったということですな」

二人はまたおかしくなってしまった。

「岩手って言えば、もう雪が降りましたか」

国府が思い出したように尋ねた。

「まさか、いくらなんでも早いですよ。私は久慈ですが、特に岩手県の中では暖かいところですからね」

「あれで暖かいんですか、先週行ったときはずいぶん寒いとこだと思いましたが――」

「国府さん、岩手に行かれたんですか」

津田は思わず訊き返した。津田の実家は盛岡にある。それを知らない国府ではない。

「嵯峨さんを探しに、弟の水野さんの車でね。盛岡には寄らなかった――そのことで小野寺さんが見えられたんでしょう？」

「ああ、そうなんスが、実は訊きたいことは別のことなんです」

「別のことって言いますと？」

「何て言えばいいんスかね、やっぱり嵯峨さんのことから話さないと――あの自殺の動機らしいものが、ようやく分かりましてね」

「遺書か何かが？」

国府と津田は身をのりだした。国府はかなり事情が分かっていたが、津田は単に自殺ということしか耳にしていない。

「一昨日の夜になって、久慈駅の遺失物係から、署に問い合わせがありましてね――九日の分の遺失物の中に、どうも嵯峨さんのものと思われる忘れ物があるって言うんスよ」

「忘れ物ですか、手紙なんかじゃなく」

「ええ、それで私がすぐに駅に駆けつけて見たんスが、小さな小包でした。表には仙台の古本屋の住所が書いてあって、裏には嵯峨さんの名前だけがありました——切手は貼っておらんかったです。電車を降りてから出すつもりだったんでしょうな」

「それはどこで見つかったんですか」

「電車が普代駅について、折り返し運転のための清掃中に網棚から発見されたものです。九日十時四十六分八戸発普代行の普通列車ですな。普代に着いたのは、えーと、十三時二十五分です」

小野寺は手帳で確認しながら話を進めた。

「我々が予想していた通りの電車でした。普代にこの時間に着けば三時頃には北山の別荘に行けます。これで嵯峨さんの足取りが少しは摑めたことになりますが、それより問題はこの小包なんスよ。解剖所見からも、大体自殺っていう線が出ていたんスが、果たして、自殺する人間に小包なんて出そうとする余裕があるもんだろうかって話になりましてね」

「…………」国府は無言だった。

「ホントを言うと、それは私が言い始めたんです。それで東京まで出てくるはめに——」

「何か東京に？」国府が尋ねた。

「いや、結局、自殺だったんスよ」

うんざりした表情で小野寺は続けた。

「我々は一刻も早く小包の中味が知りたくて仙台の古本屋へ電話を入れたんです。ところが誰も電話に出ない。商売で電話に出ないってことは休みに違いないと誰かが言い始めました。そうなれば明日まで待たなければならない。また、待ったところで、本人の許可がなければ開けることができない。それで私が仙台に直接行ってみることに決まったんですわ――仙台に到着したのが昨日の昼です。駅から電話すると、今度はつながりました。『ひろせ文庫』ってのが店の名ですが、そこの御主人の藤村源蔵さんに会って小包を渡すと、嵯峨さんのことなんか知らないって言うんですな。従って小包を送られるはずもない――何かの間違いだと言って受取らんのです」

「妙な話ですね」国府は首をかしげた。

「妙な話です……面識のない人間に荷物は送らんでしょう。それも自殺の直前にですよ。でも、とにかく宛名は藤村さんなんだからと気持悪がっている御主人を説得しましてね、私の前で小包を開いてもらったわけです」

国府と津田は話に引きこまれていた。

「中に何が入っていたと思います」

二人の様子を見て小野寺は笑いながら、

「二冊の古い本なんスよ……新聞紙で大事そうに包んでありました。私はあんまり本に興味を持たんものですから、ただ、古くさい本だとしか思わなかったんスが、それを見て藤村さんがびっくりしたんですな」

「どんな本ですか？」国府が急(せ)かした。

「えーと、藤村さんの説明によれば角倉本(すみのくら)の『謡曲百番』中の二冊ってことです」

手帳を見ながら小野寺は答えた。

「光悦本(こうえつ)か！」国府が大声をあげた。

「そうそう、そのようにも言うらしいです」

「光悦本って……あの光悦の作った――」

津田も驚いて国府の顔を見た。

「光悦本」とは名の示すとおり、寛永三筆の一人と謳われた本阿弥(ほんあみ)光悦が、当時の素封家角倉了以、素庵親子に協力を乞われて刊行した超豪華な私刊本である。光悦の本業は刀剣の鑑定であるが、彼は天才的な美意識に恵まれ、陶器、漆器等のデザインにも手を染めている。その彼の才能のありったけが注がれているのがこの「光悦本」であった。彼の自筆がそのまま版下に用いられ、紙にも光悦自身の手になる模様が刷りこまれている。

「あれだったら、確かに嵯峨さんは集めていたよ……オレも何冊か見せてもらったことがある――半分くらいは持っていたはずだ」

「半分ですか、それじゃ一千万を軽く超してしまいますな」小野寺は溜め息を洩らした。

「誰から聞かれたんですか？」

国府は笑顔を見せて尋ねた。

「藤村さんです。何でも百冊で二千万はするっていうことでしたな」

「ああ、なるほどね。それはあくまでも百冊揃った場合のことでね、一冊一冊ではそれほどのものじゃないですよ。揃いっていうことが大事なんです。まあ、実際にどれだけ違うかってことは分かりませんが、一冊欠けると半分くらいの値に下がるんじゃないですか」

「ホントですか。それじゃ、その一冊が一千万ということになる」小野寺は目を丸くした。

「理屈ではそうなりますね。たいがい、そういう本は決まっていましてね。特別に発行部数が少なかったとか、あるいは発禁になったとかで……それがないために仲々完全には揃わない。こういう本を〝ききめ〟と呼びます」

「〝ききめ〟ですか」小野寺は興味を抱いたらしく、手帳に書きこんでいた。

「『謡曲百番』にも確か二、三冊の〝ききめ〟本があったはずですよ」

「その小包の二冊ってのは、もしかするとその〝ききめ〟本じゃなかったんですか」

津田が思いつきを口にした。

「さあ、藤村さんは別に言わなかったスよ」

「じゃ、何で驚いたんです」

「ああ、それはですね——その本が藤村さんの店から盗まれたものだったからです」

国府と津田には言葉がなかった。

「藤村さんも以前から『謡曲百番』を集めていたんですな。といってもまだ二十冊くらいしか持っていないそうですが、必らず揃えるつもりだったと言っていました……しかし、あの人は商売人だから、店の飾りに、その本を並べていたらしいんです。もちろん非売品としてですがね——ところが今年の二月頃、その本を盗まれてしまった。驚きもしましたが、また不思議でもあったそうです。盗まれたのは二十冊中の二冊でしかなかったということがね……これはよほどの本好きの仕業に違いないと睨んでいたそうです。もしかすると馴染みの客の思いあまった行動かも知れんと考えたんですな——それで警察にも届けずに、戻してくれるのを待つことにしたわけです。ところが一向にそういう気配はない。とうとう腹に据えかねて、先月になってですがこういう広告を出してみた——」

小野寺は内ポケットから小さく畳んだ紙片を取り出すと、二人に渡して見せた。

「それは『日本古書通信』からの切り抜きコピーです。我々から思うと、どれほどの効果があがるか疑問なんスがね。藤村さんは犯人が必らず読むと踏んでおったらしいです」

切り抜きにはひろせ文庫の名で、二冊の探求書の名が載せられていた。どこにも盗まれたとは書かれていない。ただ、探していると記されているばかりである。

「すると——」不安気に国府は小野寺を見た。

「嵯峨さんは、この広告を目にして……」

「あり得ますね」小野寺は首を振った。

「本を盗んだのは嵯峨さんだった……それがこの広告を目にして良心が疼いた——まあ、そんなところじゃないスかね」

「でも、それだったら黙って本を返せば済むことでしょう。わざわざ名前を書かなくったっていいと思いませんか」津田が反論した。

「そこが私にも分からないとこなんスよ」

コピーを内ポケットに戻しながら、小野寺も困惑した顔をした。

「やっぱり、それは遺書だな」

国府の呟きに、二人は息をのみこんだ。

「嵯峨さんが『光悦本』を集めているのは有名でしたし——ひょっとすると、その盗んだ二冊を誰かに見せていた可能性もあります。オレが見せられた中にも入っていたかも知れない……コレクターってのは不思議な心理を持っていて、集めたものを子供のように自慢したくて仕方がないわけです。多分、いろんな人に見せていたんじゃないですかね。まあ印刷物ってのは必らず他にもあるわけだから見せてもどうってことはないはずですが、やっぱり嵯峨さん自身にしてみれば、あの広告を読んだ人間からバレてしまうと思ったんじゃないですか……あの人は潔癖なところがあったから、そうなる前に自分で自分を裁いてしまったんだと思います。名前をきちんと書いたってところに、あの人なりの責任のとりかたがあったのと違いますかね……」

小野寺は国府の意見に頷きながら、

「たかだか本くらいのことで、残念なことをしましたな」しんみりと話した。

「これで嵯峨さんが社会的に責任のある位置にいなければ、これほど悩まなかったとは思いますがね——知らぬ顔をしていて発覚でもしていたら大問題になっていたでしょう。あの人自身はもちろんのこと、あの人が関係していたすべての人達に迷惑が及んでいたかも知れませんね。死んでお詫びをするから、これ以上追及しないでくれというのが、あの名前を書いたこととつながるような気が——」

「……武士ですな……」小野寺は呟いた。

「人のものを盗む行為はもちろん許されることではありませんが、それでも、そういう生き方には共鳴できますよ……刑事根性ってのは、どうも抜け切れなくてね。動機としてはある程度納得いってたんスが、その名前の件がどうにもひっかかって。それで筆跡を確認してもらいに、わざわざ東京まで出てきたんですわ……義弟の水野さんに見てもらったら、間違いないって言われて……まあ、自殺ってことでけりがついたんですから、それで構わんですよ。動機が何だったかなんてことも、過ぎてしまったことですしね。藤村さんの方にも私から電話を入れて、本のことは不問にしてもらいますよ。何もこれ以上問題を大きくする必要もないスからね」

国府は小野寺に頭を下げて礼を言った。

「ところで、訊きたいことってのは、そのことだったんですか？」

津田は小野寺に質した。

「あ、いや、別のことなんスが、もういいですよ。関係ないようだから」

「関係ないと言いますと？」

「いやぁ、困ったなぁ。実はですね、八王子の寺で水野さんに筆跡を見てもらっていた時にですな、妙なことを小耳にはさんだもんで、気になっただけなんですわ……」

「妙なことって、どういう話です」

「それがですね、西島俊作氏に、嵯峨さんの自殺の責任があるって言うんです」

思いがけず西島の名が出て、二人は驚いた。

「いや、これは単なる中傷にすぎんのです」

二人の表情を見て小野寺は慌てて弁解した。

「まったく根拠ってものがないんですわ、ただ、片っぽうに死んだ人間がいて、片っぽうに喜んどる人間がいる。そう言っとるわけですよ。水野さんは無論、そういうことは絶対にないと話してましたが、私としても少し気になりましてね、もう少し詳しいことを知っている人に心あたりがないかと訊いてみたらちょうど、葬儀にあなたがいらしていると聞きましてね……でも、小包の署名が納得いったんで、もうどうでもいいことなんスよ——こうして酒を飲んでいられるだけ国府さんを尾けてきたかいがあったと言うもんです」

小野寺は愉快そうに笑うと、ウィスキーをグッとあおった。その様子に、二人はようやく安心した。

「あとはもう、ゆっくり眠るだけです」

小野寺は目を細めてウィスキーを眺めた。

清親の誘い

1

十月二十三日

国府と会って一週間後の土曜日。津田は神田駿河台の長い坂道を、小川町の方向に歩いていた。駿河台下の近くにある「東京古書会館」に行くためである。

金曜と土曜、ここで二日間にわたって開催されている恒例の古本市に、津田にとっては幻の本とも言える小島烏水の「江戸末期の浮世絵」が出品されているのである。それも信じられないほどの安い値であった。

初め、送られてきた古書目録の中に、この安値がつけられた書名を見つけた時は、何かの間違いだと思った。これほど安いはずがない。ケタをひとつ違えたのだと思いながら、津田は、もしかするとあり得ることかも知れないと思い直した。まだ先の話だが、現在、小島烏水の著作集が刊行されていて、今後の予定の中に「江戸末期の浮世絵」が含まれているのである。その巻が出版されれば古書値は一挙に暴落する。その前に売り急ごうとすれば、この安値も不思議ではない。津田は胸が躍った。落着いてページに目をやると、その前後にも浮世絵関係の書籍が何冊も並べられていた。どれもこれも、あまり市場に出ることの少ない珍しい本ばかりである。津田は声をあげそうになった。値は一様に安かった。多分、どこかのコレクターが亡くなりでもして、まとめて古書店が入手でもしたのだろう。出品した古書店の名を調べてみた。浮世絵関係の本を扱っている店の名は、津田はたいてい知っている。研究室に目録が送られてきたり、津田自身が足を運んだりして、店主と馴染みになっている店も多い。だが、それは津田の知らない店であった。本の値がどれも市価の半額以下のことから考えると、あまり浮世絵に関心を持っていない店なのだろう。津田は目録の中に挟み(はさ)こまれてあるハガキに書名を書き入れると、その日のうちにポストに投函した。予約注文用のハガキである。

初日の開始までに、同じ本を注文する人間がいなければ、それはすんなり津田のものとなる。だが、何人もの注文が重なれば書店側の抽選によって買い主が決定される。

津田は苛立(いらだ)った気持で金曜日を待った。

当日。津田は研究室から会場に電話を入れた。やはり予想どおり抽選になっていた。しかし、幸運にもそれは津田に当選していた。

それさえ聞けば、あとは急ぐ必要がない。津田は土曜の午後に受取りに行くことを約束して電話を切った。


会場は混雑していた。「古書会館」の古本市にはマンガ本が滅多に出品されないので、学生の姿は少ない。津田は迷わずレジカウンターに急いだ。カウンターの奥には売約済の本が積まれてある。それを背にして主催者の古書店主達がひそひそ声で話を交わしていた。その中には津田の良く知っている古書店主もいた。目が合うと津田は挨拶をした。

「津田さんじゃないですか——先生はお変わりございませんか」

五十代の痩せぎすの主人は、眼鏡の奥で如才なく笑いかけながら、津田をカウンターの中にひき入れた。津田は皆に頭を下げた。

「この人はね、勉強熱心な人ですよ」

紹介してくれる主人の言葉に、津田は身の縮む思いがした。

「今日は大学の方の御用で？」

「いや、注文した本が抽選で当ったということで——」

「ああ、そうでしたか。で、何です、書名は」

「小島さんの『江戸末期の浮世絵』です」

「へえ、あれは津田さんに当られたんですか、そりゃ運がよろしゅうございましたね」

後ろの本の棚に目をやりながら主人が言った。かなりの本の数である。

「あれはどの棚でしたかね」

「右の奥の方じゃないですか」

若い男が答えた。主人は奥の棚に目を動かして、さっと一冊の本を取り出した。ゴムバンドで津田の名前が挟まれている。主人はそれを確認しながら、津田に渡した。

「今回の水野さんとこの出品は、えらい人気でしてね、『近世錦絵世相史』なんざ何と四十人以上の倍率ってことでしたよ。おかげで景気がついて皆喜んでおりますよ」

「水野さんっていいますと、店はどの辺にあるんですか？」

金を主人に渡しながら津田は尋ねた。

「店舗はないんです。展示会専門でしてね。ここにも毎月一回は参加してくれていますよ」

手提金庫の中に金を入れながら答えた。

「ああ、ついでに紹介しときましょう。今、品物の入れ替えで奥にいますから」

主人は受付の女性に耳うちをした。女性が奥に消えると、間もなく体格の良い男がカウンターの方にやってきた。年齢は四十位にしか見えないが、実際はもっと年配だろうと津田は思った。渋い紺地に薄い銀のストライプの入った背広を着ている。押し出しのよい顔だちは、とても古書を扱っている男のようには見えなかった。どこかで見た顔だ。だが、仲々思い出すことができない。紹介が終わると水野は津田に笑顔を見せた。

「先日はどうもわざわざ」

「あ、嵯峨さんの弟さんでしたね」津田は思い出した。

水野は嵯峨の葬儀の際のこまごまとした礼を述べた。津田は名前が違っていたので、と気がつかなかった理由を話した。

「嵯峨は、亡くなった姉の亭主でして」

津田は頷きながら、先日、小野寺と会ったことを伝えた。水野は驚いていた。

「あの刑事は本当に国府君に会いに行ったんですか――しかし、しつこい男だな」

「でも、もう納得したようです――それにしても、良く嵯峨さんが北山崎に行かれたということが分かりましたね」

「国府君から何も聞いてませんか？　あの日、十月九日の朝、私と府中の図書館に兄から連絡が入ったんですよ――どこかの駅のホームからのように思えましたね、沈み込んでいつもの兄の声の調子とは違っていましたが、府中の図書館で尋ねてみたら、同じようなことを言われました。幸いその職員の方が八戸というアナウンスを偶然耳にしていてくれたんで、すぐに閃いたんですよ。兄が八戸に行くってことは、別荘のある北山崎に向かっているとしか思えませんからね——八戸で乗り換えて普代に行きますから」

「嵯峨さんは、府中の図書館に何故電話なんか？」

「あの日、愛書家倶楽部の例会があそこで開かれる予定になっていたんですよ。兄は行けなくなったからよろしくとだけ連絡してきたそうです。私が、例会を思い出して図書館を訪ねなければ、兄が八戸に行ったことは私自身何日も分からなかったと思いますね。訪ねてみて良かった——お蔭で国府君も岩手まで一緒に行ってくれたし」

水野は、国府との旅を面白おかしく伝えた。

「水野さんは浮世絵関係の本は、あまり扱われないんですか」

津田は話を変えた。嵯峨の弟であれば扱っているのが当然のように思われるのに、あの値のつけ方が不思議でならなかった。

「いや、結構扱ってはいるんですがね——良いのが見つかると兄に直接持ちこんでいたんですよ。あれで兄も顔が広い人間でしたから、会に出すより簡単なもんでね」

「どうりで……今度のように沢山の浮世絵関係の本を出品している店にしては、耳にしたことがないと不思議に思っていました」

「ハハハ、そうですか。兄の会の方なら割合私を知っていてくれるんですが――ま、あんまり西島先生の方とは御縁がなくて……」

津田は水野の話に頷きながら、残念なことだと思っていた。

「それにしても……買ってしまってから言うのも変ですが、これで利益があるんですか」

「その辺はいいでしょう。あなたが心配されることじゃありません」

「安いのはありがたいんですけど」

「実を言いますとね……私は今回限りで浮世絵関係のものから手を引くつもりなんです。これまでは兄にせっつかれて集めてきたんですが、その兄も亡くなってしまったし、正直言ってそれほどメリットのない商品ですしね。今回の出品には兄の本もずいぶん混じっています」

「ああ、それで……ずいぶん珍しいものがあると思っていたんです」

「本当は、どこかの図書館にでも寄付してしまえば賞められるんでしょうがね――私も商売人だから――安くして、あなたのように若い人にでも買ってもらったほうが、むしろ兄の供養になるかも知れんとね……ま、商売人の強引な論理ですな。兄が今頃怒っとるかも知れんですよ」

カウンターの中の皆がドッと笑った。会場の客達が、何がおきたかという顔で一斉にカウンターに目を動かした。

「水野さんとこは、棚が淋しくなってるんじゃないのかい」

古書店主が会場を見廻して言った。

「そうそう、それを忘れていました」

水野は思い出したように奥へ戻ると、一抱えの本を持って出てきた。

「あ、手伝いますよ」津田が半分を持った。

「やっぱり安いと売れるもんですな。今日はこれで三回目の入れ替えですわ」

棚に並べながら、水野は満更でもない笑顔を見せた。津田も頷きながら本を渡した。

「清親（きよちか）ってのは東北なんかにも行ってるんですな」唐突に水野が話しかけた。

「清親ですか――ええ、晩年になってからですが、一年位東北で画会を開いて廻ったらしいですね」

小林清親――明治の、と言うより浮世絵の終焉（しゅうえん）を飾った絵師である。明治十年代がピークで、それ以降はそれほどの傑作は遺していないが、広重の画業を乗り越えて、新感覚の風景画を描き、作品の評価は、同時代の浮世絵師に比較しても群を抜いている。「光と影の画家」とも呼ばれる巧みな陰影描写は、そのまま時代を超えて現代にも通じる。浮世絵そのものの衰退に巡り合い、不幸な晩年をおくったと伝えられるが、それでも地方に行けば清親の名声は遺っていた。詳しい調査は、まだなされていないが、明治三十九年七月から翌年五月までの十ヵ月間、彼が弘前を拠点として東北の小都市を廻っていたことは分かっている。今でも東北地方から清親の肉筆画が発見されるのは、そうした理由による。

「それが何か？」津田は尋ねた。

「いや、詰まらない画集なんだが、それに清親が序文を寄せているのを見つけたもんでね」

言いながら、水野は今持ってきた本の山を探した。菊判の大きな本だがページ数は少ない。和綴じの古い画集だった。白紙の帯が巻かれていて、それには水野が書いたものらしく「清親序文入り、肉筆画集」という文字が目立っていた。

「浮世絵じゃないですね」

渡された画集をめくりながら、津田は答えた。一枚一枚、直接に写真が貼られている。ちょっと変わった絵だ。津田は思った。白黒なので絵具の色は分からないが、陰影もきちんと計算されていて、かなりうまい。西洋風の日本画である。清親が序文を書いているということは明治の絵師ということになるだろうが、うまい割合に、どこか古くさいところがあった。

「秋田蘭画だそうです」

水野がこともなげに言った。津田はアッと思った。それなら古いのが当り前である。秋田蘭画となれば、鳥居清長の活躍した安永年間に作画期が求められる。今から二百年も前だ。絵を見て、すぐに気がついても良かったはずだが、清親ということが頭に入っていて、全く思い浮かばなかった。

「ま、これが曙山や直武なら別ですが、知らない絵師なんで、絵には興味を持ってないんですがね、ただ、清親が序文を書いてるってのが面白いと思って仕入れてきたんですよ」

「そうですね」津田も同意した。

曙山も直武も秋田蘭画の大成者である。

「読んでみると、それほど面白くもないんでがっかりしましたが……この帯も苦肉の策ですよ。そうでなきゃ売れそうもないですな」

津田は値段を見た。八百円となっている。

「興味をお持ちでしたら、差しあげます。何か研究の足しにでもなるんじゃありませんかね」その様子を見てとって水野が言った。

「悪いですよ、それじゃ」

確かに清親の序文には興味があった。浮世絵と無関係の画集に文章を寄せるからには、何か出版社、あるいは著者とつながりがあったかも知れない。そこから面白いものが出てくる可能性もある。

「なあに構いませんよ。あなたには他の本も買っていただいたから——御遠慮なく」

水野は笑いながら津田から本を受け取ると値段表をはぎ取って再び手渡した。

2

湖山荘主人収蔵名幅図録序

今ヤ文運日ニ進ミ月ニ新ニシテ、図書ノ刊行セラルルモノ尠(スクナ)カラズ。然レドモ、此等ハ概ネ時好ヲ趁(オ)ヒ流行ニ投ズル片々タル一気呵成ノ小冊子ニシテ、我学界ニ貢献スルコト著大ナラズ。コレ識者ノ深ク遺憾トスル所ナリ。

此時ニ当リテ、湖山荘主人、故佐藤正吉君ノ収蔵セル名幅図録上梓セラル。余此ノ事ヲ仄聞セシ時ヨリ、疾ク完成セル日ヲ待チヌ。

余ハ佐藤君ヲ静岡ニテ識レリ。君ハモト山村ニ生長シ学術ヲ以テ身ヲ立ツルノ初志アリシガ、故アッテ系統アル教育トテハ、中学ノ課程ヲダニ卒ルコトナカリシガ、モト旧家ナルガ故ニ、親戚知友ノ中ニ好画篤学ノ士多ク幼時ヨリ見聞オノヅカラ博ク、夙(ハヤ)ク独学ニテ観画ノ癖ヲ養成セリ。カクテ、丁年ニ及ビテハ徴サレテ兵役ニ従ヒ、前後又家事ノ為メニ世故ヲ閲シ尽シ、遂ニ秋田県ニ赴キテ、鹿角郡小坂鉱山ニテ業ヲ成スコト数年ナリキ。

余静岡ヲ離レテ、君ト再会スマデ、実ニ三十数年ノ月日ガタチヌ。余、君ノ消息ヲ識リテヨリ、屢〻君ガモトヲ訪ネタリ。昨年ノ十一月廿三日ヨリ同廿八日迄ノ滞在ハ、今モ余ハ決シテ忘ルルコトナカリ。然ルニ、本年九月十七日、小坂鉱山ヲ襲ヘル未曾有ノ大洪水ニテ、君ハ落命セリ。余、コノ報ニ接シ、只管、君ノ薄幸ヲ悲シムモノナリ。幸ヒ君ノ所蔵セル書画幅ハ、悉ク流失ヲ免レ、家人コレヲ纏メムト云フヲ聞ク。快ナルカナ。余ココニ君ノ意志ノ決シテ死ナザルコトヲ信ズ。願ハクバ君ヲ識ル人ノミナラズ、多クノ人ノ目ニ触レンコトヲ君ノ為メニ祈ルノミ。

明治四十年十二月　清親

3

国立のアパートへ戻ると、津田は一人住いの簡単な夕食を終え、ドリップでコーヒーを多目に作った。二杯目のコーヒーを飲みながら、津田はようやく古本市から持ち帰った紙包みをほどいた。かび臭い匂いが一瞬鼻をついた。だがこの匂いは嫌いではない。

最初に水野から貰った画集を手にした。

「湖山荘主人収蔵名幅図録」と長い題簽が表紙に貼られてある。百ページ前後の本で、乾燥している割には重い。大型写真が百枚近く貼られているからだろう。

津田は清親の序文から読み始めた。片カナ混じりの文章が非常に読み難い。一文字一文字、目が停止してしまうので、全体として掴まえることが難しい。その代わり読み進めている時は、完全に理解しているような気にさせる。まったく不思議な文章作法である。空疎な内容をごまかすために編み出した日本人のテクニックだ。以前、国府が同様のことを話してくれたことを思い出した。

〈これじゃ水野さんの言うとおり、あまり意味がない――でも、秋田を清親が訪れた日付が記されているだけ、役に立つ可能性がある〉

ページをめくるとセピア色に変色した肖像写真が目についた。

丸顔にカイゼル髭を生やして、縞ネクタイをしめた四十前後に見える紳士が、イスに腰かけている。口許をひきしめ、握り締めたこぶしにも緊張が感じられた。写真館で撮影されたものだ。背景が書き割りになっていて、それには窓が切られている。その外には雲が浮かんでいた。スナップ写真に馴れてしまった今では、少し奇異な感じも受けるが、この当時はこれで何とも思わなかったに違いない。イスの右手に大仰に飾られた置き洋灯(ランプ)の新しさが、津田には逆に古い時代を感じさせた。

〝明治三十八年　湖山荘主人　故佐藤正吉君〟

写真の下に説明がある。清親の序文によると、この二年後にこの男は事故で亡くなったことになる。写真のどこにも、そういう影の薄さのようなものは感じられなかった。

次のページからは、ずうっと写真図版が続いている。めくっているとハラッと下に落ちたものがあった。貼りこみ写真が剝がれたものだと思ったが、手にとってみるとそれは古い絵ハガキだった。持ち主が栞がわりに用いたものだろう。津田はそれをテーブルに置くと、画集に目を戻した。写真図版は竪長のものもあれば横に広いものもあり、サイズはまちまちであるが全部日本画の軸物である。

絵の題名と、ところどころに作者の小伝が記されてあるだけで、作品の解説などは全く見あたらない。画集にしては変わっている。

佐藤正吉が亡くなってしまい、これらの絵の価値を云々する人間がいなくなってしまったのであろう。あるいは単に図録を出せば良しとする、美術書の体裁をあまり知らない人達が纏めたものかも知れない。普通、収蔵家の図録といえば、読む方が厭になるほどの入手の経過とか、作者に対する収集家の過大評価とも思われる文章が続いているものである。それに比較すると、この画集はすっきりしていて津田には好感が持たれた。

図版は七十四枚ある。そのうちの五十二枚が一人の絵師のものであった。佐藤正吉がよほど好きな絵師でもあったのだろう。古書会場でこの図版を見た時から、津田はかなり腕の達者な絵師だと考えていたが、あらためて眺めてみても、その感想は変わらなかった。しかしこの絵師の名には全く心当りがない。浮世絵師以外のことになれば、それほど詳しくもない津田であったが、一応それなりの知識は持っている。特に秋田蘭画といえば、津田の郷里の岩手に近い関係から少なからず興味を抱いていて、ある程度の絵師の名も頭に入っていた。

〈やっぱり奥は深いな〉津田は自分の不勉強を棚にあげて思った。

これほどの力量を持った絵師の存在が今に伝わっていないのだ。だが存在が伝わるということは人の目に触れるということでもある。たとえどんなに優れた作品を遺した絵師であったにしても、それがおおやけの場に一度でも曝されたことがなければ評価などされるわけがない。このように地方で埋もれてしまった天才が何人もいるのである。

〈だからこそ、やりがいがある〉

まったく無評価の人間を、自分の力で発掘し、評価させる。これが美術に携わる人間にとって終生やむことのない夢であった。

津田は思いがけなく興奮を覚えた。まだどうともいえないが調査してみるだけの価値はある。無名の絵師であれば、その評価の鍵は自分が握っているのだ。津田は画集をあちこちとめくった。この絵師の小伝が載せられているページを探すためである。

図版の最終部分の脇に、それは印刷されてあった。

近松昌栄
角館出身。秋田藩士。宝暦十二年生。昌栄幼少より画を好みて、安永九年同藩の小田野直武に師事す。天明初頭、藩主佐竹義敦に従ひて江戸に上る。同五年義敦の病歿に依り主家を離れて司馬江漢に与す。寛政年間、帰藩して以来、大館、本庄と移り住む。文政年間歿。

津田の期待に反して、これはあまりにも素気ない文章だった。わずか百文字ほどである。だが簡潔にして要を得ている。これなら自分が調査する手がかりにはなる。小田野直武の名は当然としても、ここに司馬江漢の名が出てきたことに津田は興味を持った。銅版画家、又は当時随一の西洋画家として彼の名は多くの人が知っている。しかし江漢がそうなる以前に浮世絵師であったことは意外に知られていない。自分の分野に少しでも関係のありそうなことが、近松昌栄という絵師の存在を津田に一層身近なものにした。

津田の気持は動いた。それまで何気なく見過ごしてきた作品の一点一点を、今度は注意深く見直し始めたのである。何か伝記的に手がかりになるようなものはないかと、絵そのものの他に、津田の目は四隅の書きこみ文字にまで及んでいった。

やがて一枚の作品に、その目は注がれた。

竪長の画面一杯に一頭のライオンが描かれている。力強い作品である。

津田の目はそこに釘づけになった。だが、画面の力強さのせいではない。書きこみを読み進めているうちに、津田は信じられない文字を、その作品上に認めたのである。

〝東洲斎写楽改近松昌栄〟

何度読み返しても、そのように見える。津田は夢を見ているのだと思った。

4

東洲斎写楽――二千人は超すといわれる浮世絵師の中で、彼の名は歌麿、北斎達と並べられ、最も良く知られている。だが知名度が高いということだけなら、別に大して問題はない。彼は他の浮世絵師に較べると実にユニークな一面を持った絵師なのである。それは作画期が異常に短い割に、作品数が期間にしては多いということだ。その上、作品を出版した版元も一軒に限られている。彼はわずか十ヵ月の間に百四十枚以上の作品を発表し、忽然と姿を消してしまった。伝記もはっきりしていない。いわゆる謎の多い絵師なのである。

浮世絵師の伝記を調査するうえで、最も信頼性が高いと言われている「浮世絵類考」にも、彼の名はわずかしか収録されていない。

〝写楽——天明寛政年中の人。俗称、斎藤十郎兵衛、居、江戸八丁堀に住す。阿州公の能役者也。歌舞伎役者の似顔を写せしが、あまりに真を画んとてあらぬさまに書なせしかば長く世に行れず、一両年にて止む〟

これは写楽が活躍していた寛政年間に笹屋邦教という人物が書き遺した覚書が今に伝わっているもので、当時の写楽観が良く分かる。

これで見る限り、写楽は評判の悪い絵師だったということになる。現在でもその考えは定説となっている。江戸の人々は写楽の近代性を見抜くことができなかったと言われているのだ。だが、それでは何故評判の悪い絵師が、わずか十ヵ月の間に百四十枚以上の作品を発表することができたのか。このことが良く分からない。現在では阿波の能役者説は捨てられ、実は写楽は別の絵師の変名であったとする〝写楽別人説〟が盛んに行なわれている。そうとでも考えなければ、理屈が通らないほどに、写楽の謎は奥深い。絵の魅力とは別に、この写楽そのものの謎が多くの研究者の好奇心を捉えて離さないのである。

5

十月二十五日

二日後の夕方。津田は銀座に出た。

七時から並木通りの「さかもと」で、藤沢浩の出版祝賀会が開かれることになっている。内輪だけのささやかな会であるが、藤沢は西島門下の中堅で、もちろん西島も出席することになっている。津田は目指す「さかもと」が近づくにつれて胸の動悸を押さえることができなかった。西島に画集のことを何と説明すれば良いのか、西島は自分の言うことに興味を持ってくれるかどうかという強い不安のせいであった。ここ二日間ばかり津田はほとんど眠っていない。浮世絵研究界を、いや世界の美術界を揺るがすほどの大発見に、自分は関わり合いを持っているのではないか、そう思い始めると、とても眠れる状態ではなかった。この日も、津田は早くから大学に行き、研究室と図書館で時間の大半を過ごした。西島が今夜の会に出席することが決まっていなければ、欠席しても構わないとすら考えていた。それだけ津田はこの問題に熱中していた。

西島は国府も指摘したとおり、ここ十年ばかりは写楽問題から遠ざかっている。しかし依然として写楽研究の第一人者である。

津田が写楽に関して新説を述べる。それに西島が自分の見解を披瀝(ひれき)する。この間に師弟関係が差し挟まれる余地はない。研究というのは、そういうことである。

だが、新しい写楽説を打ちあげた研究者にことごとく批判をし続けてきた西島の、これまでの態度を思うと憂鬱になった。

西島のその姿勢も分からないではない。

第一人者の西島が、新説に賛同するということは、暗にその説が正しいと認めたことになる。その影響力は大きい。立場上、確証もないことに対して、曖昧な態度や批判的な見解を唱えるのは当然のことだ。誰かを賞めることよりは、全部を批判することのほうが、もっと賢明なやり方である。その西島のやり方は津田にも充分理解できていたつもりだったが、まさか自分がこういう立場に置かれるとは、思ってもみなかったことであった。

6

「津田ちゃん、遅いわよ」

店に入るなり、カウンターの中で働いていた女将の由利江が、頭に二本、指を角のようにかざしながら津田に声をかけた。「さかもと」は西島の気に入りの店で、津田も何かのたびに連れてこられ、店の人間ともすっかり親しくなっている。時間は七時を過ぎていた。

「先生は？」津田は慌てて尋ねた。

由利江は目で奥座敷を示した。襖の向こうから、吉村や岩越登達の笑い声が洩れていた。

中に入ると、すでに十人ばかりの人間が集まっていた。西島を中心にしてコの字形に坐っている。全部西島の門下生であった。

「何だ、遅いじゃないか」

吉村が姿を見せた津田に、刺々(とげとげ)しい口調で質(ただ)した。まだ四十前だというのに少し中年太りが始まっている。

「すみません。研究室に用がありまして」

「こいつ、今日はおかしいんですよ。辞典や画集と首っぴきで」

岩越が横から説明した。西島は知らないふりをして藤沢と話していた。

「時間だけはきちんと守れよ」

軽く舌うちしながら、吉村はそれだけ言うと気がすんだのか、再び西島の方に向き直って話を続けた。

「すみません」

津田は頭を下げると、岩越の隣りに作られてある自分の席に着いた。無論、末席である。

「浩さんの挨拶はすんだよ――ほら」

小声で話しかけながら岩越は藤沢が今度出版した本を津田に渡した。紙袋に入っていて表には津田の名が書いてある。出版社は美術出版としては大手に属する芸潮社である。ここには西島門下の山下が編集に入っていた。

「ヤマさんがね――今度芸潮社から雑誌を出さないかって話を持ってきてね」

岩越は嬉しそうに体を揺すって笑った。

「今がチャンスだって言うんだよ。敵さんはね、嵯峨厚が亡くなって、態勢を纏め直すのに必死になっているらしい。今なら『浮世絵世界』を潰せるっていきまいている」

「浮世絵世界」は「愛好会」が中心となって編集している専門雑誌である。肉筆と秘画が主体の編集方針で、部数も結構伸びていた。

「だって向こうとこっちじゃ、考え方が違うでしょう。競争になりませんよ」

真面目な論文だけでは売れそうにもない。

「だからさ、秘画をやれって言うんだ。驚くぞ、こっちが秘画を扱うなんて敵さんは夢にも思っていないだろうからな――向こうより安い値段で売れば、必らず一年もしないうちに『浮世絵世界』は潰れる。それが狙いだ」

「先生にも話したんですか？」

　津田は、まさか西島は承知しまいと思った。西島の秘画嫌いは有名である。浮世絵研究が今一つ学問として認められないのは「秘画」の存在によるものだと力説して憚らない。浮世絵に不当な誤解を生じさせているものに、秘画があるのだと常日頃話しているのである。

「もちろんだよ。先生もね、この機会に秘画信奉者を根絶やしにできるなら、それもやむを得んということだ」

　津田は驚いて、遠くにいる西島を盗み見た。

〈根絶やしなら、やむを得ん、か〉

　あまりに大時代的な発想に、津田は腹も立たなかった。ただ、そういうことを平気で口にする人間の下にいるということが津田には少し情けなかった。岩越は、まだ話を続けたが津田は興味を失って、飲めない酒を口に運んだ。会は九時過ぎまで続けられた。出版祝賀会は名目ばかりで、話題の中心はそのことばかりに終始した。津田はほとんどその会話には加わらなかった。津田はもう、写楽のことを西島に伝える気力を失っていた。そんな気分になれなかったのである。

　吉村が散会を告げると津田は、まっ先に帰り仕度を始めた。かなり酔いが回っていた。

「津田君、ちょっと」

西島が呼びとめて顎でカウンターの方向を示した。そこで少し待てということだろう。津田は先に座敷を出て、店のカウンターで西島を待った。

7

「先生、お酒は？」

津田の隣りに腰かけた西島に女将が訊いた。

「ああ、もらうよ」

銀ぶちの眼鏡を外して、おしぼりで顔を拭きながら西島は返事をした。脂ぎった顔をしている。ずいぶん飲んでいるな、津田は何の話かと訝りながら思っていた。間もなく銚子が運ばれてきた。津田は、西島が無言で差し出した猪口に酒を注いだ。酒が少しこぼれた。

「あ、すみません」津田はおしぼりで拭いた。

「構わん。気にせんでいいよ──それより、どうだ、来年ボストンに行かんか」

「は」津田は耳を疑った。

「ボストン美術館だ」西島はくり返しながらニヤッと薄笑いを浮かべた。

「文化庁からの要請で、あそこの日本美術の調査に何人か出すことになった──浮世絵も一人行けることになっている。ただ、政府の仕事だからな。何年かかるか分からない。やはり独身者でなければ無理だろう」

津田は胸が苦しくなった。ボストン美術館は浮世絵のコレクションで有名なところである。収蔵点数は優に六万を超す。東京国立博物館ですら一万点を超えていない。世界でも有数の美術館である。それにボストンを拠点としてメトロポリタン、シカゴ、フリヤーとアメリカの博物館を見て回ることもできる。皆それぞれに厖大なコレクションを持っていて、全部を合わせれば四十万点を軽く超してしまう。日本で五十年を費したとしても、その半分の数も見ることはできない。そのチャンスが自分に巡ってきている。津田は信じられない思いで西島の顔を見た。

「この話はまだ吉村君にしかしていない。独身がいいだろうとオレが言ったら、残念そうな顔をしていたよ」

西島は愉快そうに笑った。確かに吉村なら残念に思ったに違いない。彼は野心家である。いつまでも私立の美術館で満足している男ではない。だが何年か分からないということも不安だったのではないか。半年か一年と期間が決められているのであれば、吉村は強引にでもこの話をものにしていたはずだ。

「独身となれば、今のところ君と岩越しかいない。あとの者はまだ若すぎる。やはりうちから出すとなれば外国（あちら）さんに賞められる人間じゃないと……オレにもメンツがある」

「それじゃ、岩越さんにも――」

「いや、あれには話していない。今、吉村君の方から、京都の美術館にやらないかと話があってね。あれは少し気が弱いところがあるんで、オレもその方がいいと思っている。ボストンでノイローゼにでもなられたら、オレが迷惑する。やるとすれば君しかいない」

「ありがたい話なんですが、それでは岩越さんに申し訳が――」

「関係ない。オレが決めることだ。それにぐずぐず言うような奴なら、研究室にも必要ない。君は気にせんでいい――それさえ問題なければ君も異存はないんだな」

「はい。僕のほうは、研究室のことで先生に御不便さえなければ」

津田は西島の剣幕に少したじろぎながら返事をした。決して悪い話ではない。

「そうか――これで決定だな。もちろん正式に文化庁から話があってからのことになるが。故郷（くに）の方も大丈夫かね」

「それは構わないと思います」

「よし、それでは乾杯といこう」

西島は津田の盃に酒を注いだ。

「ところで、君はここのところ、何か調べものをしているそうだな」

話が決まって気持が落着いたのか、西島はネクタイを弛（ゆる）めながら津田に尋ねた。

「今朝は早くから大学に出ていたそうだな」

「実は、少し面白い本を見つけたもので」

「ほう、どんな本かね」

西島は興味をひかれた表情をした。少し躊躇を感じたが、やはり話してしまおうと津田は思った。

「写楽のことなんです」

近松昌栄という名を告げると、西島はしばらく考えたあと、知らないと答えた。津田は発見のいきさつをこまごまと伝えたあと、ショルダーバッグから画集を取り出すと、西島に手渡した。西島は序文を読むと、ゆっくりと図版を眺め始めた。

「問題はこれなんです」

西島の目がライオン図を捉えたのを見て、津田は横から身を乗り出して、書きこみ文字を指で示した。西島の眉が一瞬小さく動いた。思いのほか厳しい目つきになっている。津田は興奮した。門下となって以来、こういう西島の姿に接するのは初めてのことである。

西島はそのまま図版から目を離さなかった。

「どう思われますか？」

あまりにも長い間西島がものを言わないので、津田はじりじりとして尋ねた。

「ふうむ」

西島は図版から目を離すと、しばらく無言で盃を口に運んでいた。言葉を探している。

〈可能性があるのか？〉

それとも――門下生だから傷つけまいとしているのか。いつもならすぐに断定する癖のある西島を思うと、津田の心は揺れ動いた。

「これは……」西島がようやく口を開いた。

「難しい――はっきり言えば、線はまるで似ていない。写楽の特徴をまるで持っていない」

〈やっぱりダメか〉津田は失望した。

「だが……」思わせぶりに西島は続けた。

「この絵は明らかに銅版画を粉本にして描いたものだ。ということは意識して自分の筆法を変えている可能性がある。役者絵と西洋画では線描を比較すること自体、無意味だ――線描の違いから、写楽ではないと誰にも言いきれないだろう」

そうなのか。何て迂闊だったのだ。津田は思った。第三者を納得させようとする気持がどこかにあって、ここ二日の間、必死になって絵と向かいあっていたのである。

写楽の版画とつき合わせながら、ここは違う、あそこは似ていると、一人でやっきになっていた。

「これまでの写楽別人説では――」

西島は一語一語、ゆっくりと発音した。

「根拠となっている作品はすべて浮世絵か日本画だった。北斎しかり、文晁しかり、応挙しかり。耳が似ているとか、着物のひだの描き方が似ているとか、眉の形が同じだとか。確かに部分図を並べられてみると、オレもオヤッと思った説もないではない。だが、やはり違う。絵は部分だけで成り立っていないのだ。たとえ耳や眉がどれだけ写楽と酷似していたとしても、全体が写楽と似ていなければどうにもならん。写楽の持っている独得の雰囲気だな。それを感じさせない絵師は、どんなに部分が似ていても、オレは認めん。だが、これは今までのどの説にもあてはまらないものだ。比較する線描が全くない。ここに、この書きこみがなければ世界中の誰一人として、この作品を写楽と結びつけて考えるものはおらんだろう。それだけに難しい……」

西島は腕を組みながら目を瞑(つむ)った。

「この絵師が東洲斎写楽の名を騙(かた)ったという可能性だが――」

津田は西島の考えにドキッとした。

「それもないだろう……寛政十年といえば、写楽が作品を出さなくなってから三年が過ぎている。これが歌麿であれば話は別だが、写楽となれば名を騙る意味もない……

君も聞いたことがあるだろう。幕末の頃、歌川派の絵師が江戸を離れて地方を旅して歩いていた時の話だ——職業は何かと問われて、彼は浮世絵師と答えた。すると、その土地の人々は〝歌麿〟の門人かと訊き返したと言う。すでに歌麿が没して何十年も経っていたというのにだよ。絵師は〝豊国の門人だ〟と胸を張って答えた。当然だ。当時、豊国といえば門下数百名を従えて、浮世絵諸派の中心と目されていたからね。だが絵師の意に反して、人々は聞いたこともないと言って、それっきり興味を失ったという……これはいかに歌麿の名声が津々浦々にまで鳴り響いていたかを物語る話として伝わっているのだが、反面、それ以外の絵師が地方では全く無名に近い存在であったことも伝えている。江戸に居ればこその名声で、一旦江戸を離れれば、その名前はあまり意味を持たなくなっていたのだよ——特に役者絵師となれば尚更だ。歌舞伎そのものを一度も見たことのない人間が、役者絵を見せられても別にこれといった感慨は持たないだろう。今の話の続きになるが、その土地の人々は市川団十郎の名すら聞いたことがなかったそうだ。千両役者と呼ばれて、江戸では三歳の子供まで知っていた名前をだ……このことから推しても、この昌栄がわざわざ写楽の名を騙るというメリットは、全くなかったと言わざるを得ない。年代的に考えても、偶然同じ名を名乗った絵師が二人いたとは絶対に思われない」

「すると……」

津田は、西島の話を聞きながら、もうひとつの解釈に思い当った。

「二代写楽という可能性はどうでしょう」

「二代ねぇ……断言はできんが難しいな」

「でも、そう解釈すればこの画風の違いも」

「明らかに二代と分かる版画作品が出ていない以上、そこから先は仮説に過ぎない──それに二代目をたてるほどの状況が写楽にあったかどうかという問題もあるな。人気が高く門下を多数抱えている絵師であれば、もう少し詳しいことが現在に伝えられているはずだとオレは思うね──そうなれば写楽の謎は謎でなくなっていたに違いない」

「そうかも知れませんが、写楽工房説も、そう考えると生きてくるような……」

写楽工房説とは、写楽が単独の絵師ではなかったという説である。写楽の作画期間は寛政六年五月より翌年二月までのわずか十ヵ月でしかない。その短い期間に彼は百四十枚以上の作品を発表している。二日に一枚を描いた計算になる。これは果して一人の絵師に可能なことであろうか。ここに着目して言われ始めたのがこれである。つまり現代の劇画プロダクションのように、何人もの人間が流れ作業式に描いた作品だというわけだ。この説から推し進めると、二代写楽の存在もあり得ない話ではなくなる。津田はそう思った。

「工房説か……それもあくまで仮説に過ぎない。その上に二代問題を重ねれば、屋上屋ってことになりかねんな——第一、オレは写楽の作画量は決して多いものだとは思わん。春信だって年に百枚以上は描いている。国貞に至っては年に数百枚のペースだよ」

「でも、国貞の場合は、門下の代筆が相当含まれているんじゃありませんか」

「そうだ——だが、それが何だと言うのかね。当時はそれが認められていた。絵師自身がそれを口にすることはないが、だからと言って罪悪とも思われていない。版元も無名絵師の名前よりは国貞の名を喜んだ。それだけのことだよ。写楽がもしも、この方法で作品を描いたとしても、誰もそれを咎めだてする人間はいなかったろう。それほど絵の芸術性について云々される時代ではなかったわけだ。そういう時代に、一人で間違いなく描いているということを強調するよりは、本当に門下がいたのなら、むしろそのことを強調する方が自然ではないのかね。ところが写楽に門下があったという話は聞かない。門人が大勢いるということが、すなわち工房説とイコールなのだよ。オレが工房説に納得できないというのはその点にあるのだ。作品が多いということに謎はひとつもない。あるとすれば、何故あれだけの作品が蔦屋からだけしか出版されなかったか、ということだな」

「確かにその通りですね」

津田もその話に納得した。こんな風にして西島から写楽のことを聞いたことがない。

「名も騙っていない。二代でもない。同名の別人でもない。となれば、これは本当に写楽ということになる」

津田の体は小さく震えた。

「ただし……これが贋作でなければの話だ」

「偽物だと思われるんですか」

「君はその可能性は考えなかったのか」

怪訝（けげん）な顔で西島は津田に質した。

「いや、最初はすぐに贋作じゃないかと疑ってかかったんですが……でも、この画集は明治四十年に出版されているんですよ」

津田は四十年と強調した。西島は無言だった。しきりに津田の言葉の意味を捉えようとしているようだった。やがて西島は、

「クルトの前なんだな」

確かめるように呟いた。脂汗が出ていた。

「そうです。そういうことなんです」

言いながら、津田は画集の奥付を西島に示した。明治四十年十二月廿五日発行。そ

こには確かにそう記されてある。

「クルトの前か……」

西島は溜め息を洩らすと、何度もその言葉を繰り返していた。

日本で写楽の名が高められたのは、それほど昔のことではない。明治四十三年、ドイツの浮世絵研究家、ユリウス・クルト博士によって「SHARAKU」が書かれて以来のことである。彼はその著書の中で写楽を世界に冠たる風刺画家として賞讃し、レンブラント、ベラスケスと並ぶ世界三大肖像画家として位置づけた。そしてこの評価は逆輸入の形で日本にまで及んだのである。

この評価に日本人は狂喜した。

以降、写楽の名は急速に日本人の間に浸透していった。浮世絵がどんなものか見たことのない人ですら、写楽の名を口にするようになった。何と言っても外国の美術研究者が写楽を認めたのである。この意味は大きかった。日本人千人が認めることと、外国人一人が評価することと、当時は同等の重さがあったことだろう。ましてや、文化面において日本は後進国だという意識が誰しもの胸に、のしかかっていた時代である。

それでは、クルト以前、日本での写楽の知名度はどうかというと、ほとんど無名に近い。

明治三十六年に出版された「大日本名家全書」の画家の部にも、北斎、広重の名は載せられてあるが、写楽は見当らない。わずかに一部の画商、好事家たちの間だけで、写楽の名が囁かれていたに過ぎない。それとても二流三流の絵師として考えられていただけであろう。とにかく、画商にとって商売にならない絵師であったことは間違いがないのだ。

「クルトの前だとすれば、偽物の可能性は」

津田は答えを急いた。

「まずあり得ないことだな」

西島も同意した。

「昌栄の線からは何か摑めたのかね」

西島は話を変えた。

「それが……まったく分からないんです」

研究室や大学図書館にある美術書や人名辞典を調べてみても、昌栄のことは何ひとつ分からなかった。津田はこの二日間の調査結果をこまごまと説明した。

「それではオレがやっても同じことだな」

西島は津田の労をねぎらった。

「文献上からは昌栄は摑めない……となればだ、この小伝は何かから引用したのではなく箱書きや写本あたりから採ったものだな……やはり直接現地に行ってみるほかはないな」

「角館ですか」

津田は西島の思いがけない反応の早さに、喜びを押さえながら訊ねた。

「そこも、もちろんだが、この序文にある佐藤正吉って人物もあたってみなければ……」

「そうですね――でも、明治四十年ってことになると難しいですね」

「何も出ないかもしれん。だが分からないということがはっきりするのも重要だからな。この小坂ってのは、秋田のどの辺かね」

「ちょうど、岩手県と秋田県の県境になります。十和田湖のすぐそばの町です」

「ほう……そんな場所で写楽がねぇ」

西島は信じられない顔をして盃に手をのばした。津田も無言でそれを眺めていた。

「まあ、世の中には思いがけないことが良くあるものだよ……嵯峨君が自殺したということも、そのひとつだな」

西島はポツリと呟いた。口許には小さな笑いがあらわれ始めていた。

十月二十六日

8

電話の呼び出し音が続いたまま止まない。

津田はその回数を十五まで数えて、諦めようとした。広い部屋ではないと津田は聞いていた。留守に違いない。受話器を耳から離すと、瞬間、音が途切れて相手が出た。

「国府ですが」

若い女の声だった。津田はとまどった。

「あの、津田と申しますが、国府さんはいらっしゃいますでしょうか……大学の後輩で、いつも国府さんにはお世話に――」

「良平さんでしょ」

クスッと笑い声を洩らしながら相手が答えた。その声には親しみがこめられていた。

「あれっ、冴子さんなの？」

津田の胸は高鳴った。

冴子は国府の妹である。昔、津田が良く国府のアパートを訪ねていた頃は冴子は大学に通っていて、何度も顔を合わせていた。勝気なところはあったが、明るく美しい娘で、津田は内心、冴子を心好く思っていたのだ。だが、その冴子も二十四歳になったはずだ。結婚していても不思議ではない。先日、国府と出会った時にも、実はそのことを尋ねてみたかった津田ではあったが、何となく照れくさい気持が手伝って、話を切りださずに別れてしまった。

「久しぶりだね」津田は平静を装って話した。

「変わんないんですってね、良平さんは」

「え、なんのことだい」

「兄貴がさっき話してたの。ちっとも変わっていないって」

「進歩がないってことだろう」津田は笑った。

「でも安心したわ……」

「何が？」

「まだ良平さん、一人だって聞いて——」

津田は慌てた。電話で片付ける言葉ではない。咄嗟に返答ができなかった。

「国府さんは、留守なの？」

津田はごまかした。

「今戻るわ。兄貴ったら格好つけてゲルベゾルテなんか喫ってるもんだから、自動販売機じゃ買えないのよ。あ、帰ってきたみたい。今のは内緒よ」

ドアの開く音がして、国府の声が聞こえた。

「やあ、ちょうど良かった。冴子が仙台から急に出てきてね。一緒にめしを食べてきたんだ」

「あれ、冴子さん、今は仙台ですか」

国府が説明した。冴子は二年前に大学を卒業すると、実家のある岡山に戻れという両親の意向に反して、ひとりで仙台の市立図書館に就職を決めてしまったと言うことだった。東京には一ヵ月に一、二度、国府のアパートの掃除かたがた遊びにくると言う。

「掃除は名目でね。実は小遣いをせびりにくるのさ」

国府は急に小さな声で付け足して笑った。

「ところで、何か急用だったのかい」

「いや、ちょっと見てもらいたいものがあったものですから」

「そうか——君は今何処にいるんだ」

「新宿の喫茶店です」

「どうだ、今からこっちへこないか。冴子もいることだし、何か作らせるよ」

「でも、それじゃ冴子さんに悪いですよ」

「構わないさ。冴子も喜んでいるよ」

国府は大声で笑いながら津田を誘った。

9

一時間後。津田は府中駅でおりた。出口には国府が待っていた。手に大きな紙包みを抱えている。白い葱がはみ出ていた。自分のためにわざわざ買物をしたんだな、津田は気を遣わせてしまって悪いことをしたと思った。

国府は歩き始めた。並びながら、津田は冴子のことばかり考えていた。

「お待ちかねの良平君がやってきたよ」

部屋に入るなり、国府は奥の部屋に向かって大声をあげた。

「よしてよ。良平さんが変に思っちゃうじゃない」

冴子が顔を見せた。学生の頃は健康的な体つきをしていたが、勤めるようになって少し痩せたようだ。だが美しさは変わっていない。長い髪が良く似合っていたが、今のショートカットも美しい。笑うと右頬に小さな笑くぼができる。これは昔のままだ。冴子が変わっていないので、津田は自分だけが歳をとってしまったような気持になった。

「見違える、と思ってたんだけど、あんまり変わっていないんで驚いたな」

「いいいい、あんまり女の子が喜ぶセリフじゃないみたい」

津田の言葉に、冴子が返した。

「女の子ってのは、何処にいるんだ」

国府が揶揄(やゆ)した。冴子が吹き出した。

「ところで、先生は何て言ってるんだ」

冴子が作った水割りに薄い薄いと愚痴をこぼしながら、国府は尋ねた。テーブルには今まで眺めていた画集が置かれてある。

「難しいの一点張りでしたが、可能性は充分にあるということでした」

「充分にあり——か。先生にしては珍しいじゃないか」国府の目が輝いていた。

「やはり、門下ということもありますかね」

「それは関係ない。そんな思いやりを持つような人じゃない」

津田は国府の強い口調にたじろいだ。思いやりがあれば、自分はこんな目に会ってはいない。そんな風にも津田にはとれた。

「先生が認めたとなれば、これは面白いな。十何年ぶりに西島俊作が動いたわけだ」

「ゴジラみたい」冴子が笑った。

「何だ、ずいぶん古いことを知っているな」

「兄貴が連れてってくれたじゃない、新宿の名画座」

「バカ、名画座でそんなのやるかよ」

国府は苦笑しながら、話を戻した。

「とにかくだ——問題点はいくつかある。この画集にある小伝の裏がどれだけとれるか。秋田蘭画と浮世絵との関連性。昌栄と版元蔦屋との関係。写楽の謎とのからみ合い。まあ最低これだけは調べられないと、説としては成り立っていかないだろう」

津田は絶句した。たった二日間だけの調査ではあったが、何ひとつ新事実は摑んでいない。特に昌栄と蔦屋との関係に至っては絶望的としか言いようがない。津田は「写楽研究ノート」を纏める際に、蔦屋重三郎についてはかなり詳しく調べている。その中に昌栄との関わり合いなど、無論一度として出てこない。津田はそのことを国府に伝えた。

「それは当然じゃないか。君の頭には、その時昌栄の存在がなかったわけだから——オレの言っているのは、写楽が誰かという謎から出発している。新しい目で見直していけということだ。これまでの研究者は、写楽が誰かという謎から出発している。だから資料に確実性がない限り、先へ一歩も進むことができない。いわば資料が次の扉を開く鍵になっていたわけだ。そして答に到達する。ところが今度の場合は、まったく逆の立場じゃないか——この画集が偶然君の手許に入ってくるまで、君も、先生も、そしてオレも写楽がまさか秋田蘭画の絵師だとは考えてもみたことがなかった。もう答は出ているんだよ。君はこの答を信じてはいないのか？」

「それが——分からないんですよ。実際あまりにもかけ離れすぎている話でしょう」

「それは、君も先生も浮世絵研究者だからさ」

国府はきっぱりと言い放った。

「浮世絵を知らない人にとっては、秋田蘭画も浮世絵も似たようなものさ。同じ日本画にしかすぎない。江漢の銅版画を見て、君は一度でも浮世絵を連想したことがあるのかい」

「さあ、どうかなあ」

「悩むのは、知識として君の頭の中に江漢の浮世絵があるからだよ。彼自身が『春波楼筆記』の中で春重の名で浮世絵を描いたことを告白していなければ、誰も江漢と春重とを同一視しなかったと、オレは思うね」

津田は唸った。その通りかも知れない。確かに春重と名乗って描いた江漢の浮世絵には遠近法がとり入れられてはいる。だが、そのことを除けば、春重の作品は他の浮世絵師達のものとほとんど同質の線描である。銅版で彼が用いた硬質の描法とは全く別のものなのだ。

「君が、その写楽と昌栄との線描の差だけに拘わっているのなら、オレは、その点に関してだけは、あり得る話だろうとしか言えないがね……それに、もうひとつ気がついたことがあるよ」

国府はグラスの酒を一息にあけて続けた。

「昌栄という画号から何か思い出さないか」

津田の頭にカッと血が昇った。そうか、そういうことだ。国府のひらめきに津田は打ちのめされた。

「……昌栄堂栄昌……」

国府は呪文のように呟いた。

昌栄堂栄昌。写楽と同時代に活躍した美人画の絵師である。経歴も写楽と同様、一切伝わっていない。五百石取りの旗本でありながら浮世絵師となった鳥文斎栄之の門下として、特に大首美人画に天才的な才能を示した。普通、鳥高斎栄昌と、師に因んだ画号を用いているが、昌栄堂とも署名した。

「これも、さっき話したことからの連想だよ。オレは写楽が昌栄だと仮定してみた。すると当然浮世絵と何らかの関係がなければならない。それも寛政年間の浮世絵だ。必然的に栄昌に結びついたというわけさ。最初は単純にひっくり返した画号と思ったんだが、栄昌は昌栄堂とも書いているからね……これは逆からでなければ絶対出てこない連想だ。ある研究者が栄昌を写楽に近い存在だと思いついたとしても、そこから近松昌栄という無名の、しかも秋田蘭画の絵師にはたどり着かない。このことをオレは言っているのさ。蔦屋と昌栄との関係も、蔦屋側からだけでは結びつかない。

昌栄からのアプローチが必要なんだ。昌栄が写楽であるならば、この二つは完全につながる。そうでなければならないはずなんだよ」

「その通りですね。そのことは考えてもみませんでした。僕の方法論に間違いがあったということです」

「いや、そうじゃない。これまでの写楽研究の過程で、この画集ほど決定的な証拠は出たことがない。誰もこういう問題にぶつかったことはないんだよ。君がそういう立場をとらざるを得なかったのも当り前のことだ」

「……しかし……栄昌に結びついたということは大変なことですね。単に昌栄が浮世絵と関係があったという事実以上のものを含んでいるような気がします」

「雲母摺りのことかい」

国府はこともなげに答えた。さすがに国府だと感心しながら津田は続けた。

「寛政年間に雲母を使った絵師といえば、写楽、歌麿、栄之、栄昌、長喜と、まずこんなところでしょう」

雲母摺りとは、ニカワ液等に雲母の粉、あるいは貝の粉末を溶かしこんだものを、作品の背景に刷子で塗りつけて、豪華な雰囲気を出すために考案された技法である。キラキラと鏡の表面のように輝いて見えるところからつけられた名称とも言われる。職人の手間がかかるのも、もちろんだが、雲母の粉そのものが貴重なので、二流絵師の作品等には、これが行なわれることはほとんどない。

「それに分野こそ役者絵と美人画で違いはありますが、写楽も栄昌もいちばん得意としたものが大首絵なわけでしょう」

　大首絵とは上半身だけを描いた作品を言う。

「昌栄が栄昌と結びつくってことは非常に重要なことのように思われますね。絶対、偶然なんてことは考えられませんよ」

「まあ、そんなに興奮するなよ」

　国府がウィスキーをグラスに注ぎながら津田の気持を静めにかかった。冴子も笑いながら、

「兄貴の話だと、研究ってこじつけみたいに思えるわね」と言った。

「何だい、こじつけはひどいな。これでも警察で良く使う状況証拠くらいの根拠はあるつもりだぜ……それにオレの勘も満更じゃないさ。写楽の研究じゃ第一人者の西島先生の後継者が、何と言っても認めたんだからな」

「よして下さいよ。冗談がきついんだから」

　悪戯（いたずら）っぽく笑っている国府の顔を見ながら津田は照れくさい気持になった。

「でも冴子さん。やはり今度のことは昌栄が写楽だったという仮説を立ててからでないと先に進まないような気がするんだ。決して無理にこじつけていくつもりはない

よ。ただ、国府さんの言うとおり、昌栄が写楽だとすれば、解決されなければいけない問題に、当然、何らかの答えが出てくるはずだと思うんだ。それが出てこなければ昌栄は写楽ではない。この画集にたとえ写楽の名が出ていても、そうでなければ他の誰をも納得させることができはしないんだからね」

「そういうことだな」国府も冴子を納得させるように、大きく頷いた。


「ねえ、浮世絵に私はあんまり興味は持っていないんだけど、清親はどうなのかしら」

序文を読んでいた冴子が、妙な言い方をして顔をあげた。

「どうってのは？」国府が問い質した。

「浮世絵師なら、興味を持つのが普通でしょ」

「だから、何にさ」

「写楽って書いてある絵によ。どうして清親は序文に何も書いていないんだろ？……写楽ってことが分かんなかったのかな——それほど無名の絵師だったわけ？」

確かに無名ではあった。明治前期、浮世絵は芸術として全く顧みられてはいなかったのである。嘘のような話だが、歌麿の作品が当時刷られたばかりの三流絵師のものより、単に時代が古いというだけの理由で、値が安かったとも聞かされている。そのことを津田が説明しようとすると、

「清親はこの絵を見ていなかったんだろう」

　国府があっさりと答えた。

「無名には違いないが、やはり清親は写楽の名を知っていたと思うな。お前に言われるまでこの点に気がつかなかったのは迂闊だったが……序文を注意して読むと、清親は名幅とこそ書いているが、具体的な絵の説明は全くしていない。それに序文全体が淡々と書かれすぎている。これで清親が書いているほど、佐藤正吉とのつきあいは親密ではなかったとオレは思うね。これは一種の頼まれ原稿だと思うんだ。それに二人の年齢に開きがありすぎる。三十年前に静岡で知り合ったと書いてあるだろ、えーと、清親が静岡に住んでいたのは――」

「明治五、六年の頃です」津田が答えた。

「そう。この時、すでに清親は三十歳に近い。ところが写真で見る限り、佐藤って男は四十前後にしか見えない。その三十年前っていえば、まだ十歳に満たない子供じゃないか。まあ、清親にとっては静岡時代の知人の子供くらいの関係じゃないかね。訪ねたことは事実なんだろうが、絵は見せられていなかったんだろう……清親は大正まで生きていた人だからね、この作品を見て、写楽の名を記憶していたら、必らず何かに書くかしているはずなんだ」

「そうですすね。清親の生きている間に写楽ブームが沸きおこったわけですから」

言いながら津田は冷や汗が出た。このことにも気がつかないでいたのである。

「でも、この画集を少なくとも清親は持っていたわけでしょう――だったら、いつかは気がつくんじゃないかしら」

「読んだかどうかも怪しいもんだな――清親にとって秋田蘭画は過去の遺物だからね。それほど興味はそそられなかったんじゃないか。送られてきた時にめくったくらいのことはしたんだろうが、それっきり何処かにしまいこんで終いさ――そう変な顔をするなよ。今度はこじつけじゃないぜ。その後も清親が写楽問題に一切ふれていないという事実が、これを導き出してきたんだ。たとえ、明治四十年の時点で清親が写楽の名を知らなかったとしても、大正の初めには確実に写楽の存在を知っていたはずだからね」

「……そうかぁ。兄貴のこと少し見直しちゃったわ、意外と説得力あるんだ」

「意外だけ余計だよ」

「説得力がある割に、お嫁さんのきてがありませんわね」

冴子は立ちあがりながら含み笑いを洩らした。

「冗談はともかく、近いうちに君は秋田に行ってみるつもりなんだろう?」

冴子が台所に消えると、国府は真面目な顔になって津田に尋ねた。

「ええ、研究室の方は気にしなくてもいいと先生がおっしゃってくれましたから、今度の土曜あたりには行くつもりです」

「残念だな、オレも休みがあればな——」

「国府さんも行ってくれますか、それなら日程を合わせますよ」

津田は国府の返事に期待した。

「……いや、やっぱり無理だな。一日やそこらじゃ意味がない。行きたいのはやまやまだけどね……」

「だったら、私が行こうかな」

湯気の昇っているコーヒーを運びながら、突然冴子は思いついたように口にした。

「バカなことを言うなよ」

国府は慌てた口調で反対した。

「お前なんかが一緒じゃ、かえって良平君の足手まといになる——第一、お前だって仕事があるだろう」

「それは大丈夫なの。兄貴と違って、私には年休が沢山残ってますからね」

「だけどな……この通りだからね。いつもオレはこれに悩まされているんだよ」

国府は津田に困ったという顔をしてみせた。

「これは遊びじゃないんだから。その辺のところはわきまえろよ」

思いがけない話に津田は呆気にとられた。

「ちゃんと分かってるつもりだけどな。兄貴だって本当は行きたいんでしょ。代わりに私が行って毎日報告してあげるわよ。ね、いいでしょ、良平さん」

「僕は構わないけど」

思わず津田は声にした。

「ほら、良平さんだっていいって言ってるじゃない、大丈夫よ。絶対邪魔しないから」

「う―ん。しかしなあ……良平君はお前がしつこいんで仕方なく返事をしてるんだぜ」

「違うわよ」

「違わないって……お前は全く強引だからな、誰に似たのか知らないがね」

国府は腕を組んで溜め息を吐いた。

「良平さん、やっぱり邪魔かなあ」

冴子が重ねて津田に確かめた。

「そんなことはないよ……冴子さんさえ良ければ、僕は――」

さすがに大歓迎だとは言えなかった。

「決まった」

冴子はパチンと指を鳴らして、二人を見た。

国府も仕方なく了承した。

写楽別人説

1

十月三十一日

次の週の日曜日。津田は盛岡駅の改札口に冴子を待っていた。十一時二分着の新幹線に乗ってくるはずである。津田は時間が近づくにつれて胸が昂ぶってくるのを覚えた。

〈本当に冴子は乗っているのだろうか〉

冴子が土曜まではどうしても仙台を離れることができないと言うので、二人は盛岡で合流することに決めたのである。どのみち小坂町に行くためには、盛岡から花輪線に乗り換えなければならない。実家に最初立ち寄るつもりだった津田にも、それは好都合だった。だが、いざ別行動になってみると、津田には不安が残った。男と女の二人旅である。いつ冴子の気が変わるか、分かったものではない。津田は少し苛立っていた。

ようやく新幹線が到着した。ホームの階段から大勢の客が降りてくる。その人混みの中に津田は冴子の姿を探した。

「きてなかったらどうしようって、ずうっと心配していたのよ」

駅ビルの喫茶室に落着くと、冴子は安心した様子で話した。花輪線にはまだ時間がある。

「きてないわけがないだろう。これは僕の用事なんだからさ。冴子さんがこないのなら話は分かるけどね」

「ゆうべも電話で兄貴に叱られちゃったわ」

シナモンティを飲みながら、冴子は思い出し笑いをした。

「観光じゃないんだから、お土産屋さんばかり覗（のぞ）いて歩くんじゃないぞって。バカみたい。子供じゃないわって言ってやったわ」

それでも冴子は浮き浮きしていた。薄茶色の地に鮮やかなオレンジ色のV字形が縫い取りされたブルゾンを着て、それが同色のコーデュロイのパンツに良く似合っている。

「ところで、どうしたの、それ」

津田の傍らに置かれた大型のスーツバッグを見て、冴子は不思議そうな顔をした。

「一応、用心のためさ」

「だって三日くらいのものでしょう？」

「どんな人に会うか分からないだろう。この格好じゃまずい時もあるかと思ってさ」

津田は灰色の厚手のカーディガンに、白色のタートルネックのスポーツシャツを着ている。地味な配色だが、遊び着には違いない。

「そうかあ、やっぱり違うんだ……私どこかで遊びみたいに思ってたのね。何だか悪い気がしてきちゃった」

冴子は悪戯っぽく首をすくめた。

「そんなことはないさ……実際助かってるんだ。僕だけだと、どうしても偏った考え方になりがちだから。その点、冴子さんがいてくれると、その時々で軌道修正ができるだろ。それに国府さんの意見も聞けるし――」

「あ、そう言えば兄貴に連絡しないと」

冴子は思い出して席を立つと、店内の赤電話に歩いていった。しかし、国府は会社にいなかったらしい。間もなく席に戻った冴子に津田は今日の予定を相談した。

「相談されても、私はあの辺、全然行ったことがないもの……良平さんに任せるわ」

「これから行けば小坂町には夕方までには着けるんだけど、問題は泊まる場所なんだ

——高校時代の友人の弟が大館にいるんで、一応訊いてみたんだけど、小坂町には古い旅館が二、三軒しかないらしい。日曜だから部屋はとれると思うけど、やっぱり旅館じゃ君が厭だろうと思ってさ」

「旅館かぁ……」冴子は考えこんだ。

「大館ってのは小坂町に近いところでね。どうせ今から行っても調べるのは明日ってことになると思うんだ。役場なんかも日曜で休みだし……そっちだとビジネスホテルも何軒かあるんだよ。今日は大館に泊まって、明日の朝早く小坂に行く方がいいんじゃないかな」

「近いって、どのくらいなの」

「電車で三十分くらいだって言ってた。景色のいいところを走るらしいよ」

「そう。だったらそれでいいんじゃないの。旅館でユカタなんか着ちゃって、良平さんとお酒を飲むなんてのもちょっと素敵だと思ったけど——」

「バカ言うなよ。そんなことが国府さんに聞こえたら、大変だよ」

冴子はクスッと笑った。津田が真顔で言ったことがよほどおかしかったのだろう。

「それじゃ——」津田は無視して続けた。

「大館に泊まるってことでいいわけだ」

冴子は頷いた。津田は立ち上がると、手帳を取り出して電話に向かった。冴子はそのうしろ姿を楽しそうに眺めていた。

「宿が決まったよ」

津田は席に戻るなり冴子に伝えた。

「今話した友達の弟ってのが大館の旅行会社に勤めていてね。連絡したらすぐ手配してくれたよ。駅からすぐのホテルらしい。部屋は少し離れているそうだけど」

津田はつとめて何気なく話した。

2

花輪線は日曜の昼ということもあって、比較的空いていた。二人は四人用の座席の窓際に向かい合って腰かけた。盛岡から終着の大館まで三時間はかかる。

「四時まで乗ってなきゃいけないの」

時刻表から目を離して、冴子はうんざりとした顔をした。

列車は東北本線の好摩駅から左へ別れて、田園風景の中を走り抜けていく。刈り取りの終えた田圃の向こうには紅葉した山々が連らなっていた。日差しも暖かい。ヒーターのきいた車内では、ブラインドを降ろして、横になっている客の姿も見られた。

「あれ、変だな？」

ずうっと窓の外を眺めていた冴子が怪訝な顔をして、遠くに見える岩手山を指差した。

「あれはホームから見えた山なんでしょう」

新幹線のホームに降り立つと、まず最初に目にとびこんでくるのが岩手山の雄大な姿である。標高二〇四一メートル。県下最高峰の山だ。富士山と同様の円錐状火山で、美しい形状をしているが、噴火の際に片側の稜線が崩れてしまい、そのために南部片富士とも呼ばれている。

「ずいぶん形が違うんで驚いたろ、花輪線はちょうど岩手山を廻りこむように走っているからね。この辺は裏岩手って言って、さっき冴子さんが駅で眺めたのとは、すっかり反対側にあたっているんだ」

裏岩手は、盛岡側から見られる静かな印象をかなぐりすてて、荒々しい山容をむきだしにしていた。溶岩の流れが山肌をズタズタに切り裂いてしまったのである。

「ホラ、あそこのとこ」

津田は稜線の中腹に険しく突き出ている三ヵ所の巨大な懸崖を指し示した。

「真ん中が頭で、ちょうど鷲が翼を広げている格好に見えるだろ。だからこの辺の人達は岩手山のことを巌鷲(がんしゅう)山とも言っているんだ」

子供の頃から何回かこの山に登り、愛着を抱いていた津田は、得々と冴子に説明した。

平野は秋の暖かな日差しで充満していたが、すでに山の頂には冠雪の輝きが見られた。

3

二人が大館の駅に着いた時は、もう日が昏れかかっているようだった。日没には時間が早い。厚い雲が光を遮っているのだ。

人口八万人に近い市の割に、駅前は閑散としていた。大館駅は奥羽本線と花輪線が接続する駅ではあるが、大館市の中心部から少し外れている。市内に最も近いのは、ひとつ前にある東大館の駅である。乗り換えの客はともかく、この駅で下車する人間はあまりいない。特に日曜ともあって学生も少なく、二人は寒々とした気持にさせられた。

ホテルは駅から見える場所にあった。七階建ての立派な建物で、二階家が多い駅前通りにひときわ目立っていた。

フロントで名を告げると、ロビーの奥で津田の名を呼ぶものがいた。振り返ると若い男だった。男は冴子にも頭を下げた。

「何だ、きてくれたのか」津田は手をあげた。

「駅で待ってたんですが、どうせこっちにくると思って——駅は寒くて」

近づいた男を津田は冴子に紹介した。

「ホテルをとってくれた工藤君」

「工藤俊道です。よろしく」

短くパーマをかけて、大きく涼しげな目をしている。歳は津田より三つ若い。

冴子は頭を下げて礼を言った。

「いやぁ、さっきは驚いちゃったな。良平さんは二人と言うだけで、こんなきれいな女の人だなんて言わないんですからね」

「あれ、そうだった？」

「そうですよ。でなきゃオレ誘いにこないもの。てっきり男だと思って――」

ロビーのイスに腰かけて、しばらく三人は話を交わした。津田がくると言うので、工藤は夜の街を案内するつもりでホテルまでやってきていた。旅行会社にいるので、遊ぶ場所をいろいろと知っているのだろう。だが工藤は強引に誘うようなことはしなかった。冴子と一緒だと分かって遠慮しているのだと津田は思った。工藤は二人の予定を尋ねた。

「小坂鉱山にはオレの飲み友達が働いていますから、そいつに案内させます。駅で待つように、電話を入れておきましょう」

「しかし、明日は仕事があるんだろう？」

「いや、良平さんが小坂に行くって聞いて、もう奴には確認をとってあります。ヤマは三交替で、明日の日中は空いてるそうです」

「何だか悪いな。迷惑じゃないのかい」

「気にするような奴じゃないですから。結構張り切ってますよ」

「それだったら、助かるな」

「それと、角館はあさって行くんですね」

「うん、朝一番の電車でね」

「あさってなら休みがとれるんで、オレの車で良ければ一緒に行きませんか」

津田と冴子は顔を見合わせた。

「電車だと六時間くらいかかりますよ。車なら二時間ちょっとのものですから」

「それはありがたいけど、無理させちゃあとが怖いからな」津田は笑った。

「構わないですよ。どうせ次の日は文化の日で休みですから。連休になるんでこっちも楽なんです。休む口実がないんで、ホントは良平さんに頼みたいとこなんです」

工藤は頭を掻いた。

二人は好意に甘えることにした。

詳しい日程を決めると、二人は工藤を出口まで送った。外はもう暗くなっていた。

風も少し吹き始めている。町に出ることを諦めて二人はホテルで食事をとることにした。だが夕食には時間が早すぎる。冴子は朝から電車に乗り続けて疲れた顔をしていた。二時間後にロビーでおちあう約束を交わして、それまで部屋で休むことにした。

部屋は五階にある。エレベーターを降りると、津田は部屋に行こうとする冴子を呼びとめて、持ってきたカバンの中から部厚い紙袋を取り出して渡した。中には、こっちにくる前に研究室でコピーしてきた写楽の資料が入っている。

「こんなに！」

「秋田蘭画の分も入ってるから——でも、読みたいって言ったのは冴子さんじゃないか」

津田は意地悪く笑った。

「それでも基本的なことしか分からないと思うけど、まあ、明日、あさってに間に合わすつもりなら、それで充分だよ」

「基本的なことなら、私だって一応勉強はしてきたのよ」

冴子は笑いながら紙袋を受け取ると、重そうに小脇に抱えて自分の部屋に向かった。

津田は風呂に入り、服を着換えると少し早めにロビーに降りた。フロントの側(そば)に喫茶室があるのを見つけていたのである。酒を嗜（たしな）む程度にしか飲（や）らない津田は、その代わりコーヒーを沢山飲む。

注文しながら、ロビーが見渡せる席に坐ると、津田は持参したノートをテーブルの上にひろげた。明日の予定を考えておきたいと思っていたが、具体的なことが浮かんでこない。

野外調査（フィールドワーク）に馴れていない津田は急に不安を覚えた。これまでにも幾度か浮世絵師の墓所を訪ねたり、関係者に話を聞いたことはある。だがそれはあくまでも確認のためであったり写真を撮影するためである。はじめから行く場所は決まっていた。ところが今度は違う。どこに行けば目的が達せられるのか、まるで見当がつかないのだ。

〈まず、常識的に考えれば役場だろうな〉

〈次に、あるとすれば郷土史料館か図書館〉

〈小坂鉱山の関係者か……〉

それでも、津田は思いつきをノートに埋めていった。鉱山関係者は難しいかも知れない。明治四十年からすでに七十年近い年月が経っている。たとえ、その頃のことを覚えている人がいても、九十歳近い年齢になっているはずだ。鉱山に数年間しかいない佐藤正吉のことを記憶している可能性はほとんどない。

〈まてよ、寺はどうだろうか〉

過去帳から追いつめる方法もある。しかし津田はその可能性も薄いだろうと思った。佐藤は静岡の出身である。小坂には単に仕事で移住していただけにすぎない。亡くなれば郷里に葬られるのが自然だ。

〈ここまでやってきた意味があるだろうか〉

八方ふさがりの状態に、津田は焦躁感を覚えた。冴子も一緒だということが、その苛立ちを一層強いものにした。

〈ぶざまなやり方だと笑われるからな〉

調査が難しいものになると、冴子にひと言話しておかなければならない。ここまできていながら、次第に弱気になっていく自分に、津田は厭気がさした。

〈だが、あの画集は現実に存在している。それだけは間違いのない事実なのだ〉

津田は心の中に何度も言いきかせた。

津田の右側にあるガラスが、コンコンと叩かれる音がした。淡いブラウンの遮光ガラスの向こうに冴子が微笑しながら立っていた。喫茶室にいる津田を見つけたのだろう。臙脂(えんじ)のブレザーに、白いブラウスとスカート。手には津田が渡した紙袋を持っている。

〈スクリーンの中の女優のようだ〉

厚い色ガラスが、まるでスクリーンのように津田には感じられた。その中に冴子が佇んでいる。時間は七時を二十分過ぎていた。

津田は手をあげて、喫茶室を出た。

「おまたせ」冴子は両手を合わせて謝った。

「別に。明日の準備をしていたから」

「何だ、じゃ急がなくても良かったんだ」

「着換えたんだね」

「そう、まさかあの格好じゃレストランに入れないじゃない。このホテル少し高級みたいなんだもの」

冴子は言いながら髪をかきあげた。化粧品の匂いの中に石鹸の香りも混じっていた。

4

レストランのテーブルに着くと、津田は仔牛のカツレツを注文し、冴子は鮭のクリーム煮を頼んだ。

「お酒も飲むかい？」

冴子が頷いたのを見て、津田は黒ビールとチキンサラダを追加した。

「わ、このサラダすっごくおいしい」

フォークを持ちながら冴子が歓声をあげた。

「この辺は鶏の産地で有名だよ。比内鶏(ひないどり)って、名古屋のコーチンと並んでるそうだ」

「だったら、チキンソテーにするんだった」

冴子は残念そうな顔をした。

「それも頼もうか？」

「無理よ——それにビールも飲んでいるんだから、今日はカロリーの摂(と)り過ぎ」

テーブルの上の、グラスの中に浮かべられた蠟燭(ろうそく)の炎が、ゆらゆらと静かに揺れて、冴子の笑い顔を明るく映した。

「で、どうだった——そのコピー、目を通して見た？」

食後のコーヒーを飲みながら津田は尋ねた。

「ええ、大体ね」

「感想はどうだい」

「そんなの無理よ。ややこしいところは飛ばして読んだりしたもの。それに図版がないから、どんな絵なのか全然見当がつかなくて」

「写楽の作品かい？」

「まさかぁ。写楽別人説のところ。北斎くらいなら分かるけど、円山応挙って言われてもピンとこないもの」

「そうか、それもそうだな」

「応挙の絵も写楽と似てるの？」

そう言われると、津田にも分からない。

京都円山四条派の開祖で、幽霊画の創始者とも言われている。大津三井寺の円満院の襖絵などは写真で見たこともあるが、津田はこれまで応挙を写楽と結びつけて考えたことは一度もなかった。そもそも、円山応挙が写楽であると言われ始めたのは昭和三十二年のことである。写生を最も得意として、リアリズムを追求した応挙は、姿勢としては確かに写楽と共通したものがある。その応挙の、現代風に言えばアリバイが、写楽の活躍した寛政六年から七年にかけてははっきりしていない。資料によれば、その頃応挙は歩行困難におちいり、しばらく絵筆から遠ざかったことになってはいるが、歩行困難では、絵を描けないという理由にはならないだろう。

しかし、その説は津田が浮世絵を学びはじめた頃にはすでに遠ざけられていた。応挙が江戸に出てきたという資料もなければ、版元の蔦屋とのつながりも全く説明されていないのである。これでは単なる面白い思いつきとしか評価されないのも当然である。津田が二人の作品を較べて見たことがなかったのは、そうした理由からであった。

「似ているとは思えないけど、その意味だけなら昌栄だって写楽と似ていないからね

——版画と較べないと何とも言えないな——伝応挙ってやつなら見たことがあるけど」

「でんおうきょって？」

「応挙が描いたって伝えられてるものさ。ちょっと信じられないけどね。でも今でも伝応挙って言われているくらいだから、ある程度応挙らしさが作品上に認められるんだろう」

「どんな作品？」

「役者絵じゃなかったけど、写楽とは全然違う線描だった」

津田は嘘をついた。題名は忘れてしまったが、大判錦絵十二枚が折帖になっている春画集である。さすがにリアリズムを指向した応挙の作品と伝えられるだけあって、局部などは気持が悪くなるくらい克明に描写されてあった。だが、まさかそれを冴子に詳しく話すわけにはいかない。ただ、写楽とは全く異なった筆使いであったことは間違いではない。

「そのほかに版画は作っていないの？」

「多分ないだろう。今の話だって、上に伝がつくことを忘れちゃ困るよ。応挙が版画を手がけたって証拠はどこにもないんだ」

「それじゃ、応挙説ってのは除外しても構わないってこと？」

「多分ね」

冴子は紙袋から数枚のコピーを選び出して二人の間にひろげた。戦後の写楽別人説を纏めたものである。

最初に写楽の正体と目される人物の名があげられ、続いてその説を唱えた人、発表年度の順に並べられている。

①円山応挙	田口泖三郎	昭32
②葛飾北斎	最上三郎その他	〃37
③谷文晁	池上浩山人	〃〃
④飯塚桃葉社中	中村正義	〃41
⑤鳥居清政	君川也寸志	〃42
⑥歌川豊国	石沢英太郎	〃〃
⑦写楽工房説	瀬木慎一	〃〃
⑧酒井抱一（ほういつ）	向井信夫	〃43
⑨栄松斎長喜	福富太郎	〃44
⑩蔦屋重三郎	榎本雄斎	〃〃
⑪根岸優婆塞（うばそく）	中村正義	〃〃
⑫谷素外	酒井藤吉	〃〃

⑬山東京伝　　谷峰蔵　　〃56

この他にもちろん、戦前までは全く疑われることのなかった阿波の能役者斎藤十郎兵衛説がある。これは「浮世絵類考」に記載されている人物であるから、別人説には含まれることがない。昭和十年代まで全ての研究者がこの記載を信じ、今でも徳島の本行寺には写楽の墓まで存在する。だが、その後の研究から、能役者説は根拠が全くないと否定された。墓も、写楽ブームで沸いていた頃に、ほとんど検討もされないままに認められたもので、その唯一の証拠とされた本行寺の過去帳も、あとになって新たに作成されたものと判明した。信じられていた能役者説が崩れさり、ここからさまざまな別人説が生まれることになったのである。

また、この表の中には小説などで扱われた、単なる思いつき等は含められていない。それらを足し加えれば優に三十を超す別人説があることになろう。

一人の絵師の正体を割り出すのに、これだけの容疑者が揃えられている。そして、そのそれぞれに寛政六年から七年にかけて、確たるアリバイがないのである。調べながら、津田は写楽の活躍した寛政年間が、とほうもない古い時代なのだという実感を抱いたことがあった。歴史の長さから見れば、それはわずかに百九十年前のことにしか過ぎない。

「西島先生の説はないのね」

冴子は表から目をあげて訊いた。

「先生は写楽個人説だから」

「そんなのもあるの」冴子は目を丸くした。

「先生は写楽の芸術性は高く評価してるけど写楽が誰かってことに関心を持っていないんだ。誰でもいい。現実に写楽の絵が我々の目の前に存在しているんだから、それだけで充分じゃないかって考え方さ。写楽は写楽でしかないって言うことだね」

「そうかぁ――そういう考え方もあるんだ。それで他の人の説を批判するわけね」

それを言われると津田も辛かった。「写楽は写楽でしかない」と言いきる西島の態度には、ある種のいさぎよさが感じられないわけではない。だが、これほどまでに写楽問題が複雑になってくれれば、愛好会のメンバーが言うように「逃げるための口実」ととられても仕方がない。写楽研究の第一人者と言われながらも、自説を持たない西島は、確かに不思議な存在とも言えた。

「有力な別人説ってのはどれなの」

冴子は質問した。

「有力ってことになれば難しいな。それぞれ説得力を持っているからね。ただ決定的な証拠に欠けるってことだろう――耶馬台国と同じ問題になりつつあるな。皆で推理を楽しんでいるって感じだよ」

「でもおかしいじゃない。写楽は一人なんだもの、ほとんどの人は間違っていることになるでしょう。それも決められないの？」

「時代が古すぎるんだ。そりゃ確かに違うと言えそうな説もあるけど、それなら、違うという証拠を今度はこっちが示さなきゃならないだろう。それが見つからないんだ──直観だけで否定するわけにはいかないからね」

「そうか……でも、やっぱりおかしいわよ」

「どうして？」

「なら、良平さんは何のためにこんなところまでやってきたわけ？ ……昌栄が写楽だという可能性があるからなんでしょう。だったらこれまでの別人説を結果的に全部否定することになるのよ……直観で否定できないってことは分かるけど、良平さんがこの説を発表することは、同時にそれと同じことをするってことになると思うわ。どの説も有力で否定できないけど、写楽はやはり昌栄です、なんて書くつもりなの」

「うーん」津田は唸った。

「直観でも何でも、とにかく良平さんが一旦他の人の説を全部否定するところから、今度の調査は始めなければいけないと思うけどな」

「まいったな……冴子さんの言う通りだ。偏見を持つということが研究上のタブーなんでね。それと混同していたんだ──たとえ、他の説に触れなくとも、自分の説を言うってことは、確かにそういうことだ」
　津田は素直に頷いた。

5

「写楽別人説を他人に納得させるものにするためには、いくつかの問題や条件を解いていかなければならない」
　津田は考えながらノートに書きこんだ。
①寛政六年五月から翌年二月まで、その人物が他にほとんど仕事をしていないということ。
②蔦屋重三郎とのつながりが密接であったという証拠、あるいは可能性があること。
③絵を描いたという証拠があること。
④何故、東洲斎写楽という名を名乗らなければならなかったのか、その必然性。
⑤何故、蔦屋をはじめとして、当時の人々が写楽の正体について何も遺さなかったのかという疑問についての解答。
⑥何故、写楽は筆を断ったのか。その理由に必然性があるかどうか。
⑦何故、蔦屋は無名の写楽を起用したのか。
「まあ、思いつくのはこんなものかな。そのほかにも細かい点はあるんだけどね」

津田は冴子に見せた。

「③の絵を描いた証拠なんてのは、当り前のことじゃないの」冴子は不審な顔をした。

「それがはっきりしなくて困ってる説もあるんだ」

「ほんとに？」

「蔦屋重三郎説が、その典型だよ——蔦屋の場合は、この点だけを除けば、他の問題は一応パスするんだ。いや、一応以上と言えるね。浮世絵を販売していた版元だから、それぞれの絵師の良いところだけを採って写楽の絵を創り出したとか。写楽が蔦屋だけからしか出版されなかった理由だとか。蔦屋の名前で発表すれば、素人の作品だと分かってしまうので、写楽という架空の絵師をでっちあげたのだとかね。非常に面白いところがある。これで蔦屋が本当に絵を描けた人だってことが実証されると、かなり信憑性が高くなる」

「ふーん……でも絵を描いていない人を写楽にあてはめるなんて大胆な発想ね」

「いや、この説を発表した時点では、蔦屋が描いた作品を何点か図版として紹介しているよ。ただ、それは他の絵師が描いた可能性が高いんだな。ゴーストライターがいたらしい。八犬伝を書いた曲亭馬琴は、一時期蔦屋で番頭として働いていたんだけど、彼の随筆の中に、蔦屋は絵も描けないくせに、人に頼んで描いてもらって自分の名前で出板した、という文章があるんだ」

「何のためにそんなことをするの？」

「良く分かんないけどね。文化人としての教養みたいに考えていたんじゃないのかな」

津田は低く笑った。

「というわけで、これが否定されてしまうと蔦屋が絵を描いたという証拠は全くなくなってしまう……だけど、この説を支持する人は沢山いる。合理的なところがあるから、納得しやすいんだろう」

「…………」

「ところが――この説を言い始めた当人が、今では蔦屋説をはっきり否定しているんだ。あんまり証拠が出てこないんで諦めてしまったのかも知れないな」

「なんだ。それじゃ蔦屋説は可能性がないわけなんだ」冴子は真剣に聞いて損をしたという目つきをして津田を睨んだ。

「いや、そうじゃない。それは当人だけの問題さ。蔦屋説は立派に一人立ちをして、最近のＮＨＫの番組なんかでも、この説が有力視されていたよ」

「複雑なのね」冴子は呆れた。

「まあ、それでも……最初にこの問題と取り組んだ人が否定したんだ。僕としてもその線で考えたいね」

津田はマイルドセブンに火をつけた。

「応挙についてはさっき話した通りだ。次は北斎ってことになるけど、これが今では最もポピュラーな説になっているね。北斎っていう人物の魅力と写楽のそれとが重なり合って一度この説を聞けば、耳から離れなくなってしまうんだろう。北斎は画号を生涯に三十以上も変えているから、一時期写楽と名乗っても決して不思議ではないと思うんだろうな。ただ、北斎は生涯にわたってあまり役者絵を描いていない絵師なんだよ。もちろん、写楽が北斎だと決定すれば別なんだけど、少なくとも北斎は役者絵にそれほど興味は持っていなかったと断言できる。確かにこの説の支持者が力説するように、線描には似ているところもある。だが、その他の点、何故写楽と変名しなければならなかったのか、とか、何故寛政七年で写楽名を捨てたのかってことになると全然説明がつかないんだな。北斎は写楽と同時期に、結構仕事をしていることも判明しているし、面白い説の割には可能性が低い」

冴子はひとつひとつに頷いていた。

「谷文晁説は思いつきの域を出ていない。文晁といえば当代随一の流行画家だ。寛政の改革を推進した松平定信とは主従関係にあって、田安家のお抱え絵師的な立場にもある。田安家は定信の出た家で、徳川御三卿の一つになっている。将軍に跡継ぎがない場合は御三家御三卿の中から選ばれることになっている家柄だから、大変な権力を持っていたんだよ。そのお抱え絵師ってこともあったろうし、何といっても寛政の五年まで主人の定信は老中職にあったから、文晁の名声は群を抜いていた。門弟三百人。画料も小品一点五両が相場になっていたらしい。そんな人物が名を隠してまで浮世絵の筆をとる理由がないし、第一百四十枚以上の画料を蔦屋が払えるはずがない。仮に払ったとしても、せっかく描いてもらった作品に、文晁の名を使うことができないんじゃ意味がないし、採算も取れるわけがない。ただ、文晁は写山楼という画号を持っているし、肖像画を得意とした人だから、思いつきとしては面白い。それだけのことだね」

「…………」

「飯塚桃葉ってのは、阿波藩お抱えの蒔絵師で、写楽はその門人だという説だけど、これもあまり蔦屋との関係がはっきりしない。背景や着物の模様が蒔絵の技法と似ているというのが根拠なんだけど、僕はそれほど感じていない。まあ、この説を打ちあげた当人が、あとで別な説を言っているから、これも無視して構わないと思うね……次の鳥居清政も同様だ。清政は清長の子供だから、絵の才能はあったと思うけど、肝心の版画が数点しか遺されていない。比較対照がしにくいんだ。それに何故清政の名前ではいけなかったのか、その辺がどうもすっきりしない。鳥居派は役者絵を得意とした一派だから、別に清政がそのままの名前で発表しても構わなかったと思う。清長の子供ということでネームバリュウもあるし……もともと資料の少ない人物だから、これ以上の進展は難しいだろうな」

「…………」

「疲れたんじゃないのかい」

「ううん別に……紅茶でも頼みましょうか」

津田も喉が渇いていた。

「写楽工房説ってのは前に聞いたわ」

冴子が思い出して言った。

「するとあと六人か……結構しんどいな」

「でも良平さんて、面白い人ね」

「何だい、いきなり」

「だってそうじゃない。皆、説得力があるって言いながら、訊いてみると結局全部ダメみたいに話すんだもの」

「冴子さんとの話だからさ……論文じゃ、こんな具合にやれないよ」

「そこが研究のつらいところか……」

冴子は含み笑いを洩らしながら、運ばれてきたレモンティに手をのばした。

「さて、次は豊国ってことになるな」

「これは当然失格よね――コピーにもあったけど、豊国は写楽のライバルでしょ？」

「うん。豊国は写楽が登場する数ヵ月前から『役者舞台之姿絵』でデビューしているからね。これを出版した泉市という版元は、蔦屋の強力な商売敵なんでね、それに対抗するために蔦屋が写楽を起用したとする見方が、研究者の間では常識となっている。その豊国が一人二役を演じて、まさか写楽だったなんてことはちょっとね――この説を言った人は推理作家なんだけど、やっぱりそういう人でなきゃ、思いつかない発想だろうな」

「そうね。どんなに面白くても研究は小説じゃないんだから」

「結果的にはそうなるけど、ホントを言うと僕はこの説に魅(ひ)かれているんだ。調べてみると結構面白い。写楽の作品中に役者の俳名をしるしたシリーズがあるんだけど、見たことがあるかい？」

冴子は頷いた。俳名とは俳句を詠む際に用いたペンネームである。俳句は役者の間で盛んに行われ、ほとんどの役者が俳名を持っていた。今では芸名となっている「梅幸」も、もともとは尾上菊五郎の俳名であった。

「その中に瀬川菊之丞を描いたものがある。実はそれに書かれている俳名が間違っているんだ。写楽は路孝と記しているが、本当は路考なんだよ」

津田はノートに書いて冴子に示した。

「これが研究者の間で問題になっていてね。写楽は芝居を良く知らなかった人物じゃないかって言われている。役者とつきあいが深ければ、こんな根本的な間違いを犯すはずがない。そう言われても仕方がないだろう」

「あんなに役者絵だけを描いていて？」

「そうだよ——ところが同じ頃、豊国も瀬川菊之丞を描いていてね……」

津田は意味ありげに笑って間をおいた。

「何なの、じらさないでよ」

「それにも路考と書きこみがあるんだよ」

「どういうことなの」冴子は目を輝かせた。

「二人の人間が、同じ根本的な間違いを犯すってことは考えられないね……」

「じゃあ、写楽と豊国は……」

「同一人物か、あるいは……一時期菊之丞は確かに路考と書いていたってことさ。後で再び路考と改めたんだろう」

津田はニヤッと笑った。ひっかけられたという顔をして冴子は津田を睨んだ。

「ま、大体そんなとこだと思うけどね。最初これに気がついた時はヒヤッとしたな。二人が同一人物だなんて絶対あり得ない話だと思っていたから——でも、こういう説も面白いよ。これで興味を抱いて、浮世絵を見てくれる人が一人でも増えるなら、決してマイナスじゃないからね」

津田はレモンのきいた紅茶を、愉快そうに口にした。

「酒井抱一って人は、姫路十五万石酒井忠以の弟でね、江戸に住んでいた。絵は狩野派、光琳風、浮世絵風と何でもこなした人でもある。その他に、狂歌、俳句も一流。大名の弟だから資金的にも恵まれていた。当代一、二を争う文化人だよ。その人がどうして写楽と結びつくかっていうと、写楽の驚異的な出版量なんだな──描ける描けないは別問題として、やはり蔦屋があれだけの量をたった十ヵ月で出版したことは大変なことだよ。ましてや文献にははっきりと評判が悪かったと書かれているんだから……商売抜きで出版されたものだと考える人がいてもおかしくはない。つまり自費出版だ。だが一枚や二枚ならともかく、百数十枚となれば莫大な金がかかる。それで、絵が好きで、資金に余裕のある抱一の名が候補にあげられたのさ。大名の道楽出版ということらしい。役者は、当時、河原者と蔑まれていたから、そういう者の似顔を描けば家名に傷がつくってことで、写楽と名を変えたと説明されている。だけど、それだったら、十ヵ月の間に何回かに分けて出版する必要はないと思うんだ。これ以上の名声を得る必要が抱一にはないからね。駄目だったら一回だけで止めればいいんだ。これ以上の名声を得る必要が抱一にはないからね。駄目だったら一回だけで止めればいいんだ。

ぜ。作品の評判が良ければ、満足して続けたってことは考えられるけど……」

「あら、でも評判が良かったと考えている研究者も沢山いたんじゃない？」

「そう。文献は間違っていて、写楽版画は結構売れていたと推定できる根拠も、いくつかある。僕もその説が正しいと思うよ」

「だったら、抱一が続けたって、不思議じゃないと思うけどな」

「おいおい、それこそ本末転倒してるぜ。この説は、写楽が全く商売にならない絵師だったということで成立するんだよ。売れなくても出していけたのは自費出版だからだという説じゃないか」

「ああ、そうかぁ。うっかりしてたわ」

「評判が良かったという前提に立てば、抱一説など生まれるはずもない。だから、どっちにしろ難しいということだね」

　冴子はようやく納得した。

「さて次は栄松斎長喜の問題。ここで説明しておかなくちゃならないのは、これは長喜単独説ではなくて、司馬江漢が長喜を指導して写楽にしたてあげたということだ。江漢が陰にいるってことだね」

「江漢って、あの昌栄が関係した人のこと？」

「そうだ。だから後まわしにして、残った三人から片づけることにしよう」

「どうして?」

「後で分かるよ——根岸優婆塞(うばそく)ってのは、蔦屋で出している本の中に、たった一冊だけ挿絵を担当した謎の画家だ。描線が非常に写楽と似ているというのが唯一の根拠で、他はなにもない。だけど謎の画家ってのは少し大げさでね、蔦屋との密接な関係から、当時、根岸に住んでいた北尾重政だろうと思われている。重政なら何冊も蔦屋の本に挿絵を描いているからね」

「それだけ?」

「まあ、待てよ。これが後に関係してくる。次は谷素外だ。これを説明するためには、写楽の扇面絵について話さなきゃならない」

「扇面って……ああ扇に描いた作品ね」

「版画の他に、写楽の作品として通っている扇面絵が、この世の中に二点ある。一点はお多福が豆をまいている図柄。もうひとつは、右の方に豊国の版画を踏みつけている裸の子供が描かれていて、左の方に、それを眺めて悲しそうな表情をしている坊主頭の老人が立っているものだ」

「なあにそれ——変な図柄なのね」

「そうだ、研究者は皆この絵に悩まされている。何の意味があるか分からないだろう? この老人を蔦屋だとか、豊国だとか言う人もあるけど、蔦屋でももっと若いはずだし、豊国なんか寛政年間は三十前後だからね――とにかく、これを間違いなく写楽が描いたものなら、かなり親密な関係を持っていた人間には違いないよ――そこで谷素外の話に戻る。この説を言い出した人は、たまたま素外の肖像画を持っていた。素外は江戸談林派という俳諧の宗匠でね、その世界では大変な権力を持っていた人だ。役者や浮世絵師も門人として名を連ねているけど、大名までも彼の門下に入っていたんだよ……写楽の扇面絵が話題になった頃、その人は、この扇面の中の老人の顔をどこかで見た記憶があった。そして素外の肖像画を思い出したってわけだ。取り出して線を比較してみたら、瓜ふたつというほど似ていた。それからが問題なんだよ。肖像画には絵師の名が入っていない。この絵師イコール写楽ということにもなりかねない。じっと肖像画をみつめていると、今まで何気なく読みすごしてきた素外自筆の讃が、急に気になりはじめたってわけだ――『みづからおのれがかたちに題して』と最初の一行は書かれてある。これは素外の自画像だ！　その人は確信したんだね。素外がこの肖像画を描いたなら、同じ線描の扇面絵も素外が描いたことになる。こんな具合に写楽＝素外説が誕生した」

「なんだかできすぎって感じね」

冴子は狐につままれたような顔をした。

「そうなんだよ――それに第一、この説は重要なポイントを曖昧にしている。扇面絵は写楽と署名が入ってはいるんだけど、まだはっきり本物と断定されていないんだ。これがもし偽物なら、全然意味のない説になってしまう。それに扇面の老人も写楽の自画像ってことになれば、何故写楽は悲しい表情をしていなければならないんだろう。ライバルの豊国の絵を子供が踏みつけているんだから、愉快そうな顔をしているのが自然だよ。悲しい顔は理屈に合わない。そして、問題は讃の読み方だ。これは、誰かが描いた自分の肖像画に自分自身で文字を書き入れて、と解釈した方がすっきりする。もし自画像であれば『みづからおのれがかたちを描きて題す』とでも書くのが普通じゃないか。ましてや素外は文章を得意とした人間なんだから、こんな曖昧な書き方を絶対しないはずだよ」

ひと息に津田は話した。冴子はただ、呆然とした目で津田を眺めていた。

「いよいよ京伝か」津田は辛そうに口にした。

「難しいの？」冴子が見抜いて訊いた。

「これは最近の説だからね。これまでの説の弱点とかを踏まえた上で出されたものだから切り崩すとなればちょっとね……この説を読んだあと、どうして今まで誰も京伝に思い至らなかったのかと不思議な気さえした。盲点になっていたとしか思えない。山東京伝は、もちろん知っていると思うけど、江戸時代を代表する戯作者だ。蔦屋とは特に関係が深くて、二代蔦屋まで含めると、実に八十冊以上の著作をここから出している。それに蔦屋が写楽を出版しようとしたきっかけは、豊国の抬頭も無論関係あるんだけど、寛政の改革で身代を半減させられた店を何とか盛り返したいという情熱があったんじゃないかと考えられている。ところが、その身代半減の原因となったのが京伝の作品なんだよ。寛政三年に出した『仕懸文庫』等が、遊興を扱っているということで幕府から追及されてね。当の京伝は手鎖五十日。蔦屋は財産を半分没収されてしまった」

「ずいぶん厳しいのね」

「まあ、蔦屋はそれ以前にも何度か発禁本を出しているし、見せしめという意図が働いていたんだろう——だから、京伝は蔦屋に負い目を持っていたことになる。京伝はその上、才能のある絵師でもあった。さっき話した北尾重政の門人で、政演の名で版画も発表しているし、初期の京伝の作品はほとんど絵も自分が描いている。たまたま文才の方が優れていなければ、彼は確実に歌麿と並ぶくらいの絵師にはなっていただろう——蔦屋がそこに目をつけて役者絵を描いてくれと頼んだとしても、それを簡単に断われない立場に京伝はいた」

「うーん。条件が揃いすぎているのね。絵がうまくて、蔦屋とつながりが深くて……名前を隠して写楽としたのも、幕府に睨まれていた京伝ならあり得るわね」

「まあ、一応納得できるね」

「アリバイはどうなの」

「写楽版画を出せるくらいの時間はあるな」

「時間があるって……それじゃ写楽になってしまうじゃないの」

冴子は呆れて津田を見た。津田は笑った。

「うちあけるとね……僕はこの説を最も信じていない」

冴子は口もきけなかった。

「確かに条件的にはピッタリとあてはまる。だが、何故写楽と名乗らなければならなかったのか――」

「だから、それは幕府に睨まれて――」

「この説を唱えている人も、そのように考えている。だけど……役者絵は全く咎められる心配のないものだ。豪華な雲母摺りだって、その時はまだ禁止対象になっていない。禁止されたのは写楽が出して何ヵ月かあとのことだ。それに役者絵の場合、万が一雲母摺りがひっかかって咎められたとしても、その責任は全て版元のものとされて、絵師のところまで絶対及んでこない。つまり、一回目の作品を蔦屋が出そうとした時、京伝には何も怖いものがなかったはずなんだ。ありとあらゆる出版物が怖かったというなら、寛政三年以降、京伝は何も出版していないはずだろう？　ところが彼は、すぐ次の年から何冊も京伝の名で堂々と出版している――これで京伝には名を隠す必要が全くなかったことになる。となれば蔦屋側の理由かも知れない。蔦屋は何故京伝の名を隠して、無名の写楽なんていう人物を作りあげたんだろう——これこそあり得ない話じゃないか。京伝は当時の大スターだ。他の版元も必死になって京伝の原稿を追い求めている時代だぜ。その京伝に百何十枚も役者絵を描かせることになって、蔦屋が黙っているはずがない。むしろ京伝の名を前面に押し出して、大々的に宣伝するのが当り前だよ。写楽と京伝では知名度が天と地ほど違うんだ。京伝の側に支障がない限り、蔦屋は絶対に京伝の名を版面から外さない。そして京伝には名を憚る理由がほとんどない。他の条件がどんなにぴったりしていても、このことだけで、僕はこの説を認めていない。写楽の方が今は京伝より知名度があるからね、それにまどわされているだけなんだよ」

津田は珍しく強い口調で言い放った。

冴子はその様子を面白そうに眺めていた。

「蔦屋重三郎って、どういう人なのかしら。良平さんの話を聞いていると、ずいぶん強引な人のような気がするんだけど……」

少したって冴子が尋ねた。

「強引はともかく、抜け目のない、商売上手な人間だったろうな。蔦屋はね、最初は小さな本屋だったんだよ。それが十年も経たないうちに江戸でも指折りの版元に成長している。相当の商才がなければできないことだ」

「たった十年で！」

「しかも、四十一歳の時には、他の大店を押しのけて、版元仲間の代表にまでなっている。小さな本屋を開業したのが確か二十三、四の頃だから、わずか十五年で江戸一番の出版社にのしあがったわけだ」

「すごいエネルギーね」

「エネルギーもちろんだけど、やっぱりアイデアマンという方が当っている——江戸で狂歌のブームがおこると、自分も狂歌師の仲間に入って狂歌本の注文を取りつけたり、才能のある若い絵師を自分の家に寄宿させて、悪く言えば恩を売りつけたりしてね。歌麿もそうして蔦屋に育てられた人だよ。外れれば損失も大きいけど、歌麿は日本一の人気絵師になったんだから、結局、蔦屋の目は確かだったと言えるだろう。栄松斎長喜、曲亭馬琴、十返舎一九、皆、蔦屋のお蔭で世の中に出られたようなものだからね。企画者として抜群のセンスを持っていたんじゃないかな」

「ふーん。大変な人だったのね……でも、ちょっと可哀想な気もするな」

「蔦屋がかい？」

「そうでしょう。だって歌麿、写楽、馬琴、一九ならたいていの人が知ってるけど、蔦屋のことなんてほとんどの人が知らないもの……」

「仕方がないよ。蔦屋はそれで利益をあげたんだから文句はないじゃないか。それに、蔦屋としても、自分が目をかけた人間が、能力を認められて大きくなっていくことで、かなり満足していたと思うよ」

「そういうものかもね……でも、そんな商才のある人が、どうして写楽を扱ったんだろう」

「そこが不思議なところなのさ……商才がずば抜けていた蔦屋が、いかに写楽の才能を見込んでいたとしても、失敗した企画を続けていくはずがない。クールに割り切って止めるはずなんだ。ところが写楽版画は十ヵ月も続けられた。蔦屋は、身代半減のショックから頭がおかしくなったとか、早く店を立ち直らせようとする焦りから、自棄になって続けたとする研究者もいるけどね。そんなに弱い性格なら、そもそも蔦屋という身代を、あそこまで大きくはできないよ」

「そうよね」冴子は考えこんだ。

「やっぱり写楽は成功したんだと思うな。売れに売れて、蔦屋は写楽に濫作を強要した。写楽の絵は豪華な大判錦絵から、中判、細判と次第に小さく、安っぽくなっていくだろう。これまでの定説では、金がかかった割に失敗作だったんで、蔦屋は規模を縮小して、写楽の人気が高まるのを待ち続けたということになっているけど、僕は逆だと思うんだ。写楽は途方もない成功をおさめた。人気があれば、どんな絵だって飛ぶように売れる。雲母摺りは金がかかるから原価の安いものを蔦屋は売り始めたんだ。利益率が高いからね。蔦屋は写楽版画を売り出している間、ほとんど他の出版物を刊行していない。写楽にかかりっきりだったんだ。それも一年近くもだぜ。こうなれば単なる道楽出版ではすまされない。蔦屋には家族もあれば使用人もいる。食べていかなければならない。失敗作を出し続けたということが考えられないのは、その点にある。仮に写楽に惚れこんでいて、どうしても蔦屋が出し続けたいと思うのであれば、他の売れそうな絵師の作品と半々にして出版すれば良い。そっちの利益で何とか食べていけるからね。それが当然だろうさ――だが、蔦屋はそうしていない。何故なら、他の絵師の作品よりも写楽が断然売れていたからなんだ。蔦屋の性格から考えていくと、それしか結論がないじゃないか――濫作からくるマンネリにおちいった写楽を蔦屋が見限ったのか、利用されていることに気がついて写楽が筆を断ってしまったのか……いずれにしろ、写楽版画が十ヵ月で出版を中止された裏には、そうした理由もあったんじゃないかな」

「評判が悪かったという文献は、どう説明するわけ？　良平さんの解釈の方が正しいとは思うんだけど」冴子は面白そうに尋ねた。

「あまりに真を画（えがか）んとて――一両年にして止む、かい。あれは写楽が消えて何年も経ってから書かれたものだからね。写楽が筆を断った真相はもう分からなくなっていたと思うんだ。それに突然出現したスターの評価なんて両極端に分かれがちだろう？　第一、評価ってのは、やっぱり永く続けることで落着いていくもんだと思うな。十ヵ月だけの絵師の評価なんて、とてもできっこないよ。文献、文献って金科玉条のように言う人もあるけど、もともと『浮世絵類考』は私的な覚え書きにすぎなくて、当時刊行されたものでもないんだ。何百部と刷られて、多くの人の目に触れたものなら、その評価もある程度信用できるけど、あれでは〝写楽を嫌いだった人も当時存在した〟という証拠くらいにしかならないと思うよ。逆に、式亭三馬なんかはたった十ヵ月しか仕事をしていない写楽のことを、有名絵師と同等に扱っているからね。十返舎一九だって、自分の本の挿絵の中で、写楽の絵を貼った凧の絵を紹介している。現実にそんな凧が存在したかも知れない。子供の玩具にまで写楽が筆を染めたということになれば、当然大ブームになっていたということさ――子供の目は正直だし、写楽の絵は多少マンガ的だから、案外子供の間から写楽人気が生まれたものかも知れないね。爆発的に売れる写楽作品を、大人達は苦々しい気持で眺めていて、写楽が消えた時は胸がスッとした人も大勢いたんだろう。そうすれば文献の不評も分かるし、写楽が美人画や秘画を描かなかった理由も分かる。子供向きじゃないから蔦屋が描かせなかったのさ。ピンクレディが大人の歌を唄わされなかったのは、子供が対象だったからなんだろ？」

「ピンクレディと一緒じゃ、写楽が可哀想よ。でも、すごい大胆な考えね」

冴子は吹き出しながら感心していた。

「研究論文じゃ、こんなこと書けないよ。でも写楽が好評だったという証拠は他にもあるんだ。写楽の作品を調べてみると、同じ作品でも、着物の色が違っていたり、線が微妙に異っていたりするものが結構あるんだよ。特に最初の雲母摺りの作品に圧倒的に多く見られる。これは工房説を唱えた瀬木さんが計算していることで、僕は実際に検討したわけじゃないから断定はできないんだけど、切手にもなっている『市川鰕蔵の竹村定之進』なんかは、色違いだけで七、八種もあるらしいんだ。こういうものを異版とか後版（あとはん）って言うんだけど、これは写楽が不評だとすれば、絶対にあり得ないことなんだ」

「どうしてなの？」

「異版、後版は、今の言葉で説明すると、増刷って言葉が最も近い。普通、初摺りっていって、一回目に二百枚程度を売り出す。それがうまく捌（さば）ければ、今度は同じ板木を用いて二回目を摺るんだけど、絵具の溶き具合や版元の経費節減なんかの都合で色が変えられることがある。これが後版だ。それを何度かくり返すうちに板木が傷んで使いものにならなくなる。軽いものなら埋め木をしたりするが、傷みが全体に広がれば新たに板木を彫りおこす。すると微妙に線の太さや位置が変わってくる。最初のものと異った板木を使うんで異版と言うわけだ。『竹村定之進』に色違いが七、八種あるってことは、つまり――」

「それだけ版を重ねたということね」

冴子があとを継いだ。

「その通り。こういう例が見られるのは、写楽の他には数人しか思いつかないな。だから写楽は成功した。人気を妬(ねた)まれて悪口を書かれるほど、彼の作品は売れに売れたのさ」

津田は言葉を切った。

「そうなると……」冴子はぼんやりとした目で津田に話しかけた。

「別人説なんかの考え方も、ずいぶん変わってくるんじゃないの」

「そうなんだ。別人説ってのは、別の言い方をすれば覆面作家だろ。そういうことをする人は、失敗した時の逃げ道を考えているわけだ。昔、覆面歌手ってのも何人かいたけど、成功すれば必らずと言っていいほど仮面を脱いでいる。名前が知れ渡ることは恥どころか名誉なことだからね。そうすると、当時二流どころの絵師だった北斎、長喜、清政、豊国の四人と、飯塚桃葉門人、写楽工房説がまず除外されてしまう。彼らには写楽として成功したという実績が何よりも大切なはずなんだ。これで一流になれるんだからね。自分が写楽だったと名乗らないわけがない。次に京伝、素外、文晃、抱一、応挙が除外される。失敗すれば彼らは絶対に口をつぐんでいただろうが、写楽は成功したんだ。人に知られても別に恥かしいことではない。それにさっき話した蔦屋の商才だ。京伝に限らず彼らを自分の仕事にひきこむことができれば、黙っているわけがない。蔦屋が異常なほど写楽について正体を明していないのは、明しても別に意味がないほどのただの絵師だったのか、あるいは正体を明せば蔦屋が潰れてしまうくらいの大変な理由がうしろに隠されていたか、そのふたつにひとつしかない。別に写楽は犯罪を犯したわけじゃないんだから、素外や抱一ならあれほど名を隠す必要は全くないと思うな」

「そうかぁ……それが良平さんにあったからあんなに簡単に切り崩すことができたのね」

冴子は納得した。

「ところが蔦屋と優婆塞だけは、この考えでは無理なんだ——蔦屋の場合、それが成功すればするほど、逆に自分の名を明すことがマイナスになるからね。写楽の正体が実は絵に全くの素人の版元だったということが知れれば、急激に興味を失われる恐れがある。彼としては写楽を謎の人物として通した方が商売上、有利なわけだよ。そして優婆塞。これはもっと難しい。一冊の本しか手がかりが残されていないからね。判断ができないよ」

「でも二流絵師と仮定すれば、長喜や北斎と同じように振り落とせるんじゃないの」

「無理だ。長喜や北斎の場合は、写楽が消えたあと、何年、何十年と生きて活躍している。だからこそ、どうして写楽の盛名を利用しなかったのかという疑問が出てくるんだ。優婆塞はそこがはっきりしない。写楽として死んだという仮説だって成り立つだろう？　となれば利用したくとも、できなかったことになる」

「そうかぁ。さっき話した、北尾重政が優婆塞って可能性はどうなの？」

「かなり高い。だけど可能性だけで即重政って論は進めてはいかれない。そんなことが通用するなら、研究なんて意味がなくなってしまう。やっぱり第三者を納得させるだけの根拠がなければ——優婆塞は優婆塞のままで考えていくのがフェアだろう？」

「それはそうだけど、正体不明じゃどうしようもないわね——私は納得するけどな。良平さんが重政だと信じているだけで……」

「冴子さんのような人ばかりだといいんだけどね」津田は苦笑した。

「ただね、蔦屋の性格から考えていけば、優婆塞が写楽だという可能性は、低くなる」

「優婆塞のままで？」

「そう——いいかい、優婆塞は寛政五年の春に蔦屋から出た一冊の本の挿絵を描いたきり、消息が分からない。もし、この時蔦屋が彼の才能を見こんで、何とか売り出そうと考えたものならば、写楽版画を出すまで何故一年半も間を置く必要があったんだろう。おかしいじゃないか。蔦屋は一流の版元だよ。彼にどんどん挿絵を描かせて、自分のところから刊行すればいい。この時に、蔦屋の胸の中に、彼を写楽として育てていく計画があったとすれば別だけど、それもあり得ない――写楽は豊国の出現に刺激されて蔦屋が出したとする見方が普通になっているからね。もし、蔦屋が一年半も前から写楽を育てていたとすれば、豊国に遅れをとるなんてことは考えられないだろう？　つまり蔦屋は優婆塞の才能を認めていなかったということになる」

「認めてもいない人物に、蔦屋は決して投資をするような性格じゃないってことね……絵の才能はあるの、優婆塞って？」

「うまい。あれだけ描ける絵師を蔦屋が認めないってことはない。だからこそ重政じゃないかって思われているんだ。重政なら蔦屋から出した出版物に、四十冊以上も挿絵を描いているからね。当時根岸にも住んでいたし、可能性が高いってのは、そのことさ――だが重政となれば、何といっても京伝の師匠だからね。特別な理由でもない限り、写楽としての可能性も薄くなる。彼は歌麿や北斎なんかに強い影響を与えた、当時の浮世絵界の重鎮だ。優婆塞名義の一冊だけならともかく、百数十枚の版画に名を隠すことを、蔦屋は絶対に承服しなかっただろう」

「…………」

「これは別人説とは関係ないかも知れないけど、重政の名前が、ここに出てきたってことは、ちょっと面白いことなんだ。長喜の陰に存在する江漢も加えるとね……」

津田はノートをひろげて、図を作成した。

「なあに、これ」

冴子はじっと図を眺めていた。

「この当時の文化人の交流図だよ。線でつないであるのは密接な関係をあらわしている。師弟関係とか友人とか……真ん中の箱の中に入る人物が重政なんだ。重政は素外の俳諧の門人でね、素外の本にも何冊か挿絵を描いている。こうして重政を加えるとこの図式は完成する。そして重政を優婆塞と仮定すれば、実に、別人説のほとんどが、この図式の中に含まれることになる」

「ほんとだ……どういうことかしら」

冴子は再び図式に目をおとした。

「かなり後になってからだけど、抱一は重政と目と鼻の場所に引越している。偶然かも知れないけど、この図式を見ていると、そうとも思われなくなってくる。この人達は、蔦屋をとり囲むグループなんだ。直接行き来はなくても、仲間として互いに認めていたと思う」

「…………」

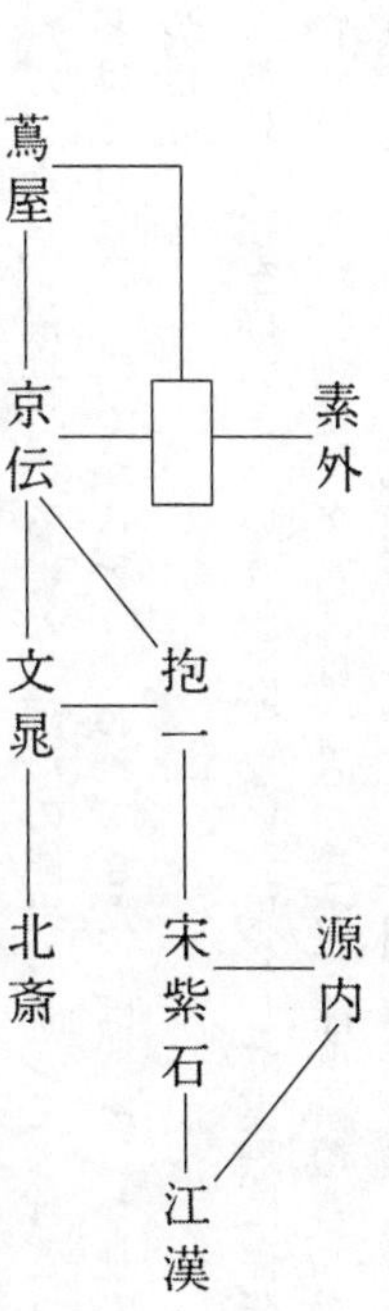

「もし、この中の一人が写楽だとしたら、当然、他の仲間は知っていたと思わないかい？」

「そうね。その通りだわ」

「だけど誰一人として写楽についてひと言も洩らしていない。京伝なんか『浮世絵類考』に追記までしているのに、写楽に関しては一切口をつぐんだままだ……それほど重大な秘密だったんだろうか？　全員が口外することを禁じられるような、写楽の秘密――ミステリーとしては面白いけど、現実的にはちょっとね。僕が写楽別人説にそれほど興味を抱いていないのも、こんなことがあるからなんだ」

「ずいぶん興味を持っているような気がするけどな」冴子は失笑した。

「そりゃ、一応ノートを纏めたことがあるからね。どうしても避けて通るわけにはいかないさ。でも、何度も他の人の論文を読んでみて、僕なりに到達したのが、結局、写楽は写楽でしかないってことだった。写楽は当時、問題にならないような二流絵師だった。それを蔦屋が彼なりの商法で一躍大人気絵師にしたてあげた。どういう理由からか、写楽は十ヵ月で筆を断った。その後彼は絶対に浮世絵の世界に戻ろうとしなかった。死んでしまったのかも知れない。ただ、それだけさ」

「じゃ、西島先生と似ているんだ」

「違うよ——先生は誰でも構わないって言ってるんだ。たとえそれが抱一であろうと、蔦屋であろうと、作品が写楽画となっている以上写楽の評価は上にも下にも動かないってことだよ。僕はそう思っていない。写楽は別人説に名を出された絵師以外の人間なんだ。それも無名の絵師。全然違うことだよ」

津田はそれを強調した。

「だったら、最初に戻るけど、阿波の能役者説ってのはどうなの？　彼は無名だったわけでしょ？　古くからそう言われてきたには、それなりの根拠があったんじゃないかしら」

「彼には絵を描いたという証拠がない。果たして実際に存在したかどうかも怪しい人物だぜ。それに根拠って言えば、さっきの『浮世絵類考』だけだ。写本だからね。これで絵でも出てくりゃ別だけど、今まで調査されて、何も見つかっていないんだから、絶望だね」

「そうか……すると全く予想もつかない人物ってことになるのね。何しろ無名の絵師ってことになると探すのが大変ね……昌栄はどうなのかなぁ、さっきは無理にでも写楽につなげて考えなきゃ、なんて言っちゃったけど、何だか自信がなくなってきちゃった」

「可能性は、かなりある」

津田はきっぱりと答えた。

「第一に、彼は無名の画家だった。もちろん絵を描いた証拠もある。筆力も充分にある。江漢のつながりから、蔦屋ともまんざら無関係でもなさそうだ。浮世絵師と関係ありそうな画号でもある。寛政年間に江戸を離れて秋田に戻っている。条件としては申し分ないと思うね。それに肝心の点。彼自身が写楽だったと名乗っているんだ」

「だったら、何を躊躇しているの――それで立派に通ると思うけどな」

「いや、駄目だ。今のは全部状況証拠でしかない。蔦屋との密接なつながり。彼がいつ江戸にいて、いつ秋田に戻ったか。何故、浮世絵を止めたか。それがはっきりしないと、論として成立しない。別人説を否定したからといって、即、彼が写楽だとは言えないんだよ。ところが、昌栄に関しての資料もない。頭を抱えているのは、そこのところさ。あの画集だけでは、解決できない別人説を、もうひとつふやす結果になるだけだよ」

「でも、西島先生は面白いと言ったんでしょ」

「面白いけど、断定もしない。そんなに研究って甘くないよ」

津田は短くしめくくった。

廻りには二人の他、客がいなくなっていた。話に夢中になっていたので、気がつかないでいたが、時計を見ると十時を回っていた。明日は九時半にホテルを発たなければならない。二人は席を立つと、それぞれの部屋に戻った。話し疲れて、津田の声は少しかすれていた。

秋田蘭画考

1

十一月一日

「わ、すごくいい天気」

空は抜けるように晴れ渡っていた。冴子はホテルを出ると大きく伸びをした。気温も十一月だと思えないくらい暖かかった。

「そろそろ行かないと、遅れちまうぜ」

津田は後から出て冴子に声をかけた。

「発車は何時なの？」

「九時三十八分」

「大変、あと十分もないわよ——それで駅は昨日のとこでいいの？」

「いや、小坂線は私鉄だから、別のところにある。でも近くだって工藤が言ってたよ」

それでも二人は駆け足になった。

「ずいぶん小さな駅ね」

待合室に駆けこむなり、冴子は小声で津田に耳うちした。発車まで、まだ少し時間がある。待合室の広さは二十畳もない。真ん中にストーブが据えつけられて、小さな炎が暖かく燃えさかっていた。客は五人しかいない。

間もなく駅員があらわれて改札を告げた。二人は皆のあとに従ってホームに出た。

「何だい、あれは」

津田は思わず声にした。長いホームに赤と黄の車体が一輛だけ停まっている。

「素敵じゃない、一輛だけなんて――ネ、ホラ、見てあの人。あの人改札口で切符を切っていたおじさんよ」

冴子は客に続いて乗りこんだ運転手を指差して、驚いていた。

たった一輛だけの車輛は、山襞（やまひだ）を縫うように走る。途中、何ヵ所かの停車駅で乗り降りする客は何人かあったが、それでも車内の人員が十名を超えることはなかった。

一人一人がひっそりと窓際に腰かけて、外を見ている。

山は紅葉が真っ盛りであった。単軌の線路に覆いかぶさるように茂っている樹々の葉の、種々な色彩が車内に入りこんで、冴子の顔を時々紅く照らしだしたりした。

長いトンネルを三つ越えると、急に視界が広がって、山懐に抱かれた小さな町が二人の目に入った。山の紅葉が町をとり囲み、おだやかな光に包まれた小坂の町並は、まるで絵ハガキでも見るような美しさである。津田は何となく、今日の調査がうまくいくような気持になった。

「津田さんですか」

小坂町に着くと、間もなく二人は呼びとめられた。駅前に黒いツードアのスカイラインが停められていて、その横に立っている若い男が頭を下げた。まだ二十歳を過ぎたばかりのように見える。黒い皮ジャンパーを無造作に着こなし、細いジーパンをはいている。だが頭は普通のショートにしていた。

「オレ、工藤から連絡もらって……」

「ああ、奈良君ですか」

「奈良吉秋です」

丁寧に名前まで名乗って、二人に近づいてきた。二人も名を告げて挨拶した。

「何か大変なことだそうですね——小坂が有名になるんだから、仕事ぐらい休め、なんて言われて——」

「あら、工藤さんは、確か休みって……」

冴子が驚いて訊き返した。

「あいつの頼みなら断われないスよ。大館でいつも世話になってますから――」

奈良は、気にするなと二人に手を振った。

「それで、どこに行けばいいスか。小さい町だから、見るところはあまりないスよ」

ドアを開けて、人懐っこい微笑で奈良は尋ねた。二人は車の中に入った。

「奈良君は小坂鉱山に勤めているんだって」

「ええ、事務所じゃないスけど」

「小坂鉱山に資料室みたいなものはあるの」

「資料っつうと……ヤマのこと知りたいわけですか？」

「いや、古い小坂鉱山のことが知りたくて」

「さあ、そうなると分かんないスね。オレ興味持ったことないスから――でも、鉱山内にはねえんじゃないかなぁ」

「そうか――」

「ヤマのことだけじゃなきゃ、最近、町に郷土館ってのができたんスけどね」

「ほんとかい。よし、それじゃそこに連れていってくれないか」

津田はついていると思った。

郷土館は駅から五分くらいの場所にあった。

郷土館と呼ぶより教会と言う方がしっくりとする、レンガ造りの瀟洒な建物である。

三人は中に入った。

ロビーの真正面に巨大な写真パネルがかけられてある。津田は初めそれを写真だとばかり思っていたが、近づいて見ると二十センチ四方の白いタイルに写真を焼きつけて、何枚も並べて貼り合わせたものであった。わざと古色を意識してセピア色に焼かれたタイルには小坂の古い町並がいきいきと再現されていた。道を歩いている人の姿まで、はっきりと見える。鉱山の大煙突からは煙が空を覆うほど吹き出ていて、その活況が伝わってくる。

「これ、佐藤正吉が住んでいた頃の写真ね」

冴子がパネルの説明を読みながら呟いた。

「大正二年っていうと、七年後か——」

津田も説明に目をやった。

「こっちにくる前に調べたんだけど、小坂町ってのは、東北地方で一番最初に電灯がともされた町らしいね」

「ほんと。やっぱり鉱山の関係で？」

「うん。小さな町だけど、文化の面では東北で何処よりも進んでいた。歌舞伎の廻り舞台を持った劇場まであるんだよ」

「ふーん。それで清親なんかもきているのね」

冴子は改めてパネルに見入っていた。

間もなく三人は二階の展示室に上がった。

だが、津田の期待に反して、その展示物のほとんどは、この地方の風土や暮しを紹介しているものにすぎなかった。

「これじゃ、しようがないスね」

奈良も津田が何を求めているか分かってきたようだった。

「まあ、仕方がないよ。別に有名人でもなかったんだろうから、資料がないのは当り前さ。洪水の記録くらいはあると思ったけどね」

「ちょっと待ってて下さい——ここにオレの知ってる人がいますから、訊いてきます」

奈良はそう言うと、駆け足で降りていった。

やがて、階下から津田を呼ぶ声がした。二人はロビーに降りた。ロビーの長イスに奈良と年配の男が坐って話しこんでいた。二人はその隣りに腰かけながら頭を下げた。

「あ、どうも、千葉といいます」

男も軽く会釈した。白髪がかなり混じっている。痩せて小柄な体つきをしていた。

「で、どういうことなんですか？」

眼鏡の曇りを拭きながら千葉が尋ねた。

「明治四十年頃に、この町に住んでいた人物を調べているんですが――」

「明治ね――何という人です？」

「佐藤正吉っていうんですが」

「さあ……小坂町に住んでいたわけですね」

「ええ、多分、三十五年頃から四十年の間だと思いますけど」

「じゃあ、鉱山の人ですか」

「いや、それも分からないんです」

津田はバッグから画集のコピーを取り出すと、清親の序文だけを千葉に手渡した。

千葉は煙草に火をつけながら、しばらく文字を追いかけていた。

「なるほどね……四十年の洪水で亡くなっているんですね。とすれば、やっぱり鉱山関係者ですな。あの時の大湯川の洪水では、ヤマだけが被害にあって、この町はほとんど影響を受けてないはずだから……」

「大湯川って、あの小さい川スか」

「そう。鉱山の脇を流れている小川だ。あの上流に、昔は発電所があって水を堰とめていたんだ。それが大雨で崩れて、元山は全滅したと聞いてるな。確か死亡者も五十人以上は出たって話だ」

千葉は奈良に説明した。

「そうスか——オレの仕事場は、その元山にあるんスよ。知らなかったな」

奈良は驚いていた。

「しかしおかしいな」千葉は首をかしげた。

「この佐藤って人は金持でしょう？　元山っていうところは下級労働者の社宅があったとこでね……何でそんな場所にいたのかな？」

「たまたまヤマにきていたんでねえスか」

奈良が思いついて話した。

「連絡を受けて、救援活動にきていたんでねえスかね。それで水に巻きこまれて——」

「ああ、なるほど。そんなことだろうな」

千葉も頷いた。

「でも……確か佐藤正吉の家も流されたんじゃなかった？」冴子が津田に質した。

「いや、序文には家のことは何も書いていない。絵は流されずに遺ったということだけだよ。それに、今の話を聞いて納得できる点もある。家族は全く無事らしいのに、どうして佐藤正吉だけが亡くなってしまったのか、実は前から少し疑問に思っていたんだ」

「ああ、そういえばそうね」

「すると――佐藤正吉の家はどの辺にあったんでしょうか」津田は尋ねた。

「まあ、ヤマの関係者だったら……元山の他は山の手社宅でしょうな」

「それはどの辺なんです」

「小坂町の丘の上です。鉱山とは少し離れていますが、管理職の人達はそこに住んでいたんです」

「今でもその山の手には社宅が残っていますか」津田は勢いこんで訊いた。

「無理ですよ――今は鉱山職員の団地が建てられて、古い家は一軒もありませんな」

津田は失望した。わずかの手がかりが、一瞬にして消えてしまったような気がした。

「洪水で亡くなった人達を調べるには、どうすればいいんですか？」

津田の表情を見て、冴子が千葉に尋ねた。

「さあね――ここにはありませんな。他に行っても難しいと思いますよ。鉱山ってのは少し変わった場所でしてね――無宿人のような連中ばかりが集まってきていたから……名前なんかもいいかげんだったでしょうし。もちろん今は違いますがね」

千葉は奈良の顔を見て付け加えた。

「でも慰霊碑のようなものは？」

「ないですよ。少なくとも私は知りません。洪水で大勢の人間が亡くなったということは分かっているんですがね」

「だけど、佐藤正吉の場合は、一般労働者じゃないんですから」冴子はくいさがった。

「ああ、この人はね――役場に行けば何か分かるかな？　ま、それも戸籍をこっちに動かしていないとなぁ。この人は静岡の人でしょう。多分、戸籍もそっちに置きっ放しだと思いますがね」

「どういう意味ですか？」

「そりゃ、戸籍がなければ死亡しても記録できんですよ。いくら小坂で亡くなったって、抹消するのは戸籍を持っている役場の仕事ですからね」

〈そうか、そういうことだ〉

津田はその可能性を考えてはいなかった。

「今みたいに住民票の移動が簡単じゃない時代ですから――ま、逆に言えば、住民票の移動をしなくても構わなかったということになるんでしょうね……一応、役場で確かめてみたらどうですか」

千葉は多少面倒になってきたようだった。

「もうひとつ伺いたいんですが」

津田が諦めずに尋ねた。

「近松昌栄という秋田蘭画の絵師について、何かご存知のことはありませんか」

「蘭画ですか——それなら隣りの図書館に行ってみればいいですよ。そこには郷土研究室ってのがあります。多分、蘭画なら資料があるんじゃないですかね」

千葉は窓ごしに見える建物を指差した。

三人は千葉に礼を言うと、図書館を訪ねた。

それほど大きな建物ではないが、町立のものとしては立派なものだ。入口をくぐると、左側に廊下が伸びていて、一番奥が閲覧室になっている。その途中の右側が「郷土研究室」になっていた。ドアを開けると、八畳ばかりの部屋に読書テーブルが四つ、本棚がその廻りをとり囲んで置かれてある。誰もいない。自由に本を読んで構わないということだろう。本棚には秋田県に関する書籍や、県内各地から集められた公報、同人誌等がバインダーに綴じられて収められていた。

「へえ、こんなところがあったなんて、知らなかったスよ」

奈良は感心したように本棚を眺めていた。

「何からはじめればいい？」

冴子が張り切って津田に訊いた。

「そうだな。秋田蘭画に関係ありそうな画集とか図録を片っ端からあたってみてくれないか。古い資料は僕が調べるから——」

答えながら、津田は本棚の左端から右へ視線を動かした。「秋田風土記」「秋田藩と久保田城」「小坂町史」……。関係ありそうな書物に目が止まると、津田は手に取っては目次を調べた。いちいちテーブルに坐っているひまはない。立ったまま、その手は次から次へと伸びていって、ページをめくった。

冴子は大きな画集や図録を何冊か選び出しテーブルの上で調べはじめた。奈良も仕方なく手近の本を抜きとっては眺めていた。

津田は佐藤正吉のことについても、合わせて調べていたが、やはり何も出てこない。明治四十年の洪水に関しての記述は何冊かの本で目にしたが、人名が記載されているものは一冊もなかった。「郷土史料シリーズ」と名づけられたものも揃っていたが、それにも出ていない。調査は次第に、この地方で出されている文芸誌や町報にまで及んでいった。土地の古老でも何か書きしるしてはいないかと思ったのである。部屋に入ってから、一時間が無為に過ぎた。津田は焦りはじめていた。

「あった、あったわよ」

冴子は大きな声をあげた。

「何か分かった？」

津田は、はやる気持を抑えて訊いた。

「画集って言うんだもの——最初からこれを調べれば良かった」

冴子はページに指を挟んで、津田に渡した。

「秋田書画人伝」。昭和五十六年発行の地方出版物である。江戸初期から現代に至る、秋田県出身の書家、画家の業績を詳細にしるした三百ページ以上の労作であった。編者の名は井上隆明とある。津田は示されたページを読んだ。

近松昌栄——秋田の画家。佐竹氏に仕える。文政中の人〔升〕

「これだけ？」

津田は失望した。この本には三百二十三人の画家が収められているが、中でもこの昌栄の記述が最も短い。小田野直武などは三ページに渡って詳述され、図版も四点載せられているのに、昌栄は図版ももちろんない。

「そう——でも、これで昌栄が秋田藩士だったことが、はっきりしたんじゃない」

冴子は不満そうに答えた。

「でも、これじゃ画集の小伝の方がずっとましだぜ……この〔升〕ってのは何だろう」

「ああ、これ。引用文献みたいよ」

冴子は本を受け取ると、最初のページをひらいて読んだ。

「〔升〕は升屋旭水編『羽陰諸家人名録』（故豊沢武蔵稿本、大正三）……他のを見てもこの〔升〕と書いてあるのは、皆、この程度のことしか書いてないわね。きっと簡単な覚え書きみたいなものなんじゃないかしら」

「うーん。そうだろうな。他の資料がないんで、これを典拠に用いたんだろう」

津田は本をめくって、何ヵ所かに記されてある〔升〕からの引用を読んでみた。このマークが記されてある絵師は、決まって図版がなく、記述も簡単なものだった。

長谷川聴秋――秋田市の画家。名は保敏。南派の画〔升〕

三浦文渓――鹿角の画家。名は富作。文嶺に学ぶ〔升〕

「こうして見ると、昌栄だけが特別に短いってわけじゃないね。これを書いた人の癖みたいなものかも知れないな」

言いながら津田は残念に思った。升屋旭水という人物は確かに昌栄の作品を直に見ていたはずである。そうでなければ他に資料のない彼のことを記すわけがない。他の絵師にしても、直接絵に触れたものでなければ書けないような自信に満ちた表現をしている。

〈どうして、もっと多くの記述を遺してくれなかったのか〉

それは画集の小伝についても言えた。軸の箱書きとか、写本をもとにして書かれたものと西島は想像しているが、せめて、それらを完璧に収録していてくれさえすれば、こんな場所までわざわざやってくる必要もない。

〈漢文に馴れすぎて、短く表現するということが常識になっていたんだろうか〉

津田は少し苛立っていた。

「近松栄和って絵師もいるわよ」

目次を見ていた冴子が、興味深げに言った。

「本当かい？」

「でも明治の人みたい」

「明治じゃ関係ないだろう」

冴子は無視して、そのページを探した。

「あら、この人も秋田藩の絵師なんだ――それに江戸時代に生まれた人よ」

冴子はページを開いたまま、津田に渡した。そこには図版も挿入されている。記述も昌栄に較べると、かなり長い。

近松栄和――（文政四年―明治二十二年）

画家。本名遠藤昌益。号雪翁。字立敬。別号得宜園。父は永昌。湯沢城代の佐竹南家のお茶坊主だがおかかえ絵師的存在だった。幼君佐竹義誠（十五代）の時代に湯沢城下には〝黒い霧〟が立ちこめた。家臣の間に争いが絶えず重臣山方家と原田家の争いが家臣を真二つに分けて《湯沢の伊達騒動》といわれた。近松はこの中にあって原田批判の立場をとり、原田の家紋をつけた武士を描いてその上に「世の中は女ですわる娑婆の二字」と地口を書いて風刺した。これが筆禍となって追われ、江戸にのがれた。のち帰郷して矢島領城内（今の水上付近か）に身を寄せ、そのおかかえ絵師となり近松姓を名のった。

「うーん」津田は唸った。

図版は竪長の画面に鷹が描かれている。松の枝に羽を休めている構図だが、筆力はかなりある。堂々とした鷹だった。

「この絵なんだけど――直武の鷹に似ているわ」冴子が脇からのぞきながら言った。

「そんなのがあったかな」

「さっき見たわよ」

冴子はテーブルの上の画集をひろげて、あちこちと図版を探した。

「ほら、この絵に似てるでしょ？」

示された図版は、やはり竪長で、松の枝に鷹がいた。鷹の目が逆の方向を見ているが、それを除けば確かに似ていた。

「似てますね。しかしうまいもんスね」

横から眺めて、奈良も頷いた。

「でも、栄和のは秋田蘭画じゃないぜ。まあ構図的には似ているけど」

「これだけじゃ無理かぁ」

冴子は残念そうな顔をした。

「残念だけどね……それより、僕は何故後になってから近松姓を名乗ったのか、そっちの方に興味がある。矢島ってどの辺だろう」

津田は秋田県の地図を探そうとした。

「矢島なら、本荘の近くじゃねえスか」

「本荘」

「ええ、あっちの方に親戚がいますから」

奈良の言葉に津田は驚いた。

「本荘って、あの名幅図録にあった、昌栄が住んでいたという?」冴子が訊いた。

「そうだよ。その本荘だ。間違いない」冴子の言葉に津田は頷いた。

本庄は本荘の古字である。調べてみると、秋田県に本荘はひとつしかない。そしてそれは矢島とわずか二十キロしか離れていない町であった。車を利用すれば二十分の距離である。

「やっぱり、これは師弟関係があったんだな」

地図から目を離して津田が断定した。

「直接、昌栄の指導を受けたってことはないだろうけど、昌栄の絵に魅かれたか、あるいは昌栄門下の誰かに入門したんだろう。それに栄和っていう号も気になるね」

「どうして？」

「これには書いてないけど、昌栄の栄の字を貰ったもんだと思う……豊国の門人はほとんどが下の国の字を貰って、国貞とか国芳、国政と名乗っているだろう。画号の下の字を弟子がつけるのは、浮世絵師の習いだよ」

「そうかぁ」

「それに、栄和はお茶坊主出身とは言え、秋田藩のお抱え絵師だったんだろう。その人間が門下となるだけの絵師ってことになれば、町絵師ってわけにはいかない。昌栄もれっきとした秋田藩士だったわけだから、その意味からも充分可能性がある。矢島ってところに移ってから、昌栄の存在か名声を聞き知って近松栄和と名乗ったんだと思う」

「偶然ってことはないわね」

　冴子は確かめるように言った。

「あるはずがないよ。画家が号を変えるってことは大変なことだぜ。それに、こんな田舎に絵師が何人もいるわけがない。栄和は当然昌栄のことを知っていたさ。それなのに近松姓を名乗ったということは、絶対何らかの関係があるってことだよ。門人でなければ、昌栄の娘とか孫でも貰ったんじゃないかな。それで近松姓を継いだってことも考えられる」

「それはあるかも知れないわね」

冴子も同意した。

「とにかく、栄和の存在で、昌栄が本荘に住んでいたという小伝の記述は証明されたようなものだ――これは重要なことだよ」

津田は、昌栄、栄和の他に、洪水の記録を何冊かの本から選び出し、受付に頼んでコピーを作ってもらうと、図書館を出た。

「お腹すいちゃった。もう一時よ」

冴子の言葉に、津田も空腹を覚えた。

「この辺に食べるとこあるかな」

津田は奈良に尋ねた。

「食堂みたいなとこしかないッスけど……ちょっと車で行けばレストランがあります」

2

「ちょっと聞いていいですか」

レストランに着いて注文を終えると、奈良はあらたまった顔をして津田を見た。

「恥かしいんですけど、秋田蘭画ってどんなものなんスか」

「うーん。何て言えばいいのかな。ひと言で説明すれば、日本で最初に西洋画の技術を習得して、日本の風景を描いた人達の絵ってことになるかな」

津田は詳しく伝えた。

秋田蘭画は、安永二年（一七七三）平賀源内が秋田を訪れたことによって誕生した。田沼意次による幕政が執られていた時代である。秋田藩主の佐竹曙山（義敦）は、領内の銅山の増産を画策し、その技術指導を、当時有数の鉱山師として名をはせていた源内に依頼した。源内は田沼意次のブレーンとしても名が高く、曙山はこれを契機に意次との接近を計ったとの見方もある。とにかく田沼の命を受けて源内は秋田に向かった。目的は同藩の阿仁銅山であったが、途中、彼は秋田藩の支城のある角館に立ち寄った。

ここで源内は小田野直武と巡り合った。直武は角館、佐竹義躬（よしみ）に仕える藩士である。どのような経過で二人が出会ったのか定かではない。だが直武は角館城下では名を知らぬ者がいないほどの絵上手であった。絵に興味を抱いている源内に彼を紹介した者がいたのであろう。有名な話がある。源内から「真上から見た鏡餅を描いてみよ」と言われた直武は苦心して何とかそれを仕上げて持参した。ところが源内は即座に「これでは餅か盆か分からない」と言い放ち、筆を取り上げると直武の目の前で絵に陰影をほどこした。「これが西洋画法と言うものです」源内の言葉に直武は、初めて師と仰ぐべき人物に巡り合えたと源内にひれふしたと伝えられる。できすぎた話であるが、源内の人をくった性格を思えばあながち嘘とも言い難い。

源内は直武が気に入った。記録には残っていないが、阿仁銅山の仕事を終え、曙山に謁見を許された源内は、直武の画才を高く評価したと思われる。源内が江戸に帰った後、直武はすぐに「銅山方産物吟味役」の名目で江戸入りを命ぜられた。狩野派を学び、写生に並々ならぬ関心を抱いていた曙山は、この機会に直武を源内の門下とさせ、西洋画法を学びとろうと図ったのであろう。だが、ここにも計算がある。源内―意次というルートが、当時大きな意味を持っていた。その源内の門下に自藩の士を連ねることは、秋田藩にとって決してマイナスではない。

直武は江戸に入ると、すぐに源内の門下となり、神田大和町の彼の家に寄宿した。源内は直武の画才を愛し、折あるごとに彼の作品を紹介していたが、直武の名はわずか一年に満たぬ間に、江戸に広く知れ渡った。

「解体新書」の挿絵を担当したからである。

これには、編者の杉田玄白と友人であった源内の口ききが大きかったが、それを差し引いても余りある実力が直武に備っていたという他はない。精密で正確な描写は「解体新書」の名を高めると同時に、直武を一躍、有名画家とした。直武この時二十六歳。

安永六年。直武は足かけ五年にも及ぶ江戸での生活を離れ、一旦帰国した。もちろん、その間に、源内より西洋画法を全て教授されている。源内の知人である宋紫石からも当然学んでいたであろう。

宋紫石は沈南蘋（ちんなんぴん）の流れをくむ写生画家で、没骨（もっこつ）法という輪郭線を用いない陰影法を得意とした。西洋画とは異なるが、基本的な姿勢は同一である。源内は紫石の写生画に着目して彼の著「物類品隲（ぶつるいひんしつ）」に挿画を頼んでいる。

「物類品隲」は博物家、本草家として名高かった源内の特質が最も良く表わされた書物である。全五巻からなり、諸国の物産、鉱石、植物、等々珍しいものばかりを一堂に集めて解説した、今で言えば自然科学の図録集である。それだけに図版には正確で詳細な描写が求められた。宋紫石は、その源内の要求に合致する絵師であった。

一方、故郷角館に戻った直武に思いがけない命が下った。本藩久保田城（秋田市）に出仕し、藩主佐竹曙山の奥御用を勤めよという下知である。異例の出世と言って良い。

直武は居を秋田に移し、曙山に西洋画を指導した。もともと絵の素養の深い曙山は、またたく間に西洋画を習得し、ここに秋田蘭画が誕生したのである。藩主が好む絵を藩士が嫌うことは許されない。直武は捌き切れぬ入門希望者の数に辟易（へきえき）したことであろう。

一年後の安永七年十月。

曙山の参勤交代に従って再び江戸に上った直武は、源内の許に伺候して秋田蘭画の勃興を喜々として述べた。源内としても嬉しくないはずがない。二人は再会を祝し、今後の西洋画の行く末を語り合いもしたであろう。

宋紫石門下の司馬江漢が源内宅に出入りし、直武に西洋画法を学んだのも、この頃である。

だが前途洋々としていたかに思われた直武に、小さな翳りが生じた。この頃から、徐々に源内の精神に異常が認められ始めたのである。些細なことから版元、後援者と口論になったり、弟子達に自分の才能を盗まれるという怖れから、自室への立入りを一切禁止したりした。このことは外部にも伝わり、田沼意次の恩寵を受けているとはいえ、源内の門下である直武に藩中から非難の声が高まった。

そして安永八年十一月。

源内は殺人の咎で入牢させられた。

事情は良く伝わっていない。

一説には、たまたま源内の許を訪れていた門人が、うっかり彼の部屋に入りこみ、物珍しさから手近にあった書類を読みふけっていたところを源内が見つけ、斬りつけたとある。

いずれにしろ、この事件は直武にとって、秋田蘭画にとって決定的な打撃となった。

秋田藩の公式記録には、理由までは載せられていないが、直武は同月、執務「御遠慮」を藩より申し渡されている。

犯罪人となった源内と、秋田藩との関係を消し去るための処置である。「御遠慮」と言えば聞こえは良いが、江戸より国許に戻し、自宅内での「重謹慎」である。直武としては、奈落に突き落とされた気持であったことだろう。

角館に戻った直武は落伍者として、絶望的な日々を重ね、翌九年五月十七日、三十二歳の若さで世を去った。割腹自殺、毒死、狂死と、彼の死には種々な噂が飛び交った。

絶学源真信士。彼の法名である。彼が葬られている角館の松庵寺の過去帳には「絶学源真、安永九年五月、小田野平七、子供」とだけ書かれ、直武の名は隠されている。

死してもなお、彼の名は憚られたのである。

直武の死と共に、秋田蘭画は潰えた。

わずか十年にも満たない短い期間のことであった。

3

「つまり、源内が幕をあげて、それを再び源内がおろしたってことだね」

津田は話を括った。すでに食事も終わり、テーブルにはコーヒーが運ばれてきていた。

「油絵ってのは誰が始めたんスか」

奈良が尋ねた。

「それは、はっきりしていない。源内だって言われているけど、先行した作品もあるらしいんだ」

「源内は誰から習ったのかしら」

冴子が訊いた。

「長崎で習ったということらしいんだけど、あんまりあてにならない。おそらく独学だろうな」

「一人で?」

「当時、長崎にはかなり油絵が入ってきていたから、それを見て真似をしたんだろう——彼が描いた油絵だと伝えられる『西洋婦人図』ってのは知ってるだろ。あれのもとになった原図が、今も長崎にあるそうだよ」

「ふーん。器用な人なのね」

「むしろ、意地っ張りだったと思うな」

津田は笑った。

「彼がエレキテルやテルモメートルを作った根底にも、それがあったらしい。外国人が拵えたものを日本人が作れないはずがないっていう意地だね」

「エレキテルは知ってるけど、テルモメートルってどんなの？」

「寒暖計だよ。初めて源内がそれを長崎の通辞から見せられた時、彼はすぐに原理を見破ったというんだ。廻りの者に、こんなものは二日もあれば作ってみせると豪語したらしいんだけど、彼は何年も、それを作らなかった」

「どうして？」

「作るほどのものじゃないってことらしいね。真夏の暑い時に、たとえそれで温度が分かってみたところで、涼しくはならないってのが源内の意見だったそうだ」

「それはそうだけど――」

冴子は笑いながら、

「うまくごまかしたって感じね」

「廻りの者も、そう思ったみたいだ。だけど何年か経って暇ができた時に、彼はちゃんとそれを作ってみせた。まあ、さすがに一週間はかかったらしいけど」

「ふーん」冴子は感心した。

「二つ作って、一個は田沼意次。もう一個は彼の生まれた高松の藩主に献上している」

「しかし、すごい人なんスね」

　奈良もしきりに頷いていた。

「だから、油絵を見ただけで技法や絵具の材料の見当もついたんだろう。だが、源内には絵を描く才能が少なかった——それで人材を求めていたわけさ。油絵を普及させたかったんだろうな」

「そこに偶然、直武っていう人物が現われたということね」

「そういうことだ。直武は源内にとっても好都合の人間だったんだよ。若くて好奇心が旺盛で……」

「油絵具ってのは、秋田あたりでも手に入ったんスか」

　奈良が訝し気に尋ねた。

「いや、秋田蘭画には一切油絵具は使われていない。やはり入手が難しかったんだろう。日本絵具を使って西洋画風の作品を描いているだけだ。もっとも、描いた上からチャンという、今で言えばニスのようなものを刷子でひいて、油絵具の感じを出しているけど」

「チャンて？」冴子が訊いた。

「松ヤニを薄く溶かしたものらしいけどね」

「へえ、考えたものね」

「たとえ絵具の材料は分かっていても、仲々手に入らないものだから、日本絵具を使ってそれらしく見せる工夫を考えたんだろう。僕はチャンを用いたのは源内のアイデアだったような気がするんだ……見せかけだけに過ぎないけど、そういう点がいかにも源内らしい」

「無意味でも、それらしくってところがね」

冴子は微笑んだ。

「じゃあ、江漢の西洋画も油絵じゃないの」

「彼が描いたのはずっと後のことだから、きちんと油絵具を使っている——もっとも、江漢は油絵と言わずに蠟画と呼んでいるけど」

「蠟画って……蠟燭と関係あるの」

「単なるイメージだろう。油っていうと灯火用の種油と混同しそうだけど、蠟画っていえば何となく感じが分かるよ」

「後って言ったけど、それはいつ頃のこと」

「寛政年間に入ってからじゃないかな。その前にも一、二点あるだろうけど、僕の知っているのはほとんど寛政に入ってからだ」

「寛政って、写楽の時代ね」

「そう——ついでに言うと、源内、直武が死んで、およそ十年後ってことになる」

「そんなに後なの……じゃあ、直武に江漢が西洋画を習ったという話は嘘なの？」

「いや、確かにその通りだけど、彼は油絵の技術じゃなく、西洋画の描法を教えてもらったんだ——現に寛政の前の天明年間には、油絵具を使わない秋田蘭画風の作品を何点か遺している。さっき図書館で見なかったかな？　曙山と江漢が合作で描いた作品があるけど」

「ああ、江漢が人物を受け持って、曙山が背景を描いたって作品のことね」

「そう。あれなんかが江漢の初期の作品にあたる。あれは日本絵具で描いたものだよ」

「いつ頃のものなの？」

「曙山が亡くなったのが天明五年だから、早くとも天明三年頃じゃないかな」

「ふーん……あら、それじゃ直武が死んだあとのことじゃないの」

「絵には年記がないから、断定はできないけど、江漢の研究家達はそう考えている」

「曙山は、直武が死んだあとでも、一応蘭画は描いていたのね」

「まあ、以前ほど熱心ではなかったろうな。直武が死んだということを聞くと、一切筆はとらないと語ったこともあるらしいから」

「どういうつながりかしら、江漢と曙山って」

「おそらく、江漢が強引に売りこんだと思うよ。彼はその頃銅版画を日本で最初に創り出して自信満々の時だからね——それに源内の事件も、そろそろほとぼりがさめて、藩内の緊張もかなりゆるんでいただろうし、ちょうどタイミングが合ったんじゃないかな」

「パトロンにでもなってもらうつもりだったんじゃないのかしら」

「それもあっただろうな。江漢ってのは結構処世術に長けていたようだし、実際、藩邸へは何度も出入りしたと思うな——昌栄と江漢は、その時にでも知り合ったんじゃないかな」

「ああ、そうね——直武は亡くなっているから紹介できるはずがないし」

「昌栄は直武晩年の門下だからね。とにかく昌栄は江漢が同じ直武門下と知って、かなり親近感を抱いたと思うね。当時の江戸では江漢は有名人の一人でもあったわけだから」

「江漢の方はどうかしら」

「別にどうってことはなかったろう。しかし曙山の手前、無下に扱うわけにはいかない。むしろ、表面的には可愛がったという想像もつくね」

「なんだか厭な性格ね」

「仕方がないよ。小伝によると昌栄は宝暦十二年生まれだから、この当時は二十二、三歳の若者だ。それに秋田の田舎から出てきたばかりという印象もあったんじゃないかな。ところが江漢はと言えば、三十五、六歳の壮年だよ。銅版画という文化の尖端を走っているという自負もあった。同じ西洋画を学んでいるというだけで意気投合するほど甘い人間じゃなかったと思う──門人としてならともかく、同門という意識はなかったと思うな」

「秋田は山の中だから」

黙って二人の話に耳を傾けていた奈良が、照れたように笑った。

「あ、そんなつもりじゃないよ」

津田は自分が秋田にいることを忘れていた。


「駄目だった」

役場を出た津田は車のドアを開けながら、車内で待っていた二人に声をかけた。

「洪水に関しては、さっきの図書館以上のことは分からない。第一、あの資料はそもそもこの役場で保管していたものなんだそうだ。だから、結局同じことだ……佐藤正吉の件は全く調べようがない。郷土館に行ってみたら、なんて言われちゃったよ。若い女の子なんで何を探したらいいのか見当もつかないようだったけど、それでも三十分もかかって何も出てこないんだから、やっぱり静岡じゃないと無理みたいだね。ただ、あの当時の鉱山の管理職のほとんどは、東京や関東の方からきていたんだそうだ。そして、その人達の名前も分かっていない。佐藤正吉のことも調べられないのが当り前だって顔をされたよ」

津田は苦笑しながら煙草に火をつけた。閉め切った車内に、その匂いが強く漂った。

「仕方がないんじゃないの、別に正吉が写楽じゃないんだから」

「それはそうだ」

津田は大声で笑った。

4

津田と冴子が奈良の案内で小坂町を見て廻り、再び大館のホテルへ戻った時は、夕方の六時をかなり過ぎていた。

「どうしたの？　浮かない顔をして」

昨夜と同じレストランで、今夜はチキンソテーを口にしながら、冴子が尋ねた。

「部屋に戻って整理をしてみたら、それほど収穫がないことが分かって呆れていたのさ」

「そうかな、私は結構あったと思うけど」

「…………」

「良平さんも言ってたでしょ。栄和の存在から、画集の小伝にあった本荘が確かめられたんじゃないの？　そして昌栄がかなり認められていた人物だってことも分かったし……ホントを言うと、私は写楽がこんな遠くの場所で、無名のまま一生を暮したってことが信じられなかったの。でも、栄和が出てきたことで安心したわ。何となくのんびりと余生をおくっていたんだなって気がしてきたのよ」

「しかし、それじゃ小伝の域を出ないぜ」

「でも、小伝が正しかったという証明にはなったでしょう――ひとつが事実と符合するからと言って、全部がそうだとは言えないけど、昌栄が江漢と知り合いだということも嘘じゃないようだし、私、小伝は、かなり真実を伝えていると思うの。寛政年間に昌栄が秋田に戻ったことだって……」

「うーん。それは言えるだろうね、そうなれば昌栄が写楽だって可能性も……」

津田の顔にようやく明るさが戻った。

「そうすると、昌栄は間違いなくこの大館にも住んでいたことになる――その辺りから何か摑めないかなあ」

津田と冴子は、思わずレストランの窓の外にひろがる大館市内を眺めた。

〈歴史をへだてて、写楽とオレは同じ町にいるのか〉

津田は改めて感じた。

「佐藤正吉は、昌栄の作品を、この大館で手に入れたんじゃないかしら。今日乗った小坂鉄道って、その頃から走ってるんでしょ」

「いや、それは明治四十二年からだけど、これだけ近い距離だから頻繁に行き来はあっただろうね。何と言っても、奥羽本線の乗車駅なんだから――清親だってこの大館で降りて小坂まで行ったんだろうし」

「角館は遠いんでしょ。明治時代に小坂から行くってことは大変だったと思うの。本荘なんて言ったら、秋田県の端と端じゃない。正吉が昌栄の作品を手に入れることのできる場所っていえば、この大館しかないわよ」

「そうだな、写楽と書きこみがある作品には寛政十年とあったから、確かに大館時代のものかも知れない」

「いつ頃、昌栄はこの町にやってきたのかしらね」

冴子はポツリと呟いた。

「それが問題だ――実際、それが一番肝心なことだよ」

津田も溜め息を吐いた。

三十分後。

冴子と別れて、部屋に戻ると、津田は今日の調査結果をノートに纏めていた。

電話のベルが鳴った。

「オレだよ」

弾んだ国府の声が聞こえた。

「今、冴子から電話をもらったんだが、ずいぶん面白くなってきたじゃないか。昌栄の門人らしいのも見つかったって？」

「ええ。可能性があるっていう程度ですが」

「また慎重居士が始まったな」

国府が電話の向こうで笑った。

「ところで、大館に昌栄がいつ行ったかという問題なんだが――」

「ええ、それがはっきりしなくて」

「いや、それで電話したんだ。実は、偶然なんだけど、分かった」

「本当ですか！」

津田には信じられなかった。こうして大館にいる人間がまるで見当もつかないでいるのに、国府はどうして突き止めたのだろう。津田はそのことを質した。

「そんなに大したことじゃないよ。冴子に大館って聞いてもピンとこなかったんで、電話のあと、手近にある地名辞典をひいてみたんだ。ほら小さなものがあるだろう。三省堂で出しているヤツさ。ちょっと待てよ。今読んでみるから——大館市。米代川中流域、大館盆地の中心都市。人口七七六六四。鎌倉時代には浅利氏の根拠地、一六〇二（慶長七）佐竹氏が大館城代を置いて比内阿仁を統轄。一七九五（寛政七年）秋田藩が郡奉行設置——」

「寛政七年ですか！」

津田は耳を疑った。

「そう。まさに寛政七年だ。写楽が作品を書かなくなって、消えた年だよ」

「しかし、それが何故昌栄と？」

「昌栄は帰藩したんだろう？　帰藩ということは単に故郷へ帰るという意味ではなくて、役に就いたということだと思うね。役をもらって大館に赴任した——それが奉行所勤務ということだ。これは絶対阿仁銅山と関係がある。大館は阿仁も統轄しているって前にあるだろう。ついでに調べてみたら、阿仁には最盛期二万人以上の人間が住んでいたらしい。その時期ってのは源内が阿仁銅山の指導をしたあとらしいんだな。ちょうど寛政年間がピークと見ていい。それで新たに郡奉行が設置されたんだよ。鉱山は暴動なんかもおきやすいからね。人手が足りなくて、江戸あたりからも何人かが呼び戻されたんじゃないかな」

「阿仁銅山って言えば、直武の役職は――」

「銅山方産物吟味役だろ？」

「ええ、その通りです」

「秋田藩は絵師という名目で直武を江戸に出していない。ということは、その門人である昌栄にも同じことが考えられないかい」

「そうですね――昌栄は直武よりも、絵師として秋田藩内では認められていなかったでしょうから……」

「すると、江戸詰の際、昌栄にも銅山関係の役職が与えられていた可能性がある――その銅山がふくれあがって、新たに郡奉行を設けて、そこに人手が足りないとなれば……」

「そうか、それは充分考えられますね――小伝には藩士とだけあって、どこにも昌栄がお抱え絵師だとは書いていませんから」

「慎重居士も納得したかい？」

「からかわないで下さいよ。いつもそうなんだから」

国府は大声で笑った。

「しかし、僕はちょっと怖くなってきました」

「何が？」国府は訊き返した。

「寛政七年てのが昌栄と結びつくってことになると、やはり写楽は昌栄って可能性が高くなりますよね。七年てのは写楽にとってもっとも大きな意味を持つ年のはずですし……それを調べにきていた自分が言うのも変なんですが、正直言って、まだ実感が湧いてこないんですよ」

「それは君が見つけた画集だからさ。これが他の人が見つけたものなら、どうだい？」

「うーん。そうですね。まだ蔦屋なんかとの関係がはっきりしないから——でも、多分、有力な説だとは思うかも知れないですね」

「困るなあ、そんな弱気じゃ……だけど、それが君のいいところかも知れないな。蔦屋の方はね、何とかつながりが見つかりそうだよ」

「可能性がありますか？」

「ああ、オレだってこっちで居眠りしてるだけじゃないさ、ま、君が東京に戻るまでには整理しとくよ」

「資料ですか」

「頭の中だよ——いろんな資料を読んだから少しごちゃごちゃになっているのさ」

国府は、冴子をよろしくと真面目くさって付け加えると、電話を切った。

〈寛政七年、大館、昌栄、写楽、寛政七年〉

津田はとりとめもなく、頭の中に同じ言葉を浮かべては、消した。

天明相関図

1

十一月二日

昼前に工藤の運転する車は角館に着いた。大館を九時前に出て、およそ二時間半の行程である。工藤の紹介で、二人は角館町の中心部に位置するホテルに部屋をとった。チェックインの時間には早かったが、荷物だけはフロントで預ってくれた。津田は工藤をホテルの二階にある食堂に誘った。

「私はうどんにするわ」

連日油っこいものを食べ続けて食傷気味になっているのか、冴子はショーケースも見ずに決めた。津田と工藤はヒレカツを頼んだ。

「昨日の昼もじゃない、よく続くわね」

冴子が呆れた顔をした。

店内に客はいなかった。三人は窓際の席に着いた。ここから街が一望できる。

「あら、ゆうべの人だわ」

冴子が下の駐車場を眺めて口にした。

「誰、ゆうべの人って」

「ほら、こっちへくる人。ゆうべ大館のホテルに泊まっていた人なのよ」

津田は冴子の方に体を寄せて、下の駐車場に目をやった。三十五、六歳の痩せて背の高い男が、津田の方を見あげて向かってくるところだった。駐車場から、直接この食堂に通じる階段がついている。男はそれを登ってきた。食堂があるのを知ったのだろう。

「あれ、なんだ」

「知ってる人なの？」冴子が訊いた。

「うん。盛岡の骨董屋さん、良く行く店だよ」

「そうなの——それで私達のこと見てたんだ」

「見てたって、どこで？」

「昨夜（ゆうべ）のホテルのレストラン——ああ、良平さんは私の方を向いてたから。あの奥でずうっと一人でビールを飲んでたわ」

「へえ、そうだったのか」

「時々こっちをのぞきこむような目つきをするのよ、イヤな感じだった」

「酔ってたからだろう。それに冴子さんがあんまり美人なんでさ」

「からかわないで、そんな感じじゃないわよ」

冴子は照れくさそうに笑った。

食堂に入ると、男は津田達の席から少し離れた場所に腰かけた。津田は男を見ていた。一瞬、目と目が合った。津田は反射的に頭を下げて会釈した。男はとまどいながらも、やあと声をあげた。思い出したのだろう。

「やっぱりあなたでしたか」

男はイスから立ち上り、三人の方に歩いてきながら笑顔を見せた。

「えーと、あれ、申し訳ない。名前をど忘れして」男は頭を掻いた。

「津田です」

「そうそう、津田さんだ。どうもね、似ているとは思ったんだけど、名前が思い出せなくて昨夜は声をかけなかったんだ」

「ホテルのレストランですか」

「何だ、人が悪いな。知ってたら声をかけてくれればいいのに」

「いや、今、この人から聞いたばかりで」

津田は冴子を紹介した。

「不来方（こずかた）美術の加藤です」

加藤は笑顔を絶やさず名を告げた。

「こずかたって、どういう字を書くんですか」

「あ、名刺あげましょう」

加藤は内ポケットに手をやりながら、

「ということは、盛岡の人じゃないね」

岡山ですよ、津田が代わりに答えると、

「そうだろう。盛岡の人間で不来方を知らないものはいない。不来方は南部藩の城のことを言うんです」

加藤は冴子に説明した。冴子は頷いた。

加藤は席を冴子の隣に移した。

「この頃店に顔を出さないね」

ラークに火をつけながら加藤が言った。

「ここんとこ盛岡に帰らないものですから」

「ああ、そうか。津田さんは東京だった」

「ええ——店はどうです。忙しそうですね」

「ダメダメ、貧乏暇なし。今回も仕入れが目的なんだが、この頃いいものが出なくてね」

「浮世絵はどうです？」

「ないな。いいものは全部中央に持ってかれて。うちなんかせいぜい国貞どまりだ」

加藤の店は刀剣類が主体だが、浮世絵も扱っている。津田は盛岡に帰ると、必ず一、二度は訪ねていた。だが、加藤は無口な男で、これまでほとんど商売以外の口はきいたことがない。名前を覚えていないのも当然だろう。

「仕入れっていうと、いつもこうして？」

「半年に一度くらいは店の模様替えをしないとお客さんに飽きられるから――今回は大館、角館、横手と廻ってみるつもりでね」

「大館なんかどうでした？」

津田は思いついて尋ねた。加藤なら商売柄いろんな店を歩いている。昌栄のことを質すには絶好の人間かも知れない。

「めぼしいものはなかったな。津田さんは浮世絵だったね――この辺じゃ武者絵くらいしか集められない――」

「秋田蘭画なんてどうです？」

「蘭画ね――お宅はそういうものにも趣味があるわけ？」

「いや、ちょっと調べごとをしてるものですから。それにちょうど秋田にいますし」

「ああ――今じゃまず出てこないな。うちも店を始めてから二、三度しか扱っていない。いいものはあらかた出尽したんじゃないの」

「そうですか」

津田の失望した顔を見て、加藤は、

「角館が発祥地って言うけど、ここの伝承館にも飾ってないし、秋田市に行かないと」

なぐさめの口調で話した。

「絵を見たいんじゃなくて、絵師のことを調べているんです」

「曙山や直武のこと？」

「直武門下です。近松昌栄って人物ですが」

「さあてな――聞いたこともないな」

「大館にも住んでいた人ですけど」

「へえ、あの辺にも蘭画の絵師がいたんだね。ま、秋田だから不思議はないだろうが――」

「作品も結構遺っているはずですけどね」

「ふーん。しかし蘭画じゃ商売になる人ってのは四、五人しかいないからね」

加藤は思い出しながら名をあげた。

「曙山、直武、義躬、雲夢、少しおちて独元斎ってところが、まあ、出てくれば騒がれる」

「義躬の子供の義文なんかどうですか」

「あれは殿様芸だから——でも、結構いい値はつくかも知れんね」

「他のは駄目なんですか」

「いや、駄目ってこともないだろうが、実際品物が廻ってこないんで、値のつけ方が難しいんじゃないの——これは噂だけどね、昭和の初期に、ずいぶん直しや後落款が作られたらしい。それで直武や曙山の偽物が出廻っていると言う」

「後落款ってなんですか？」

冴子が訊いた。

「後から別の絵師の落款を書き入れるんですよ。普通は無銘の作品に良くやるんですがね。ひどい奴になると、本物の落款を切り取って、空いている画面に書き入れることもする」

「そんなものが出廻っているんですか」

冴子は驚いて訊き返した。

「残念だが、良く見かけます。商売にならんものは、そうして別の絵師の作品に作り替えるんです。秋田蘭画に特別多いってことじゃないんですがね。あれは模写が多いもんだから、一流絵師と二流の区別が難しい。そういうものが作り易いってことは言えるね」

「うーん。とすれば昌栄も……」

「コレクターの手に収まってれば別だけど、市場を動いているとすれば、そういう形に直されているってこともあり得るだろうな」

「………」津田は呆れて加藤を見ていた。

「昌栄ってのはうまい人なわけ？」

加藤の言葉に津田は無言で頷いた。

「それなら、ますます可能性が高いね。まさか直武ってことはないだろうが、義躬くらいには直されているかもなあ」

「しかし……」津田は後が続かなかった。

〈そんなバカな！　昌栄は写楽かも知れないのに、それも知らないで……〉

だが、そのことを津田は加藤にまだ話すつもりになれなかった。

「そういうのが出てきたら、どうなるんです」

「どうって——下手ならどうしようもないけど、良けりゃそのまま通してしまうよ。眼の勝負だから、偽物を買うのが悪いんだって気持が、誰の胸の中にもあるからね」

「偽物と分かっていて売るんですか？」

冴子が厳しい口調で問いつめた。

「はっきり偽物と分かれば、お客には売らない。業者だけの会に出すんですよ。一種のババ抜きって言えば分かるかな。その中で一番眼のない業者が買っていく。そのあとのことは知らない——」

「ちょっとひどいわね」

冴子は津田に同意を求めるように言った。

「お互いさまです。私も何度かそういうものを掴まされたことがある。その時はひどい奴がいると思っても、そうして骨董屋は自分の眼を肥していくわけなんだし、まあ、授業料と考えれば腹も立たないですな」

加藤は薄い唇に笑いを浮かべていた。

「でもその時点では、もちろん偽物と思わないで買うわけなんでしょ——だったら、知らないでお客に売ることもありますわね」

「当然です」

「当然って、それで問題がおきないんですの」

「おきるわけがないでしょう——その業者は本物だと信じて売ったんだから——お客を騙したことにはならんですよ。それに偽物なら絶対売らない。この商売は店の信用だけで成り立っていますからね。多少の利益のために、何年もかけて築きあげた信用を台なしにするような真似はしません」

「ああ……」冴子は納得したようだった。

「売ったあとで偽物だと気がつけば、たいがいの業者は売り値でひきとりますしね」

「そのあとはどうなります」

津田は興味を覚えて訊いた。

「知らん顔して、また、会に出します。偽物だと言えば誰も買いませんからね。そうしてその作品は転々と全国を廻るわけです。最後には日本で一番、眼の利かない業者の手におちて、けりがつくでしょう」

加藤は愉快そうに話した。

「大変な世界なのね」

冴子が啞然として言った。

「商売となればね——横山大観なんかは二十本出てくれば、十九本は偽物だと見るのが常識の世界だから、生半可な知識ではすぐに偽物を摑まされてしまう……面白い話もずいぶんあります。ある業者が、会で一本の軸物を手に入れた。それにはかなり名の通った名前が書かれてあった。本物であれば業者の間でも三、四百はつく作品だったのに、何とそれが七十万でその業者におちた。他の業者は危ないと見て手を出さなかったんだね。だが彼は自分の眼に自信を持っていた。持ち帰って店に飾ってみたが、全くお客がつかない。無視するのであれば別なんだが、ほとんどがゆっくり時間をかけて眺めてからかぶりを振る。その理由が、上手すぎるってことだったらしいんだ——その作家は俳画が多かったんだね。そこに何とも言えぬ味わいがあって評価されていた。ところが、これは細密で上手すぎた。誰も偽物だとは言わないが、決して手を出さない。とうとう彼も諦めて、再び会に持ちこんでみると、今度は業者も買わない。結局、彼はどうしたと思います？」

皆、見当がつかないと答えた。

「落款を切り取ったんですね」

「…………」

「すぱっと切り落して、幅をつめて表装し直すと、今度は中央の会に持っていった。絵の出来だけで勝負してみたわけだ——ところが何と二百万まで値がついたという話でね」

「信じられないわ」

冴子が驚きの声をあげた。

「まあ、これには続きがあってね——何年か経ってから、彼はその作家のコレクターと話をする機会があった。彼は、落款を切り取った話は、もちろんふせておいて、面白おかしく説明したわけなんだ。するとコレクターは興味を抱いて、売り先を尋ねた。だが、それは分からない。会で動いてしまったものだから……その代わり、彼はその作品の写真をコレクターに示した。見せられたコレクターは、あっと言ったきり、黙ってしまった……本物だったんですね。それも、その作家の一番いい頃のものだったらしい。手に入れてくれれば八百万くらいなら話に乗る、そう言われたそうだ」

「ふうん」皆は思わず溜め息を洩らした。

「本物を、わざわざ偽物に近いものに直してしまったんだね――笑い話にもならない。下手でも駄目、上手すぎても駄目、全く因果な商売だね」

加藤はそれでも笑いながら話した。

「今の話ですが、その写真というのは偶然撮ってあったわけですか」

津田は訊いた。

「いや、業者は自分が扱った品物を写真にして残しているケースが多いから――記念というわけじゃなく、自分の勉強のためにね。それに写真だと、何処にでも持って歩けるからお客の意向を打診するにも便利だし――ポラロイドが出てから、そういう人が多い」

「じゃあ、秋田蘭画を扱ったことがある骨董屋さんだったら、もしかすると……」

「写真くらいならあるかも知れないね」

ハハァと加藤は意味を察して続けた。

「昌栄を探そうって言うんだね」

津田は頷いた。

「確かにあるかも知れないが、お客には見せないと思うな。ああいうものには買った値段なんかも記録されてることもあるし……」

「難しいですか」津田は肩をおとした。

「よほど信用したお客じゃないとね……」

加藤は気おちした津田の顔を、しばらく無言で眺めていたが、やがて、

「いいでしょう。私があたって見てあげますよ。どうせ廻るついでだから——ここの他に横手にも大きな店があるし。それに蘭画なら満更心当りがないわけじゃない……あさってには店にいるから、連絡をしてみて下さい」

「すみません。お願いします」

津田は深々と頭を下げた。

2

「おかしな人ね」

加藤が帰るのを見送りながら、冴子が小声で囁いた。

「そうかな。別に感じないけどね」

「いい人なのか、悪い人なのか、全然見当もつかないわ——案外、ああいう人がやり手なのかも知れないけど」

「そうだよ。あの人は盛岡で一番若い骨董屋さんだけど、眼が利くって評判の人だよ」

「でしょうね。あの歳で自分の店を持っているんですもの——」

「不来方美術って、あの公園下にある大きな店ですか？」工藤が思い出した。

「そう。あの人は盛岡の出身じゃなくてね。確か山形かどこかだと聞いたけど……とにかく親の店を継いだぼんぼんとは違うから、やっぱりすごい人だよ。厳しさが身についてるっていうのか、僕なんか商売にならないって見抜かれて、これまで話もあまりしてくれなかった。その点、クールなんだね」

「ふーん。結構親しそうに見えたけどな」

冴子の言葉に工藤も同意した。

「冴子さんが気に入ったのさ。あの人は独身だからね」津田はクスッと笑った。

「気持悪(わる)ーい。厭よ、あんな気障な人」

冴子は加藤が首に巻いていた赤く細いスカーフを話題にして眉をひそめた。

「似合ってたけど、自分でも似合ってるのが分かっているようで厭なのよ」

「女ごころは複雑だね」

津田は妙にホッとして付け加えた。

「それにしても、大変なことを聞いたな」

「昌栄が直されてるかも知れないってこと?」

「うん。そうなれば一切お手あげだよ——写楽改めって書きこみだって、ひょっとすると切り落されているかも知れないぜ」

「まさか、そんなことが——」

「だといいけど、あの絵はかなりうまい作品だからね——それに銅版の模写だろ、直武って落款を入れても、ちょっと分からないよ」

「でも、写楽とあるのを簡単に切り取るかな」

「戦前までは、写楽が阿波の斎藤十郎兵衛って、ほとんどの人が信じていたんだぜ。さっきの話じゃないけど、絵はいいんだが、この写楽の落款が邪魔だなあって思う人は大勢いたと思うね。阿波の人間が秋田蘭画を描くはずがないんだしさ……辞典や画集を調べても、全部そうなっていたんだから、その頃僕が見たって間違いなく偽物だと信じちゃうよ。あの作品群が散逸しないで、そっくり旧家にでも残されていれば別だけど、早い時期に市場に流されていれば、その可能性は大きいよ」

「そうかなあ……」

「集めていた当の正吉が亡くなったんだから、割合早いうちに業者の手に渡ったと見るのが当り前だろ？　静岡に持ち帰っても、秋田蘭画じゃ売れそうにもないし、となれば……どう考えてみても、いい方向じゃないね」

「でも写真があるんだから、証拠にはなるんでしょう？」

「そのことじゃなくて、残念なんだよ。写楽の名前が切り落とされて、書きこまれた直武や曙山の本物とも認めてもらえず、今日もどこかの会を動いているかも知れないと思うとね——さっきは骨董屋さんの写真から手がかりが摑めると思ったけど、今じゃ、むしろ見つからないことを祈りたい心境だ。それなら、あまりにも写楽が可哀想だよ」

津田はしんみりと話した。

「それに、加藤さんと話してるうちに気がついたんだけど、写楽が油絵を描いたっていう資料もあるんだよ」

「ホントなの！」

冴子は愕然として声をあげた。

「井上和雄という研究者が書いた本の中にあるんだけど『浮世絵類考』別本に『又能二油画一号有隣』と書いてあるらしいんだ。又、油画を能くす。号、有隣、と言うことだね」

「あるらしいってことは？」

「実は、この別本というのを見たことがないんだ。最近の研究では、この説は妄説として片づけられているんで、誰も注意しなくなったんだな」

「別人説のひとつなの？」

「ところが、これは斎藤十郎兵衛イコール写楽の時代に言われたことでね。十郎兵衛は油絵も描いたと井上さんは書いている……十郎兵衛説が崩れたと同時に、この油絵の話も消えてしまった。現在、岩波文庫で出されている『浮世絵類考』でも、この別本の記述は完全に除かれている。まあ、岩波本を校訂した仲田勝之助って人は、この別本を全く信じていなかったようだから、当然だけれどもね。今でも研究者の誰一人として、この別本の記述を信じてはいない。あり得ない話として、頭の中から追いだしているんだよ」

「でも、昌栄が写楽だとしたら……」

「そうなんだ。僕も気づくべきだった。先生も国府さんも、このことに何も触れはしなかった。それだけ無視されてしまった説だったんだね……十郎兵衛とセットになっていたから、昌栄と別本とを結びつけて考えなかったんだ——別本にそれを記述した人は、おそらく昌栄の作品を目にしたんだよ。写楽と署名があったんだろう。秋田に戻って、昌栄と名を改める直前の作品だったかも知れない……その記述を見て、井上さんは、簡単に十郎兵衛が油絵を描いたと決めつけてしまった。それも仕方がない。当時、写楽は十郎兵衛でしかなかったんだから。写楽が油絵を描いたということは、即ち、十郎兵衛が描いたということになるのさ」

「…………」

「本来、これは十郎兵衛説とは全く無関係のものだったんだ。記述には『斎藤十郎兵衛が油絵を描いた』とはどこにも書いていない。あくまでも『写楽が油絵を描いた』とあるだけにすぎない。井上さんが巧妙に繋げてしまったんで、ごまかされてしまったんだ」

「写楽は油絵を能くした──か」

「それは昌栄のことだったんだよ」

津田は興奮のあまり大声になった。

「でも、どうして今頃気がついたの？」

「直された昌栄の作品が、全国を廻っていることをあれこれ考えていたら、蘭画そのものがブームになっていない時代に思い至ってね。明治から昭和初期なら、確かに蘭画を売るためには、写楽の名前は邪魔になる。だけど、江戸時代末期なら、蘭画そのものが商売にならない。どうせ高く売れない品物を、わざわざ手間をかけて直す必要もないだろう？　ひょっとすると、写楽の名前そのままで流通していた作品もあったんじゃないか……もちろん安い値で売買されていたに違いないけど。そう思いついたら、突然あの記述があったことを思い出したってわけさ」

「ああ、そういうことなの」

「ショックだよ。十郎兵衛説があれほど信じこまれていなければ、写楽問題はもっと早く解決していたかも知れないんだ。写楽を評価した、あのクルトでさえ『浮世絵類考』の十郎兵衛説を認めていたんだから、仲々それを否定できなかったんだ——考えてみると、清親がその後何も言わなかったのは、この十郎兵衛説のためかも知れないんだぜ。国府さんは清親が見ていないと想像したけど、見ても、バカバカしいと思って何も書かなかったということだってあり得るよ。何しろ、歴史的事実として十郎兵衛が云々されていた時代なんだからね」

「初動捜査の誤りってことね」

「そう。それで少なくとも四十年は無駄にした。その間に写楽の絵は改竄(かいざん)されて、全国に散らばってしまったということさ」

津田は口惜しそうに唇を嚙んだ。

「気持は分かるけど、まだ、そうとは決まったわけじゃないんだから——そっくり残されている可能性だってあるわよ」

「だといいけどね——どうも僕は加藤さんの言う後落款の話が本当らしく思えるん

だ。あれだけうまい絵師なのに、商品として見た場合、昌栄じゃ知名度がなさすぎるよ……」

「写楽じゃ、もっと駄目なんだから——不思議な話ね」

「納得できれば、嘘でも構わないんだ、この骨董の世界じゃね」

「写楽と油絵じゃ、納得できない——か」

「実際、頭が痛いよ。これだと、この町でも期待はできないな。観光でもしていた方が、ずうっと利巧だぜ」

津田は思いがけず皮肉な口調になった。

「でも、良平さんがあの画集の書きこみに気がついたこと、ほとんど奇跡に近いわね——他の人じゃ全然気がつかなかったと思うな。写楽の気持が良平さんに伝わっているのよ」

「他の人が見つけた方が気が楽だったと思うよ。今となればね」

津田はそれでも笑い返した。

3

連休を利用して、久しぶりに盛岡の実家に帰るという工藤を、二人はホテルの前で見送ると、そのまま角館の伝承館に向かった。

伝承館は武家屋敷の連らなる、内町にある。ホテルからだと、歩いても二、三分の場所であった。この町は内町と、商家が集っている外町とに区分されていて、ホテルはその境界に建てられていた。「火除け地」と呼ばれる広場がホテルの前に広がっている。火事の広がりを防ぐために、江戸時代に設けられた空き地である。

広場を抜けると、広い道路が一直線に延びている。その両側には、黒板塀の武家屋敷が江戸の面影をそのままに残して建ち並んでいる。両側の板塀の中からは、この町の天然記念物になっている枝垂桜の巨木が、何百本と道を覆うように連らなり、それは秋の陽にゆらゆらと輝いて見えた。視界には人一人見えない。

「静かでいいところね」

冴子はのんびりと歩きながら枝垂桜の巨木を眺めては歓声をあげた。

「今頃は観光客が少ないからね。春にきてみるといい。この道路が人で一杯になる」

「お花見？」

「すごいよ。桜のトンネルのようになる」

冴子は頷いた。

〝みちのくの小京都〟と呼ばれて、今では多くの観光客で賑うこの町も、何年か前まではひっそりとした田舎町だった。ＮＨＫの連続テレビ小説「雲のじゅうたん」で、この町が舞台として取り上げられて以来、観光地として脚光を浴びるようになったのである。普通、そうしたブームに便乗した観光地は、二、三年も経てば急速に忘れ去られてしまう。だが、この角館町は、観光地としてむしろ今でも着実に成長しつつある。武家屋敷の他に見るべきものの少ないこの町は、歴史のたたずまいを商品として売ることに成功したのである。武家屋敷はもちろんのこと、廻りの自然環境の保護にも力を入れ、新しく建てられるビルにも、町のイメージを毀すことがないように細かく配慮がほどこされた。

同じ城下町でも、盛岡のように近代的な都市の中に、ポツンと古いものが遺されているのとは違い、角館は、古い町並をそっくり抱えこむような形で創りかえられていったのである。一度、この町を訪れた人は、必らずもう一度やってきたくなる。そうした気持にさせる稀有な町のひとつと言えるだろう。

二人の向かっている伝承館も、最近になって建てられたものだが、入母屋造りの屋根、土蔵造りの史料室など、工夫がいたるところに見られ、武家屋敷の町並に溶けこんで、落着いた美しさを感じさせる。ここでは角館の伝統工芸である樺細工の名品の陳列や、その実演などが行なわれ、観光センターの機能は充分に果たしてはいるが、残念なことに、史料館としての内容に乏しい。

蘭画の発祥地であるというのに、それに関したものがほとんど展示されていないのだ。

以前、何度かここを訪ねたことのある津田は、そのことを知っていた。今回も、調査の予定から外していた場所であったが、町に入るなり、津田の気持は変わった。ここには大きな土産品コーナーも併設されている。調査につきあわすだけで、そうした場所から冴子を遠ざけてしまっていることを、津田はそれなりに気にしていた。

津田は冴子が楽しそうに買物をする姿を眺めて、やはりきて良かったと思った。同僚や友人にあげるつもりなのか、樺細工のペンダントやキーホルダーを何個も選んでいる。

ホールの中二階にある喫茶室で三十分後に待ち合わせをして、津田は事務室を訪ねた。折角、この町にきたついでに、小田野直武の墓所を見ておきたいと考えたからだった。

事務室に入ると、中では四十歳くらいの男が一人で机に向かって仕事をしていた。津田は用件を簡単に述べた。男は親切に地図を描いて、津田に説明した。

「くる途中、小田野家って表札のかかった家を見かけましたが、あれは直武の生家ですか」

津田は地図をしまいながら尋ねた。

「違います。親戚にあたる家ですがね」

「じゃあ、生家はどの辺ですか？」

「直武は裏通りの家で生まれたんですが、今はありませんよ——残念ですが」

津田は頷いた。

「蘭画に興味をお持ちなんですね。それだったら町立美術館には廻られましたか？」

「いいえ」

「今は別の展示をやってますが、何回かあそこで蘭画の展覧会を開いてますよ。ちょっと待って下さい——」

言いながら、男は後ろにある本棚から一冊の図録を抜き出すと、津田に渡した。角館町立美術館の開館五周年を記念して出版されたもので、刊記は昭和五十五年とある。ページをめくると、美しいカラー写真が沢山載せられていて、そのうちの何枚かは直武の作品だった。後のページには、この五年間に町立美術館で開催された展覧会の、全ての出品目録が掲載されている。年代、サイズ、絵師の略伝なども加えられた立派な目録である。蘭画が出品された展覧会は、三回程開かれていた。

「丁寧な目録ですね」

津田は本心から言った。

津田は喫茶室で図録を眺めていた。帰る時でいいからと、事務の男が貸してくれたのである。

「ずいぶん待った？」

冴子が紙袋を手にして、津田の前に坐った。

「もう少しゆっくり見て構わないよ」

「もう買ったからいいのよ」

冴子は笑いながら紙袋をポンと叩いた。

「何見てたの？」

「あ、これ。事務室で借りてきたんだ、この町の美術館の図録だよ。蘭画もやっててね」

冴子は渡された図録を眺めた。

「ホントだ、直武が載ってる」

「それでね、これから行こうかと思って」

「今、やってるの？」

「いや、今は関係ないけど——事務の人が美術館の学芸員の人を紹介してくれるって言うんだ。何か分かるんじゃないかと思って」

女の子が冴子の注文をとりにきた。冴子はしばらく考えてレモンティを頼んだ。

「でも、角館って、ずいぶん文化を大切にしてるのね——町で美術館を持ってるとこってあんまりないんじゃないの？　この伝承館だって素敵だし、見直しちゃったわ」

「ね、ここ読んだ？　佐竹義躬のとこ」

「いや、何かあるのかい？」

「谷素外の門人だって書いてあるわよ」

「義躬が！　ホントかい」

津田は冴子の指し示したページを慌てて読んだ。美術館に展示された絵師の略伝が纏められているページである。

佐竹義躬――一七四九～一八〇〇（寛延二年～寛政十二年）北家（角館城）十三代城主、初名義寛、号を小松山人、雪松、一謙亭、直武より絵を学ぶ。素外門下、江戸談林派の俳人としても知られる。

「偶然かしら？」

「まあ、素外には大勢大名の門人もいたから別に不思議ではないだろうけど……昌栄は直武と同様に、最初は義躬に仕えていたんだろうからね。その義躬が素外門下ってことになれば、少し薄気味悪いな」

「例の扇面絵のことでしょう」

「うん。あれとも昌栄のつながりが発見できたわけだ。絵の意味は分からないけど、あの例の老人が素外であっても構わないわけだよ。昌栄は素外を知っていた可能性があるんだからね……前に話さなかったけど、あの老人は、素外であるという他に、非常に面白い説があってね」

「蔦屋とか豊国でもなくて？」

「司馬江漢だよ」

「ホントなの」

「確かに江漢の自画像と良く似ている。年齢的には少しズレがあるけど、江漢は自分を常に老齢に見せかけようとしていたらしいから頭を剃っていたという話もあるんだ」

「ふーん。素外と江漢かぁ。どっちにしても」

「昌栄と関係がある」

津田はゆっくりと答えた。

4

二人を乗せたタクシーは、町を通り抜けて大きな橋を渡ると郊外へ出た。しばらく走ると前方に大きな建物が見え始めた。

「あれが美術館です——もとはボウリング場だったスけどね」

運転手は笑って説明しながら、車を広い玄関前に停めた。

「うわあ、広いところね」

　中に入るなり、冴子は大声をあげた。確かに広い。もとボウリング場だけあって、柱が一本もないので余計に広く感じるのかも知れなかった。館内は明るく採光され、清潔な雰囲気が漂っていた。

「ああ、今の電話の」受付に用件を述べるとすぐに分かって、二人は奥の部屋に通された。小さな応接室になっている。数分も経たないうちに、男がやってきた。歳は三十前後。きちんと背広を着こなし、額には神経質そうな血管が何本か浮き出ていた。だが愛想はいい。男は丁寧に頭を下げながら、津田に名刺を手渡した。それには昆野とあった。

「蘭画のことで何か調べているとか？」

　津田は頷いて、作品を見たいことを話した。

「そうですか——出品作品は全部写真に撮ってありますから、持ってきましょう」

　昆野は言いながら部屋をあとにした。再び顔を見せた時には、両手に抱えきれないほどのアルバムを持っていた。

　津田と冴子は、そのアルバムから蘭画の写真を探した。全部で四、五十点はあった。昌栄名義の作品は一枚もない。だが昌栄を改竄したと思われる作品も見つからない。

津田は失望すると同時に安堵した。

「昌栄ですか？　聞いたことがありませんね」

昆野は二人の言葉のやりとりを耳に挟んで横から不審そうな表情で尋ねた。

「『秋田書画人伝』に載っているんですか」

昆野は津田から説明を受けると、再び部屋を出て、その本を抱えて戻ってきた。

「ははあ、ありますね――でも蘭画とは書いていませんよ」

津田は、昌栄の画集を発見したことを説明した。もちろん写楽のことはふせてある。

「ほう。そんなに作品を描いているんですか。迂闊でしたね、角館に住んでいながら……」

昆野は素直に笑って頷いた。

津田は図録中の義躬の項目について質した。

「あれは私が纏めたものです。秋田県関係の絵師については、ほとんどこの本のお世話になりましたが」

昆野は「秋田書画人伝」を示した。

「秋田の文化人が網羅されてましてね、実にありがたい本ですよ」

「義躬の他にも素外門下はいるんですか」

「秋田には沢山います。安永・天明ぶりって言いましてね。曙山、義躬の頃は秋田藩全体が芸術に傾倒していたんです。蘭画しかり、狂歌、俳句と何にでも興味を持っていたんです。殿様がそうだったからでしょうが、それで寛政以降、藩は財政をたて直すのにずいぶん苦しんだと言われています――佐藤晩得とか手柄岡持なんていう大通人が、江戸藩邸の留守居役を務めていた時代なんで、自然に殿様も染まったということなんでしょうね」

「手柄岡持って、朋誠堂喜三二のことですか」

「ええそうです。戯作ではその名前です」

津田は驚いた。喜三二なら、蔦屋から何冊も本を出し、蔦屋のブレーンの一人である。

「喜三二ほど有名ではありませんが、晩得という人は、吉原を秋田藩の応接間として使ったと言われる大通人でしてね。書もやれば、狂歌も詠む。俳句では酒井抱一の師匠ですし、谷素外と親友だったと言いますから、スケールの大きさでは遥かに喜三二を超えています」

津田は口もきけなかった。

留守居役とは、今の政治に置き換えると外交官にあたる。

藩はそれぞれに独立経済を保っていた。そこで江戸詰の留守居役は、藩を代表してさまざまな幕府や民間との折衝をとり行なっていた。特に曙山の時代は賄賂政治として名高い田沼の時代である。留守居役のかけひき次第によっては、十年に一度くらいの割で行なわれる江戸城の補修、整備や、壊れた橋の修理の割り当てで、なるべく負担の少ない部署を与えられることも不可能ではない。晩得や喜三二のように世馴れた留守居役を持つことは、藩の存続のためにも重要なことであった。

〈それにしても、秋田藩というのは……〉

絵師だけを追いかけてばかりいて、その廻りを顧みることをしなかった津田は、自分の迂闊さに腹を立てると同時に、秋田藩が当時の江戸文化に与えた影響の多大さを思うと、驚きを禁じ得なかった。

「これで、蔦屋、抱一ともつながったってことね」

冴子も呆然としていた。津田は平静を装いながら、その資料の存在を確認した。

「それも皆、この本に載っていますよ」

昆野は「秋田書画人伝」を開いて、晩得や岡持の項を津田に示した。

「これ、どこに行けば手に入りますか？」

津田は全体に目を通してみたくなった。

「町の書店ならどこにもありますよ」

昆野の返事は簡単だった。

5

二人は町に戻った。

すでに三時を過ぎている。直武の墓所を見るためには急がなければならない。タクシーはホテルの前を通り過ぎ、外町の商店街を抜けると角館駅の方向に左折して、すぐ停車した。運転手は無言でドアを開いた。二人が降りると、目の前に「松庵寺」と書かれた山門があった。古い寺だが、意外に小さい。

門をくぐると、すぐ右手に二メートル近い木の葉形の石碑が建てられている。「小田野直武碑」と、それには太い字が刻まれていた。

津田は石碑を正面から写真に撮り、うしろに廻った。背面にもびっしりと小さな文字が刻まれている。冬の逆光を気にしながら、津田は何回もシャッターを切った。

――君ハ小田野直賢ノ嗣子寛延二年十二月十一日角館ニ生ル天資画才アリ……

冴子は碑文を読んでいた。

「これ、昭和十一年に建てたんですって」

「案外新しいんだな」

「ね、さっき加藤さんが話してた、蘭画が商売になった頃って、このあたりからじゃないのかしら」

冴子の言葉に津田も頷いた。

二人は石碑をあとにし、本堂に向かって一礼すると、そのまま直武の墓のある裏手に歩きはじめた。

狭い墓所である。民家の間に挟まれた百坪ほどの空間に、何百という墓石が整然と並べられていた。簡単に探せると思ったが、仲々見つけることができない。

「訊いてみた方が早いんじゃない？」

墓所を行ったりきたりしながら、冴子が遠くの方で津田を促した。

「そうだな。そうしよう」

津田も諦めて本堂の方へ足を向けた。

「待って、見つけたわよ」

冴子が津田をひきとめた。

直武の墓は、他の墓の裏に、まるで隠されてでもいるように建てられていた。

小さな墓である。

厚さ十センチ、高さはわずか四十センチばかりしかない。それも長い間、土中に埋もれていたらしく、下半分が黒く変色して、斜めに割れた痕が見られた。もちろん、現在はその部分をセメントで継ぎ直しているが、秋田蘭画の、いや「解体新書」の挿絵画家の墓としては、あまりにも惨めすぎた。二人はしばらく無言でそれを見つめていた。

脇に「直武墓」と指標がなければ、この下に直武が眠っていることなど、誰も想像はできまい。

「まるで、子供のお墓ね」

他の墓石の大きさと較べながら、冴子は悲しそうな声をあげた。

「正面に出せなくて、裏にひっそりと隠したって感じだね――花を飾る場所もない」

「あ、私、花を買ってくる」

津田にそれだけ言うと、冴子はきびすを返して本堂の方へ駆けだして行った。

合掌して目を瞑っている津田の耳に、石畳を蹴って遠ざかる冴子の足音が響いた。

〝絶学源真信士〟

法名からくるものなのか、直武の墓は、津田の合掌を拒否しているかのように思えた。

〈オレだけではない。他人を全部拒んでいるんだ、この人は……〉

厚い雲が空を覆って、津田を少し感傷的な気分にした。

6

レストランの窓の外にはひっそりとした角館の町の灯りが見える。

端から端まで歩いても、二十分はかからないこの細長い町並を、今日何度往復したことだろう。松庵寺を出たあと、津田は直武が住み、昌栄が歩いた同じ道を、自分も辿ってみたくて、冴子と二人で裏道を抜け、表通りを横切り、二時間ばかり歩き続けたのである。

体はヘトヘトに疲れていたが、津田には直武、昌栄と同化したという満足感があった。この町に直武がいて、昌栄が訪ねれば必らず門下として暖かく迎えたはずだ。そういう人間同士のつながりがごく自然にできてしまうような、小さな、それでいて心を豊かにさせてくれる町である。

「何を考えているの」

冴子が津田の視線を追いながら尋ねた。

「やっぱり、きて良かったなと思って……」

二人のテーブルにワインが運ばれてきた。津田は冴子のグラスに注ぎながら、

「とにかく、乾杯しよう。お蔭で楽しかった」

本心から言った。

「疲れたろう。何時間も歩かせたから——」

「少しね……でも楽しかったから別に……」

冴子は微笑しながらグラスを掲げた。

「さっきの話だけど」

少し落着いて、冴子は尋ねた。

「秋田藩のことかい？」

「やっぱり、あれは重要な話だと思うな」

町を歩きながら、津田は冴子に秋田藩と江戸文化との深い結びつきの可能性を、熱っぽく話していたのである。

「どうして蔦屋が昌栄を起用して写楽版画を出したかってことは分からないけど、少なくとも、昌栄が蔦屋を知っていたことだけは、間違いがないと思うわ」

「喜三二と昌栄が親しければの話だよ。まあ二人とも同じ藩邸にいたわけだから、無理な想像ではないと思うけど……喜三二は大田蜀山人とも仲が良かった。彼も喜三二と同様、蔦屋のブレーンの一人だからね。確かに辿っていけば蔦屋につながる……」

「秋田藩と蔦屋の関係について、誰か気がついている人はいないの？」

「ない。まさか秋田のような田舎の藩が、江戸の文化と密接な関係があったなんて想像もしないよ。でも、喜三二は蔦屋から何冊も本を出しているんだから、気がついてもおかしくなかったはずだな……彼は江戸の人間で、秋田藩の武士の家に養子に入った人だから、関係ないと思われてしまったんだろうな」

「実際、不思議よね」

「さっき、部屋に戻って整理してみたんだ」

「なあに……また図式？……」

津田は苦笑しながら、ポケットから折り畳んだ紙を取り出してテーブルにひろげた。

「秋田藩を中心に考えると、こういう人間関係ができあがるね――」

「こんどのは複雑ね」

冴子は驚いて図式を睨んでいた。

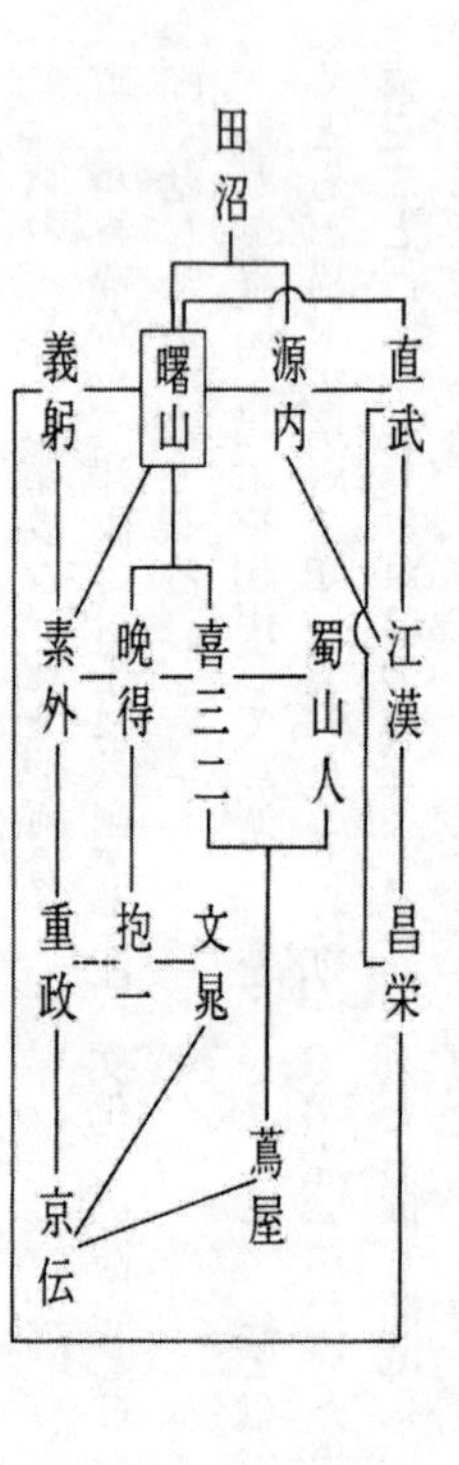

「この他に、秋田藩江戸詰のお抱え絵師で、菅原洞斎っていう人物が、谷文晁の妹と結婚している。そしてその二人の間に生まれた子供は、文晁の娘と一緒になっている

んだ」

「それも画人伝で見つけたの？」

冴子が呆れた顔で津田を見つめた。

「信じられないだろう」

津田は笑った。

「この図式は、まだ完全じゃない。詳しく調査すれば、もっと深い関係が必ず出てくると思うな――いくら当時の江戸が狭い世界だからと言っても、これは異常だよ。僕は曙山という人間が、当時の文化をささえた強大なパトロンだったような気がしてきた。完全に一大名の道楽から逸脱している」

「…………」

「まだ思いつきにしかすぎないけど、僕は、写楽は田沼政治の落とし子のような気がする」

「落とし子って、どういうこと？」

「田沼意次の降盛と没落が、秋田藩や蔦屋に大きな影響を与えた可能性が高い……田沼政治がもっと永く続けば、ひょっとすると写楽は登場できなかったかも知れない。田沼が失脚したところから、写楽が世に出る下地が築かれたような気がするんだ」

「何か分かったのね」

冴子は津田の話し方の癖を見抜いて、顔を輝かせた。

「まだヒントだけだ。資料の検討は東京に戻ってからでないと……ただ、これだけは言える。曙山は田沼の失脚とほとんど時を同じくして病没している。それも三十八歳という若さでだよ——僕はこの曙山の死を、政治的な暗殺だったんじゃないかと思い始めている」

「誰が曙山を殺すの？」

「藩の重臣達の計画だろう——田沼に近寄りすぎた藩を、失脚後に救う道は、この方法しかなかったんだ。藩はそれ以前にも源内の問題で直武を切り捨てているからね」

「でも、それとこれとは——曙山は藩主よ」

冴子は信じられない顔をした。

「権勢を誇った田沼の頭上に、暗い影があらわれ始めたのは天明四年のことだ。江戸城中で彼の息子の意知（おきとも）が斬りつけられ、死んでしまった。田沼政治に対する強烈な批判でもあった。本来なら殺人犯である、この佐野善左衛門という旗本を、世間は『世直し大明神』とまで呼んで喝采をおくったと伝えられる。誰の目にも、田沼の政治の終焉が間近いと思わせるに充分な事件だった——そして曙山が死んだのが翌年の六月。その次の年、全ての人の思惑どおり、田沼意次は病気を理由に、自ら老中職を辞職した。もう自分の権威に何も依りどころがないことを悟ったんだろう。田沼失脚後、松平定信の手によって、いわゆる『田沼狩り』と呼ばれる追放劇が行なわれたわけだが、秋田藩は、肝心の曙山が偶然にも病没していたために、微妙なところで首がつながった——この微妙なところというのが曲者さ。タイミングが合いすぎているんだ」

冴子は無言で聞いていた。

「一方、蔦屋はどうか——これがどうも、秋田藩がらみで大きくなったふしがある」

「やっぱり」

「ああ、蔦屋が本格的な出版に乗り出したのは、安永五年に喜三二と知り合ってからなんだ——以来、天明六年までの十年間に、着実に成長をとげて、寛政の初年には江戸一番の大手になった——そして、これが重要なんだけど、天明六年までに蔦屋が出版した百冊前後のうち、実に七割が喜三二のものだったり、喜三二が関係していた狂歌の本なんだ。狂歌の本の中には直接喜三二がからんだと書いてないけど、彼の仲ちで、蔦屋がこの狂歌の世界に入りこんだのは確実だからね——つまり、蔦屋は喜三二と親しくなって、急激に成長したってことだな。もしかすると、蔦屋隆盛の裏には、喜三二を通じて秋田藩から何がしかの金が渡されたということもあるかも知れないね」

「どうして？」

「蔦屋にいくら商才があったとしても、出版には莫大な費用がかかる。かといって、堅実にやってばかりでは店を大きくできない。蔦屋には必らずパトロンがいたと思うんだ。まだ資料は出てこないけど、何となく喜三二と出会ってからの蔦屋の異常な発展を考えると秋田藩が蔦屋の商才を見込んで、後援者になったという仮説も、あながち見当外れじゃないような気がする。藩が出版社を経営してもおかしくない時代だからね——蔦屋は吉原大門口で小さな書店を開いていたから、連日のように吉原に顔を出す晩得や喜三二を見て、出世の糸口だと喰らいついたんじゃないかな」

「蔦屋は吉原の近くにいたの」

「うん。入口の側で細見を売っていた」

「細見って？」

「吉原の店の格式とか、遊女の名前、出身地、揚げ代とか、とにかく吉原のことなら何でも分かるという、今で言えばガイドブックさ」

「ふーん。そんなのがあったのね」

「結構売れたと思うけど、出版業としては最下級の仕事だった——何とか別の本を出したいと思っても、当時は書籍は書籍で、別の株仲間に入らなければならない。それにはずいぶん金が必要だった。念願の富本正本の版元組合に加入したのが安永五年。それを足がかりにして、蔦屋は次第に伸びていく——」

「安永五年って、確か——」

「そう、朋誠堂喜三二と知り合った年さ」

冴子も合点がいったようだった。

「間違いないと思うわ——蔦屋は秋田藩とからんで大きくなったのよ」

「冴子さんも、そう思うかい」

「だって、出版業としては最下級の店ということなんでしょ。遊女のガイドブックなんてどんなに売れても、他の大出版社は軽蔑する仕事よね——その店が江戸一番になるには、お金だけが問題じゃないような気がするの。世間を納得させるだけの立派な後援者がいなければ、絶対不可能だと思うわ」

「確かにそれは言える。秋田藩とつながることは一度にその両方を手にすることになる」

冴子は大きく何度も頷いた。

「そのまま田沼が権勢を誇っていたら、秋田藩も安泰、蔦屋も万万歳ってとこだったろうが、天明六年に田沼が失脚したことによって蔦屋の経営も苦しくなり始めたんだろう。だが、それまでの間に築きあげた強力な地盤があるから、何年かは持ちこたえた——そこに一回目の発禁処分を言い渡された」

「一回目って？」

「寛政三年の京伝本は四回目なんだ。一回目は喜三二のものがひっかかっている」

「ふーん。喜三二が」

「天明八年『文武二道万石通』。これは寛政の改革を進めた松平定信の政治を皮肉ったものでね――喜三二はこれが原因で黄表紙、洒落本類から一切筆を断たされてしまった」

「ひどいわね」

「翌寛政元年には、二冊の本があいついで発禁。これも寛政の改革を風刺しているものだ」

「そして京伝で身代半減ってことね――田沼時代に大きくなった蔦屋だから、寛政の改革が面白くないのは分かるけど。それにしてもどっちもやり過ぎって感じね」

「ほとんど毎年だからね。特に京伝の時には、別に政治批判をしているわけじゃない。これでは蔦屋も可哀想だよ――松平定信は、蔦屋が田沼意次に関係あると見ていたんじゃないかな。だから難癖をつけて、蔦屋を潰してしまおうと狙っていた――そう考えると、蔦屋の異常な筆禍も納得がいく。他の本屋は全くといっていいほど処分されていないからね」

「そうかぁ――それじゃ、何を出しても、何か言われるって蔦屋は思っていたかもね」

「天明八年を境にして、蔦屋の出版量は急激に落ちこんでいく。昔のものを再刊したりして、何とか大店の面目を保とうとはしているんだが、新刊はそれまでの半分以下だ――そして再び盛り返すのが寛政五年以降。ちょうど定信が失脚した年だよ。翌六年から、いよいよ写楽が登場する……こうして考えていくと写楽っていうのは、偶然出てきたものではなく、何か、寛政の改革でダメージを受けた、蔦屋をはじめとする田沼関係者によって打ちあげられた花火のような気がするんだ――決して蔦屋だけのエネルギーじゃない。発禁処分をくらった喜三二、京伝。定信に嫌われていたという江漢。藩主を失ってしまった曙山の側近。いろんな人間のエネルギーが加わっていると見るべきだろう」

「何のために？」

「意地だ。男の意地でしかない。蔦屋を再び江戸一番の大店にすることは、寛政の改革の意味をほとんどなくしてしまうことになる。それは定信に対する痛烈な批判でもある。手足をもがれた彼らの自己主張なんだ」

「でも、定信は失脚したんでしょ。だったらあんまり意味がないんじゃないの？」

「違うよ。定信の失脚は田沼とは全然わけが違う。彼は依然として大名だからね。それに失脚したと言っても、その後を引き受けた老中の大半は定信の友人だった。彼の方針と勢政治に対する批判が多くなったので、彼は代表者を降りたにすぎない。彼の方針と倹約力は全く衰えてはいなかったんだ」

「それじゃ、危険じゃないの」

「だから男の意地なんだ。田沼グループの底力を定信に見せつけてやることが、彼らに残された最後の意地だったんだ」

「でも、どうしてそれが写楽なわけ？ それなら松平定信批判をもっと堂々とやるとか、その方が自然じゃないかしら」

「面と向かったら、すぐ潰されてしまうさ。あくまでも法に触れない形で、蔦屋の勢力を巨大にしていかなければならないだろう——彼らは資金面や人員を集めることは手助けしても、アイデアは蔦屋にまかせたんだろう。そして生まれたのが写楽だ。全く無名の絵師に巨大な資本を投入して、江戸一番の人気絵師にする。これが成功すれば、蔦屋の名は押しも押されもせぬものになる。蔦屋はこれだけ強大な影響力を世間に対して持っているんだと定信に見せつけてやることができるじゃないか——それには、有名な絵師では意味がない。売れたのは、あくまでも蔦屋の力でだけだと認識させる必要があるからね」

津田はひと息に話した。

「なるほどねえ——それで無名の絵師かぁ」

冴子はじっと考えこんでいた。

「歌麿なら、どこで出しても売れるから、成功とは言えないよ——他の出版社では絶対に売れそうもない絵師が蔦屋には必要だったんだ。その意味では、昌栄なんかが最も適任だな。江漢のところにくすぶっていて、しかも昌栄自身にも、藩主をむざむざ殺されてしまったという恨みがある。彼が曙山が亡くなってから脱藩したという裏にも、何か事情があったんだろう。親曙山派ということで藩中にいられなくなったのかも知れない。絵は浮世絵とは無関係だが、画集でも分かるように、かなりうまい。浮世絵師として無名でもある。これだけ条件が揃えば、蔦屋が昌栄を起用するのも当然だよ」

「写楽の裏には、定信と対立する田沼グループの存在があったから——」

「蔦屋は写楽の正体をひた隠しにした——」

二人は笑いながら握手した。

「これで、ことごとく解決したんじゃない？　蔦屋との関係は秋田藩とのつながりで分かったし、写楽の正体を秘密にした理由も今の通りでしょ、絵を描いた証拠もあれば、寛政七年に筆を断った理由も、彼が大館に戻ったことがはっきりしたし——それと、ああ、何故東洲斎写楽と名乗ったかだったわね」

「それは解決してるよ」

「あれ、そうだったかな？」

「東洲ってのは常識的に東の国ってことだろ。江戸で当時、東国って言ったのは東北地方だけだよ。現に直武は『解体新書』の中に、東羽秋田藩小田野直武と記している。だから間違いなく秋田は東洲さ——写楽ってのは、写生を楽しむ人と解するのが定説になっている。秋田蘭画の基本は写生だからね」

「東洲斎写楽——東北で写生を楽しむ人」

冴子は自分を納得させるように呟いた。


津田は冴子と別れて部屋に戻ると、缶ビールの栓を開けた。寝酒の習慣はなかったが、どうしても今夜は飲みたい気分だった。

東京に戻って国府や西島にどう説明すれば良いのか。考えると津田の頬は火照った。窓際のイスに腰かけて、少し窓ガラスを開けた。冷たい空気がスッと室内に入りこんできた。

〈誰も不可能と思われていた問題に、オレはとうとう答を見いだした。写楽の謎はオレが解決した〉

知らず知らず、津田の口許には笑いがこみあげてきた。

昌栄の住んでいた角館の町は、津田の見守る前で、今静かな眠りにつくところだった。

訣別

1

十一月四日

調査を終えて、冴子を仙台に見送った翌日。津田は岩手公園下にある加藤の店を訪ねた。写楽問題に関して、自分なりに納得がいっていた津田は、加藤のことにそれほど期待を持ってはいなかった。だが、約束をそのままにして放っておくわけにもいかない。

久しぶりに、のんびりと盛岡の街を歩きながら津田の心はすでに東京に戻っていた。

「ずいぶん早いね」

昼前に店に顔を出した津田を見て、加藤が笑った。店を開けたばかりなのだろう。加藤の目はまだ眠そうだった。

「ゆうべ飲みすぎてね——遅く盛岡に戻ったもんで、それから出かけたから店に戻ったのは夜半の三時だよ」

急須に湯を注ぎながら、加藤は弁解した。

「そうそう。まず見てもらわないと——」

湯気の立ち昇った茶碗を津田の目の前に置くと、加藤は店の奥にある部屋に入った。

広い店である。

二十畳はある。五本のショーケースがきちんと並べられ、その中には壺や刀剣類が収められている。とり囲む壁面には、隙間が見えないくらい、軸や浮世絵が掛けられていた。

「秋田じゃ、結構蘭画を扱っているんだね」

部厚いコピーを手にしながら、加藤が津田の目の前に坐った。

「ほとんどが横手の業者の扱ったものでね」

広げたコピーを見せられて、津田は驚いた。

一枚の用紙に五、六点の作品が載せられている。アルバムをコピーしたものらしい。それが三十枚以上もあった。津田が画集などで知っている直武の作品も何点かある。

「これは、その店で実際に扱ったものですか」

「そうだろうね――昭和の初めから最近までのものだと言っていたから――美術館なんかにも納めている店だから」

「良く見せてもらえましたね」

「そこはそれ、仲間うちだから――もっともコピーをとったのはボクじゃない。店の女の子がやってくれてね。仕入値なんかが入っているのは、きちんと消してある」

何枚かの写真の下に、太いマジックの線がある。それがその痕だろう。

「御迷惑をおかけしたんじゃないですか」

津田は恐縮した。

「なあに構わないよ。そこはボクを可愛がってくれる店でね――蘭画を勉強したいと頼んだら、すぐ承知してくれたよ」

加藤は平気な顔をしていた。

「あ」津田は目を瞠った。

「何か見つかった？」

「ええ、二枚続けてあるんですが、昌栄の作品に非常に良く似てるんですよ」

「似てるって言うと？」

「落款が田代雲夢ってなってるんです」

津田はカバンから画集のコピーを取り出すと、加藤の持ってきたアルバムのコピーと一枚一枚つき合わせていった。

「あ、これなんですが」

津田は二枚を選び出して加藤に渡した。

「うーん。確かに似てるね」

加藤は何度もコピーを見較べながら唸った。

「この昌栄ってとこを切り取ると、こっちの作品になる。あ、これはやはり同じもんだよ」

「分かりましたか？」

「松の小枝のとこに小鳥がとまってるだろ、ちょうど昌栄の画号の上になるけど」

「ええ、いますね」

「こっちのコピーの上のとこ。ホラ、何か分からないけど、ちょこっと出ているのがあるだろう、これ小鳥の尾だよ」

確かに左側の上方に、小さく突き出た部分がある。だが、そこから画面は断たれていた。

「こんな絵はないよ。これは間違いなく切り落としたものだ――昌栄を直したものだよ」

加藤は断定した。津田は呆然としていた。

「これ、いつ頃出廻ったものでしょうか？」

気をとり直して津田は尋ねた。

「さあな、訊いてみりゃ分かるかも知れないが――まあ、予想どおりだったね」

加藤は得意そうな顔を見せながら、電話に手を伸ばしてダイヤルを廻した。

〈昌栄が写楽だってことを知らないから、こんなに呑気にしていられるんだ〉

津田は少し苛立った。

「ああ、昨日はどうも、加藤です――ええ、お蔭で何とか――ところで昨日いただいた蘭画のコピーのことですがね――」

加藤は津田からコピーを受け取った。

「えーと、アルバムなんでページは分からないんですが、左の上に小さな魚を描いた直武の作品があります。ええ――今、調べてくれるそうだよ」

受話器を掌で押さえて、加藤が伝えた。

「あ、どうも、ええ、そこです。その下に二点の雲夢のヤツがありますね。これ、いつ頃出たものか分かりませんか？」

津田は緊張した。

「昭和十二、三年ですか。戦争前ですね――いや別に、うちのお客さんで雲夢を調べてる人がいるもんですから」

加藤はニヤッと笑って津田を見た。

「ちょうど店に見えられて、その話になりましてね。今、その絵が何処に行ってるかなと思ったもんですから――構いませんか、それじゃ」

加藤は急に受話器を津田に持たせながら、

「詳しいことを話してくれるそうだ」

雲夢の線でよろしく頼むと小声で付け加えた。

津田は加藤と同じ質問をくり返した。

「どこにあるかは分からんですな――これは親父の代に扱ったもんでね――上にある直武の魚の絵は秋田の美術館に昭和十二年に入ったものだから、その後だということははっきりしていますがね」

「美術館でもないんですね」

「そりゃ美術館なら記録を残しますよ――店としても宣伝になるんでね」

男は野太い声で笑った。声の感じでは五十歳前後だろうと、津田は見当をつけた。

「軍需景気でずいぶん業者が出入りしたんで、その頃流れたんだと思いますな――まてよ、何か書いてあるかな」

男はしばらく無言でいた。電話の向こうから何かを剝がす音がした。

「やっぱり十二年になってるが、売り先は摑めないですな」男は再び電話に出た。

「そうですか」津田は失望した。

「親父は良く写真の裏に書きこみをしてるんで、もしやと思ったんだが——二枚とも同じ業者が持ちこんだものだな。もう亡くなったが大館の人です」

〈やはり〉と津田は思った。

「雲夢は長戸呂と何か関係ありますかな？」

「長戸呂と言いますと」

「角館のそばにある小さな村ですがね——その時に、この村を描いた風景画も一緒に持ちこまれたらしいですな。親父は買わなかったようだが、書きこみにはそうありますよ」

津田は知らないと答えた。

「雲夢は秋田市の出身だから、少しおかしいですな。まあ、直武を訪ねた折にでも立ち寄った場所かも知れんが——」

津田は曖昧に返事を濁した。雲夢については良く知らない。ボロが出て加藤に迷惑をかけては申し訳がない。津田は目で加藤に合図を送った。加藤は素早く電話を代わると、礼を言って受話器を置いた。

津田は雲夢のことを訊かれて困ったと、加藤に説明した。

「その作品も昌栄のものだろうな」

その言葉に津田も頷いた。

「親戚か何かがいたんだろう。わざわざ出かけて描くようなところじゃないよ」

「そうですね。角館の近くとなれば、やはり昌栄の作品と考えるのが自然ですね」

「結構出廻っていたんだな——昭和十二年って言えば戦争前だから、案外、焼けてしまったものも多いかも知れんね」

津田は頷きながら、失望の色を隠しきれないでいた。

2

十一月六日

東京は暖かかった。

毎日住んでいると気がつかないが、やはり東北から戻ると気候の変化が敏感に分かる。

津田は新宿で降りると、地下道を通って紀伊國屋の方向に歩いた。その右隣りのビルの地階にある喫茶室で、津田は国府と待ち合わせをしていた。

店はかなり広いが、ほとんど満席に近い。

津田は国府を探した。

「よう。ここだ」

国府が先に津田を見つけて手をあげた。

「新幹線は楽ですね。朝出ると、こんな時間に着いてしまうんですから」

時計を見ながら津田は腰かけた。

「ずいぶん成果があがったらしいね。冴子も興奮していたよ」

「ええ、何とか発表できるめどがつきました」

津田はさまざまな資料をテーブルの上にひろげて、国府に細かく説明した。国府はいちいち質問しながら、津田の話を聞いた。


「決まったな——これだけ証拠が揃えば誰でも納得するよ」

一時間後。国府はタバコに火をつけながらようやく厳しい表情を弛めた。

「しかし、秋田藩と蔦屋とのつながりか——実に面白いところに目をつけたな——これじゃオレの見つけた線も影が薄くなる」

「何かありましたか?」

「蔦屋と昌栄との関係——オレは、てっきり別の線でつながっていると思っていたんだ」

「つながりますか」

「ああ——平秩東作って知ってるか？」

「東作って、狂歌師の東作ですか」

「そう。人気的には蜀山人（四方赤良）、唐衣橘洲より下になるが、共に内山賀邸の門下だ。三人の中では東作が最も年長になる。この三人が中心となって明和七年に初めて狂歌合が行なわれて、それが天明の狂歌ブームのさきがけとなった——中でも蜀山人は、その天才を認められて、空前の人気者となったわけだが、そもそも、彼を世の中に出したのがこの東作だったんだよ。明和六年に蜀山人は『寝惚先生文集』という狂詩集をわずか十九歳で発表して、その才能を示しているんだが、この本の序文を源内が書いている」

「源内がですか」

「東作と源内は非常に親しい友人だった。この関係で、源内が出版社を紹介し、蜀山人が本を出せたんだ。『文集』を出した須原屋は源内の書籍の大部分を扱っていた店だからね——源内の口ききと後盾がなければ、二十歳前の若者の本など評判にもならなかっただろう」

「そうですね」

「以来、蜀山人は源内の門下のようになる。源内が芝居の台本を書く際に、難しい故事来歴などは、蜀山人に代筆させたという話もある。それだけ源内は蜀山人を信用したんだ」

「それは知りませんでした」

「蜀山人は、風鈴山人と名乗ったことがあるが、源内の号は――」

「風来山人」津田も頷いた。

「人気的には蜀山人だが、その関係で東作は彼の上に位置していた。狂歌界の大立者と言ってもいい――それに彼は田沼政権の主要人物である土山宗次郎とも親密で、金銭面においても狂歌界を牛耳っていたらしい」

「土山宗次郎って言うと、寛政の田沼狩りで糺弾され、死罪になった勘定係ですね」

「そう。三千両の不正貸付ということで斬罪になったが、実際はもっと巨額の金を横領していたと思われている。彼は吉原の太夫を千二百両で身請したり、かなり金をバラまいているからね――蜀山人や朱楽菅江、橘洲、ほとんどの狂歌師が彼に招かれて吉原で豪遊している。吉原に狂歌が流行したのは、土山宗次郎の力に依るものだよ」

「なるほど、すると喜三二なんかも――」

「当然、土山と親密だったはずだ。狂歌師としても、もちろんだが、勘定役と留守居役という関係でも、充分あり得るだろう」

「面白くなってきましたね」

「そこに蔦屋が登場してくる――彼は自分の運を平秩東作に賭けた――彼のとりまき

になれば蜀山人をはじめとする狂歌師連中をかなり自分のブレーンにすることができる。土山宗次郎との関係から、田沼に接近することもできれば、当時人気随一の作家、平賀源内とも知己になれる。まさに一石何十鳥にもなる存在だったんだ。加えて、東作は新宿で煙草商を営みながら、山師と噂されたほどの人物でね、蜀山人のような武士とはわけが違う。非常に近寄り易い人物でもあった」

「確かに、蔦屋は東作を大事にしていますね。天明三年から蔦屋は狂歌本を出し始めていますが、その年に出した『狂歌師細見』は東作に頼んで書いてもらっています」

「そうだ。この中で東作は『作者頭取』と記されている。狂歌師を評する、一段上の立場にいる人間として、取り扱われているんだ」

「うーん。気がつきませんでしたね」

「蔦屋が一流の版元になっていった原因は、狂歌の連中と彼が知り合ったからだ——喜三二、蜀山人、恋川春町（こいかわはるまち）、そして京伝も身軽織助（みがるおりすけ）の名で狂歌を詠んだ。天明年間から蔦屋にとって欠かせない戯作者、唐来参和（とうらいさんな）も、蜀山人の門人で狂歌師の一人——つまり、蔦屋はわずか一人の東作を掌中にすることで、一流の版元に成長できたんだよ」

「その東作の延長線上には源内。そして土山宗次郎。どちらも田沼のブレーン……どう転んでも決して損のない人間ですね」

「そもそも、狂歌師連中が君の言う田沼グループだったのかも知れない――寛政の改革でひっかかった人間のほとんどが、狂歌にからんでいるからね」

「そうか――蜀山人、参和、京伝、春町、喜三二、全員狂歌師です――春町なんか、筆禍がもとで自殺していますからね」

「そうだ、しかも全部蔦屋から出した本だ。蔦屋を叩くことは、狂歌師連中を叩くことになる。狂歌師連中を責めることは、蔦屋の勢力を減退させることになる――東作が蔦屋と親しかったということは、即ち、蔦屋が田沼グループの一員であったということさ」

「でも、狂歌界の大物で、唐衣橘洲だけは罪を受けていませんね」

「橘洲は田安家の徒士(かち)だよ。松平定信の家来筋じゃないか」

「あ」津田は驚いた。

「橘洲は田沼が失脚して、定信が老中になったあたりに、何故か蜀山人と喧嘩して、一人孤立してしまう――うがち過ぎかも知れないが、ここにも親田沼、反松平の図式が見えるような気がするね」

「なるほどなぁ――完璧ですよ。蔦屋は間違いなく田沼グループの一員だったと思いますね。僕は秋田藩から追いかけましたが、どっちにしろ蔦屋は田沼とつながります」

「東作はしばしば源内の家を訪れていたから当然、彼の家に寄宿していた直武とも親しかったと思う。直武から聞いて、昌栄は江戸に出ると東作を訪ねたこともあったと想像できる。そのつてで彼は蔦屋と知り合った――まあ、そんな風に思っていたんだが、君の言ったように、秋田藩そのものの関係の方が、可能性としてはずっと高い」

「そんなことはないですよ――その両方がからんでいるからこそ、昌栄が写楽だという仮説が実証されるんです」

「そうだな、こうなってみると、写楽イコール田沼グループの画策というのも、充分納得できるね――寛政元年以降、蔦屋はほとんど狂歌の本を出版していない。したくてもできなかったんだ。そういう狂歌師達の恨みと、秋田藩、昌栄などの力が寄せ集められて爆発したということだ。写楽の絵には、狂歌師的な風刺もこめられているからね――これだと確かに蔦屋は写楽の正体を明すわけにはいかないな。反定信の筆頭ともいえる秋田藩の中から、写楽が出てきたなんてことは口が裂けても言えっこないよ」

国府は自分を納得させるように話した。

「これは伝説にすぎないが、源内は牢で死なずに、田沼の領地である静岡で何年かを暮したと言われている」

「源内がですか?」

「田沼が最も力があった時代だよ。そのくらいのことがあっても不思議ではない——別の死体を運びこんで源内の身替わりにした。そのまま牢を抜け出て静岡に直行というわけだ。源内は牢内で二十日間近くも絶食をしたと伝えられるが、これも人相を変えるためと、病死の原因を作るためじゃなかったかと思われる。ピンピンしていた人間が突然死んじゃ、いかにも不自然だからな——田沼が失脚すると、今度は出羽に逃げのびて、文化年間まで生き永らえたという話だ。出羽には源内の浄瑠璃台本の一節を刻んだ他、何も書かれていない墓石が残っているそうだ」

「信じられない話ですね」

「信じられないのは田沼のブレーンだった源内が、門人一人を斬った程度で牢死してしまったという話のほうだよ——その程度の事件を揉み消すこともできない独裁者じゃ、たかが知れてるじゃないか……西郷伝説のように単なる臆説だと思っていたが、写楽が直武門下の昌栄ってことになると、源内生存説も、あながち否定はできなくなった」

「どういうことです？」

「蔦屋があれほど写楽の正体をひた隠しにしたのは、写楽の線をたぐると源内に行き着く可能性があったからじゃないのかな」

「…………」

「田沼グループは源内の生存を知っていた。だが、田沼の失脚した寛政年間では、絶対それを口外できない。知れると全員の首が飛ぶ。松平定信にとって、これほど田沼一派の切り崩しにもってこいの材料はない。それぞれが命を賭して守らなければならなかった大変な秘密だったんだ……無名の絵師に莫大な資本を投下して、短期間で人気者にする。これは現代に通用する発想だよ。いくら蔦屋の商才が卓抜だったとしても、そこまで考えつくことができただろうか――国威を捨ててでも、ロシアと通商を開始せよと、田沼に進言したと言う、源内ならではの発想だよ。自分の考案した象牙の櫛を、吉原の太夫につけさせて、一朝のうちに流行させた源内だからこそ思いついた、逆転のアイデアなんだ」

津田は、ひたすら、国府の言葉を追いかけるのに夢中になっていた。

「昌栄の、近松って姓だけどね」

国府は一段落がつくと再び話し始めた。

「ちょうど写楽が蔦屋から作品を発表していた頃、十返舎一九が蔦屋に寄宿していた」

「ええ、それが何か?」

「一九は写楽を知っていた可能性がある。これはほとんどの研究者も認めているが、その一九が芝居の脚本を書いていた時の名前を君は知っているか?」

「いや、忘れました」

「近松与七――彼は近松と名乗っていた」

「本当なんですか！」

「これは単なる偶然かね……近松昌栄の本名は分からないが、あとで名乗った姓だとすれば、オレは一九の線から思いついたと思うがね……それに、写楽の相撲絵の問題だ」

「大童山ですか」

「ああ、オレは何故写楽があんな子供の相撲取りの絵を描かなければならなかったのか、前から不思議に思っていたんだが――」

「出羽でしょう」

津田は国府の言おうとすることが分かって苦笑した。大童山は出羽の出身である。源内が出羽にのがれたことと、国府はつなげようとしている。

「そこまでは難しいんじゃないですか」

「源内かい？　まさか。オレの考えてるのは、長瀞のことだぜ」

「長戸呂って角館のですか？」

「山形の長瀞――大童山はそこの出身だよ」

「あれ、そうでしたか」

「しっかりしてくれよ、版画にちゃんと書いてるぜ――昌栄は秋田の長戸呂に何か関係がある。そこに同音の、しかも秋田の隣りの山形から人気者が誕生した。写楽としても興味を覚えるのが当然だろうさ」

「…………」津田は国府の発想に圧倒された。

「しかも、君の考えでは写楽は子供に人気があったと言う――それなら、大童山がぴったりじゃないか。何しろ七歳の怪童だから、大人よりも、子供向けの作品だな、確かに」

「そうです。その通りですよ――大童山は子供のヒーローだったんです。これで間違いありません。写楽は昌栄だったんですよ」

津田は興奮して大声になった。廻りの客が驚いて二人を見た。

「オレも間違いなく、写楽は昌栄だったと思う――君はやりとげたんだ」

国府は、くしゃくしゃになっている津田の顔を眺めて、含み笑いを洩らした。

3　　　　　　　　　　　　　　　　　十一月八日

「つじつまは合う――全ての疑問は解決しているな」

西島は腕を組んで大きな溜め息を吐いた。調査結果を携えて、津田が西島の自宅を訪ねてから、すでに二時間が経過していた。津田も汗だくになっていた。西島の書斎には書籍を守るためにエアコンがつけられていて、暖かい空気が室内を満たしていた。

「これならたいていの研究者が納得する。大発見だな——田沼時代の落とし子という君の考えは少し大胆にも思えるが、確かにそれだけのエネルギーが結集しなければ、写楽は生まれなかったのかも知れん。蔦屋が秋田藩と結びついていたことも充分納得する——あとはどう発表していくかということだけだな」

西島の目は、異様に輝いていた。

「芸潮社の雑誌にするか、新聞でまず新発見と打ちあげて、うちの方の雑誌でやるか——江戸美術協会の総会が来月開かれるから、その席上で研究発表の形でやっても良い。いずれにしても、今までの説のように、新説が加わったという形ではなく、世間に徹底的に認めさせる工夫をしていかなければならん——それだけの確証があるんだからな」

西島は高笑いをした。

「とりあえず、画集をオレにあずけてくれ。やり方はあとで考えるとして、とにかく、君はこれをすぐに纏めにかかってくれ——その間に効果的な方法を決めておく。早ければ早い方がいい。ただし岩越や他の者には一切何も洩らすな。これが愛好会などに聞こえれば何を考えるかも分からんからな——あくまでも君とオレとの話にしておこう」

西島は強く念を押した。

「先生も納得したか」

受話器の向こうで国府が驚きの声をあげた。

「もう少し慎重な人間だと思ったが——しかし、あれでは誰も納得せざるを得ないだろう」

国府は嬉しそうな笑い声をした。

「しかし、愛好会を持ち出すなんてのは、少し行き過ぎだぜ——いくら愛好会だって、画集という証拠もなしに何ができると思っているのかね」

「僕も妙だと思いました」

「誰にも話すなは良かったな——よほど夢中になってるんだろう。珍しいことだよ」

「それなんですが——先生は自分でこの説を発表するつもりでいるんじゃないですかね」

「まさか！　いくら何でもそこまではしないだろう——弟子の論文を横からかっさらうような恥知らずな真似はね」

「でも何となくそんな感じがして——僕はそれでも構わないんですが」

「何を言ってるんだ！」

「だって、やっぱり僕じゃ説得力に欠けますよ。先生が発表することで、写楽＝昌栄説が世の中に認められるんだったら、その方が写楽にとってもいいことなんじゃないかと……」

「それは……もう先生に話したのか」

「いえ、まだです」

「だったら、絶対言うんじゃない。全く、お人好しにも限度があるぜ。研究ってのは、そんな甘いものじゃないだろう。何のために秋田まで行ったんだ。君が発表するからこそ意味があるんじゃないか。先生には何も関係がないことだろう……とにかく、何も言うな。君から話さえしなければ、まさか、先生の方から言うってことはないだろう。それに、そんなことになれば冴子が悲しむよ」

津田はハッとした。確かに、この説は冴子のものでもある。

「分かりました。何とか頑張ってみます」

津田はそう言うと電話を切った。

4　　　　十一月十二日

午後になって、研究室に吉村から呼び出しの電話が入り、津田は吉祥寺にある喫茶店に向かった。

店に着くと、吉村はコーヒーを飲み終えていた。津田が前に坐ると、吉村はコーヒーを二つ注文した。

「昨夜、先生のお宅で論文を読ませて貰った」

吉村は難しい顔で話を始めた。

「そうですか……」

津田は昨日の昼までに七十枚の論文を書きあげると、そのまま西島の家に届けていた。

「先生も人が悪い。お前があんなことをやっていたなど、ひと言も教えてくれなかった」

苦々しい口調で吉村は言った。

「あの時点では、まだはっきりしていなかったものですから……」

〈何のためにオレを呼び出したのだろう。まさか厭味を言いにきただけではないだろうが〉

津田は鬱陶(うっとう)しい気分になった。

「写楽が昌栄であることは――オレも認める。あれには文句のつけようがない。画集という決定的な証拠もある」

〈おや〉と津田は思った。今まで吉村がこんな風に津田に話したことはない。

「だが、お前が発表するとなれば、少し弱い」

〈やっぱりそのことか〉

津田は昨日の西島の態度にも思いあたるものがあった。西島は、しきりに「オレがお膳立てをして昌栄を世に出してやらなければ」とくり返し言っていたのだ。だが津田は気がつかないふりをして帰った。そのあとに吉村が呼ばれたに違いない。

「子供の水鉄砲と同じだ——撃っても何の影響もでない——先生もずいぶん肩入れしているようだが、門下生の説だ。応援するのが当り前ととられて、それほどの重さを持たなくなる。認めていなくても、仕方なく手伝っていると浮世絵愛好会の連中は言いかねない」

〈なるほど、ものは言いようだな〉

そこまでは津田も考えなかった。

「そうなれば、せっかくの発見も、単なる新説に終わってしまう可能性がある——だが、これはそんな風に消してしまうわけにはいかない。それほど先生も確信を抱いている」

「…………」

「これが自分の門下でなければ、公平な立場で応援できたのにと、先生も悩んでおられた」

「申し訳ありません」

「いや、別に謝ることではない。仕方がないんだ。だが先生の気持も分かるだろう。先生は誰よりも写楽を愛している。その正体が分かったというのに、これまでの説のように消えていってしまうのが堪らないんだろう。そりゃ、お前が発表することに何も問題はない。だが、そのために写楽が結局うやむやになってしまえば、それはお前の責任になる」

「どうしてですか」

津田はムッとして反撥した。

「お前はまだ若い。この世界ではひよっ子だ。そのお前が話すことに真剣に耳を傾ける人間はあまりいない。批判することも簡単だ。それも説に無関係な部分で批判される――そういうことに長けた人間は、愛好会には無数にいる。ましてや、お前は先生の門下だ。それだけでも叩かれる――説に関係ないことで、これが消えてしまったら、それはお前自身がひきおこした責任となる」

口惜しいが、確かにそれは言える。このことが頭にあったからこそ、津田は最初、この功を西島に預けるつもりになっていたのである。津田の気持は再びグラついた。つまらないことで、この説が消えてしまうことを思うと、堪らなかった。

「オレが見つけても難しかっただろう。先生は力を持っているだけに妬みもかっているからな——愛好会の連中は、あることないことを言いたてて、オレを潰しにかかる。オレが潰れれば、自然にこの説も消滅してしまう。連中には写楽が誰であろうと関係ないからな」

「まさか、そこまでは——それに吉村さんなら大丈夫でしょう」

「ダメだ。写楽はオレの力では手にあまる」

お前なら、もっとダメだという言葉を匂わせながら、吉村は言い放った。

「彼らに対抗できる力を持っているのは、今のところ先生だけしかいない」

吉村はズバッと核心をついた。

「お前の目的は何なんだ——いや、研究者の目的と言った方が、分かり易いか」

吉村の口調は急に穏やかなものに変わった。

「そりゃ、確かに自分の力で世界全体を動かしていくという魅力もあるだろう——だが、研究は政治とはわけが違う。誰が力を持つとか、金儲けが目的ではない——自分の信じたものが、たとえどういう形であれ、認められて一人歩きをすることが、研究家にとって一番嬉しいことではないのか？」

それは分かっている。しかし、その言葉を吉村から聞こうとは思わなかった。立身出世のためと割り切って、さっさと大学から飛び出して行った男なのである。

「お前は大発見をした。それは西島門下生すべてが認める。だからこそ、オレ達はこれを潰してしまいたくない。誰が発表することになれ、今は、この説を世界中に認めさせることが、研究者としての急務じゃないのか——お前が発表する。オレも先生も、もちろん応援する。しかし、それじゃ何年もかかるんだよ。まず、説を浸透させることから始めなければいかん。地味なことにあまりにも時間がかかりすぎるんだ……悪いことは言わん。オレにまかせてくれ。半年もしないうちに、これが定説になるように頑張ってみせる」

「何か方法があるんですか」

「来月の初め頃までに、先生の名前で、あの論文を印刷する。英文と日本語の二種類だ。でき上がった論文を持って、オレはアメリカ、ヨーロッパを廻る。海外の研究者に読んでもらい、賛同を取りつけたら、来月の二十一日に予定されている江戸美術協会の総会に参加を要請する——当日は、新聞社や雑誌社を会場に招く。席上で論文を配布して、先生の講演が終了したあと、招いた海外の研究者にもあの説を認めてもらう。総会で認めた形に持っていってしまうんだ。雑誌社はオレ達の側の人間だから、否定するわけがない。来年の三月頃までには、先生の名で昌栄の画集を出す。写楽版画とつきまぜてな——」

〈そんなことまで決まっているのか〉

津田は啞然とした。

「お前は多少陰に廻ることになるが、来年に出版する昌栄の画集の時に、共同研究者として名前が掲載されるから、決して損はしない。お前一人でやれば、絶対そこまでは行かない。どうだ、これで納得がいったろう」

吉村はじっと津田の顔を見つめた。

「ということは、総会の時は先生一人で――」

「やむを得んだろう――先生が発見したということで、雑誌や新聞が飛びつくんだからな。だが、これで完全に写楽＝昌栄説は、研究界の定説となる――お前としても、それが一番大切なことではないのか」

「それはそうですが――」

「ボストン行きが、お前に決まりそうだということじゃないか」

「え」

「そこまで見こんでいる門下生が発見したことだ。先生だって必死になってくれるさ」

〈何だ、いきなりボストンの話なんて〉

津田は不愉快になった。

「お前が発表して片がつかない状況でボストンに行くよりは、新発見の共同研究者として肩書きをつけて行く方が、ずうっと扱いも違ってくる。そのためにも、時間をかけているわけにはいかないだろう」

〈きたないやり方だ〉

「万が一、説が立ち消えになってみろ、それこそボストンどころの騒ぎじゃないぞ」

吉村は強く言い切った。

5

十一月十三日

国府はじっとグラスの氷が溶けていくのを見守っていた。カキンと音がして氷が割れた。

津田は府中の「モア」で話をしていた。

「結局、吉村にまかすことにしたのか」

「すみません。僕の勝手は承知ですが……」

津田は謝った。

「そこまでヤツに言われたんなら仕方がないだろう。ボストンの話は初めて聞いたが、そのことを言われれば、君が悩むのも当然だ」

「いいえ、ボストンは関係ないんです。あれは写楽の前に出た話ですから」

「同じことさ、君があくまでも一人でやるって騒いでいたら、先生はボストンから君を外しただろうな……君はボストン行きを承諾したと言ったろう。そこを攻めてきたんだ。君が行きたがっているのを見抜いたのさ――」

「かも知れませんが――僕には関係ないんです。問題は、僕にはあの説を世間に認めさせるだけの力がないってことです。それを吉村さんに言われた時はカチンときましたが、実際その通りだと思ったんです。先生と僕とじゃ、あまりにも差がありすぎますからね」

津田は弱々しく答えた。

「君はつけこまれたんだ――そういう考えだから吉村なんかに足下をすくわれてしまう。写楽＝昌栄説を認めてもらいたいという君の気持も分からんでもないが、果たして、そこまで先生に譲る必要があったかどうか――」

「でも、この世界じゃ、門下生の研究が先生の名で発表されることも、ある程度常識になっていますし……」

「それにも限度がある――これは君が世の中に出る絶好のチャンスだった。野心のある人間なら喧嘩をしてでも自分の名前で発表する。吉村なら絶対そうしたさ――それだけ価値のある発見だったんだ」

「申し訳ありません――僕の力が足りなくて」

津田は、ひたすら国府に頭を下げた。

「力か……そんなバカなことが、この世界では重要だからな……同じことを言って、通用する人間と、しない人間がいる」

国府も諦めて呟いた。

「ただ、冴子さんにはすまなくて……」

「あいつにはオレから説明しておく。だが、あいつはこの世界のしくみを知らなさすぎるから、オレ達の弱腰を責めるだろうな——しかし、先生ももうお終いだな。いかに十年以上も自説を発表しないからといって、あの人はそれなりに認められていたじゃないか——門下生の論文を平気で横取りするなんて、もう研究者じゃないよ」

「でも……あれは吉村さんが勝手に持ってきた話かも——」

「バカ言うなよ。君だって、まさか本気で思っているわけじゃないだろう——確かに吉村ならやりかねないが、ヤツは自分の得になることにしか動かない男だからな。先生に頼まれでもしない限り、わざわざ君のところまでやってきはしない。先生に貸しを作るために動いているのさ。外国を廻るのは、その報酬のひとつだろう」

「そうでしょうか」

「ヤツはヤツなりに、今度の説を利用するつもりだろう。それに、後輩の君が脚光を浴びるよりは、先生が発表した方が、ヤツのメンツも立つ——これからも気をつけた方がいい。共同研究のことだって、いつどうなるか分かったもんじゃない——簡単に信じていると、バカを見るのは君だぞ」

「あれが認められれば、本当はどうでもいいんです」

「君って人間は……」

国府は絶句したあと、手に負えないと呟きながら、津田のグラスに酒を注いだ。

「とにかく——」

国府は何かを決意した表情で話を始めた。

「君は今後、この問題から一切手を引くわけだな。それはそれで良く分かった。だが、オレは今回の先生のやり方に我慢ができない。写楽＝昌栄説が認められて、この一件が一段落ついたら、オレはオレのやり方で先生を糾弾していく……これまでも腹に据えかねることが、正直言って何度もあった。しかし、今度のことだけは許すことができない。これがこのまま通っていくんじゃ、研究なんてやっていく意味がない。オレは許さない」

「しかし、どうやって……」

激しい口調に、津田は不安を覚えて尋ねた。

「それは考えてある」

国府は薄笑いを浮かべた。

「大丈夫だよ――君には迷惑をかけない」

津田の不安気な表情を見て、国府は肩を叩いた。

「問題は君から離れた――これはオレと先生のことだ。君は君の思う通りやっていけばいい――それに、やると言ってもまだまだ先のことだよ。話のように、君を共同研究者として対等に扱っていくようなら、オレは何もやらん。だが、その時になって、もし吉村なんかが出しゃばってきたら……その時は、彼らはお終いだよ。オレの手で彼らを葬り去ってやる――」

国府はグラスを眺めながら、低く笑った。

津田は何となく肩の辺りに寒けを感じた。

6

十二月十五日

国府と「モア」で会って、およそ一ヵ月が無為に過ぎた。津田の手から論文は離れ、吉村が一切の準備を進めていた。津田は、そのプロジェクトにも参加を許されていなかった。あくまでも総会当日までは、先生一人の発見として持っていく、と吉村に説明は受けていたが、津田は何となく不愉快だった。だが、最初に承知してしまった以上、そのことで文句を言える立場ではない。それぐらいのことは当然考えておくべきだったと、津田は自分を無理矢理納得させていた。

国府や冴子には、その後何度か会ってはいたが、やはり以前のように楽しく話を続けることはできなかった。自分に力がなかったのだと、自分自身に言いきかせて忘れようとはしても、心のどこかに〈自分は卑怯だったのではないか〉というわだかまりがあった。

〈あそこで吉村の言葉を蹴っていれば、間違いなく自分は浮世絵の世界から放り出されていただろう〉

津田は確信していた。

〈だが、国府さんのように、オレは浮世絵を捨てることはできない――それができるくらいなら、何年も研究室に残りはしない。オレはこの世界に留まって、先生とは違うやり方で浮世絵を伝えていくのだ〉

その為には、妥協も仕方がなかった。

準備は着々と進められている。吉村は英文の論文を携えて外国を廻った。あと一週間後に迫った総会には四人の研究家が参加することになっている。いずれも世界で有数の写楽研究家である。岩越を初めとする門下生達はホテルの手配やら、スライドの作製に大わらわの毎日をおくっていた。津田だけが研究室に残り、休みがちな西島の代講を務めていた。江戸美術協会総会の下準備と、幹部連中への根まわしもあって、

西島はほとんど連日のように人と会っていた。門下生の会合も次第に繁くなってい
た。だが、それにも津田は招ばれることがない。吉村の考えだった。門下生は、写楽
＝昌栄説を西島のものと信じて疑っていない。ここで津田の発見と知れれば、折角、
ここまで盛り上げてきたムードが台無しになる。毎日のように顔を合わせる岩越です
ら、まさか津田が書いた論文だとは気がついていなかった。
「これからは完全にオレ達の時代だな」
研究室に顔を出した岩越が、興奮気味の口調で津田に話しかけた。
「芸潮社が二月号の『美術芸潮』を、写楽＝昌栄説特集でやることに決まったらし
い」
「本当ですか」
津田の胸は騒いだ。離れてしまっても、やはり嬉しかった。
「ゆうべヤマさんが『さかもと』に顔を見せて、先生に報告していったよ。美術界に
とって歴史的な大発見だと騒いでいた」
「美術芸潮」は総合芸術雑誌である。浮世絵の専門誌ではない。それだけに、その雑
誌で特集を組まれるということは、新説がほとんど受け入れられたという意味にな
る。
「先生も非常に興奮していた。集学社でも、先生の著作集の目玉として、今度の説を

中心とした別巻を出す予定だ――これはまだはっきりしないが、総会の席上で、先生が協会の理事長に推されることになっているそうだ」

「………」

「今の理事長は会長になって、先生に席を譲る。そういう段取りだ――吉村さんが、先生の代わりに理事に入る。どうだい。名実ともに、先生は世界の最高権威となるわけだよ」

岩越は高笑いをした。

「忙しくなるぞ――今度の総会が終われば、先生は海外へでる。海外講演の依頼がもうきている。オレはヤマさんと一緒に秋田を廻ることになった」

「秋田ですか？」津田は意外な気がした。

「吉村さんが秋田を廻ったそうだが、ヤマさんが雑誌の写真を撮るんで、今度はオレが行くことになった」

「吉村さんが秋田を廻ったんですか？」

「先生の代わりに調査に行ったじゃないか」

何も知らない津田に、岩越は驚いていた。

「そういう経過になってるんだ」

吉村はすまなそうに話した。岩越が帰ったあと、何時間も経たないうちに吉村から電話が入った。多分岩越が吉村に伝えたのだろう。

「仕方がないだろう。先生は最近東京を離れていないんだから、調査ができるはずがない。オレが行ったということにしてるんだよ」

「…………」

「先生と二人で理事長に会ったとき、突然そのことを訊かれてな――咄嗟に口から出てしまったんだ。申し訳ない――とにかく、今はそういうことにしておいてくれ。その方向で話が進んでしまっているんだ。今さらお前が調べたとは、ちょっと言い難い状態なんだ」

「しかし、それじゃ話が――」

「違うことはオレも重々分かっている。だが今ここでバレてしまえば元も子もなくなる。オレが謝る――先生のためにも我慢してくれ」

言葉こそ低姿勢だが、吉村の口調にはうむを言わせない圧力があった。

津田は諦めた。結局、こういうことを予測することのできなかった自分が甘かったのである。今、自分が騒ぎ始めれば、写楽＝昌栄説はおろか、全ての関係者に迷惑が及んでしまう。総会だってどうなるものか知れたものではない。西島の久しぶりの新説ということで、ジャーナリズムも注目しているのだ。

一度保身にまわった人間は、いつまでも、そこから脱け出ることができない。

〈吉村の調査行を認めてしまえば、もう共同研究の形でオレの名が載ることもあり得ない〉

吉村の仕組んだ巧妙な罠だ。津田は気がついた。それでも、写楽＝昌栄説のためには仕方のないことなのか。

〈オレは卑怯者だった〉

初めて、津田の胸に後悔の念が湧きあがった。口では研究のためと言いながら、心の奥底に小さな野心を燃やしていた自分にも、気がついたのである。

冴子と旅した三日間が、今では遠い幻のように津田の心に浮かんだ。

〈冴子まで、オレは裏切ってしまった〉

暗い研究室の中に、津田は一人取り残されていくのを感じた。

7

十二月二十一日

津田は午後一時前に、九段会館に着いた。二時から始められる総会の下準備があったからである。手が足りないわけでもないが、さすがに吉村も、総会当日までは津田を外すことができないと思ったのだろう。前日の夕方、吉村から連絡が入って、津田は一時間前には会場に行くことを約束させられていた。

中に入ると、すでに岩越やゼミナールの学生が忙しく立ち働いていた。

「あら、津田さん」

華やかなフリルのついたブラウスを着て、紺のスーツ姿の内田裕美が、遠くから津田を見つけて駆け寄ってきた。三年に在学中で、ゼミの中ではただ一人の女性だった。ジーパン姿に見馴れていた津田は、美しく着飾った裕美に、ちょっとたじろいだ。裕美はそれに気がついてクスッと笑った。

「津田さんも受付なんですってね」

「ああ、吉村さんに頼まれて――」

津田は口ごもりながら答えた。

〈いつの間にか、煙たい存在になっていた〉

津田は昨日の吉村からの電話を思い浮かべていた。

「今さら言えた義理じゃないが、先生がお前の顔を見ながらじゃ、気になって講演ができないって言い始めたんだよ――それは何となくオレにも分かる。お前の論文を発表するんだからな、当り前のことだ」

表情は分からないが、声だけは沈んでいた。

「総会に出るなってことでしょう」

津田自身も、出席したいとそれほど思ってはいなかった。何となくホッとした。

「いや、そうじゃない――出てくれないと、他のヤツらがおかしいと思うだろう。それでなくとも、岩越なんかお前の様子を見て何かあったんじゃないかって変に勘ぐっている」

〈勘ぐるも何もあったものじゃない〉

津田は、平然とそういう言葉を口にする吉村の神経に腹を立てた。

「総会にまで出なければ、少し問題が残る」

「じゃあ、どうすればいいんです――先生は出るなって言ってるんでしょう？」

「そう突っかかるなよ。オレも困っているんだ――お前には悪いが、明日は受付に廻ってもらえないかな」

「受付ですか」津田はムッとした。

「先生が発表するまで顔を見せなければいいんだよ――気持は分かるが、今のところそれしか方法が浮かんでこない……頼む。明日に全てがかかっているんだ――」

「先生と何かあったんですか？」

裕美が小声で訊いた。

「どうして？」

「だって岩越さんが話してましたよ――津田さんは今度のことから外されたんだって」

「そんなことはないさ――今日だって、こうしてきているだろう」

「ホントね。心配してバカ見ちゃった」

裕美は明るく笑った。

「でも、すごいですね。今日のこれ、テレビに映るんですって――受付のとこ撮ってくれるかなあ」

「ふーん。テレビがね」

「もう局の人が、何人かきています。新聞社もずいぶんくるみたい。先生って、やっぱりすごい人だったんですね」

津田は複雑な気持だった。


受付にプログラムの束が届けられた。

総会と印刷された前に「特別研究発表」と刷られ、下に西島の名が載せられていた。秋田蘭画と秋田藩――これは補足的な講演として、吉村が受け持っている。続いて四人の海外研究家の名が掲げられていた。講演内容は未定となっているが、これも西島を支持するものと見て間違いはない。

説の是非については、まさか会場で決をとるわけにもいかない。だが、その後の総会で西島が理事長に推され、可決されれば、必然的に、その前に行なわれた新説を、会場の全てが認めたことになる。それとこれとは別問題だと、一人一人が思っていたところで、世間はそのようには見ないだろう。

〈うまいやり方だ〉

津田は西島の強引な方法に慄然とした。

「よう」

受付に芸潮社にいる山下が顔を見せた。

「いよいよだな――オレんとこのカメラマンもきているはずなんだけど、まだ？」

「芸潮社さまですね」

裕美がとぼけた声で応対した。

「いやだね、この娘は――へえ、テレビがきてんの」

山下は裕美の額をこづいた。裕美がプッと吹き出した。

「しかし、先生にもまいるよな。肝心の写真まだ撮らしてくれねえんだよ」

「写真って言いますと」

「雑誌に載せる写真さ――ライトで傷むからって、画集を見せてくれねえんだ。吉村さん達が作ったスライドからおこせって言うんだけど、あの人達は写真にはまるっきし素人だからね」

「でも、どうせ白黒ですよ」

「ま、今日見て、ピントが甘くなきゃ、それで行こうって話になってるけどね——何しろ虎の子だから、厳重に蔵ってるって話だぜ」

「複製を造るまでは大事にしてるんでしょう」

「そんな話もあるわけ？」

「来年の画集に附録としてつけるそうです」

「なるほど——それじゃ無理も言えねえな」

山下は手を振って会場へ入っていった。


衆議院議員の横山周造が受付に現われた。横山は昔から浮世絵通と言われ、江戸美術協会にも顧問として名を連ねている。

横山が受付で裕美からプログラムを受け取ると、一斉にフラッシュがたかれた。ビデオテープレコーダーの廻る音もした。裕美は真っ赤になりながらも、笑顔を作り続けていた。明るいライトに包まれながら、津田は身の縮む思いがした。冴子がニュースでこの場面を見るかも知れないと思うと、情けなかった。

「始まりましたよ」

会場係を受け持っていた太田が、受付の二人に報らせにきた。太田は内田裕美と同級の学生である。

「あれ、行かないんですか」

受付に残った津田を見て、太田は不思議そうな顔をした。

「ああ、一人だけはここに残れってことだから——内田君、構わないから行けばいい」

裕美は、すまなそうに頭を下げると、太田の後について会場に入っていった。

一時間半。

津田はじりじりして、待ち続けた。時々会場の中から、どよめきの声が洩れてきたりした。その度に、津田の動悸は激しくなった。発表者は誰でもいい。とにかく認めてほしい。今はそれだけを考えていた。

さざ波のような拍手が耳に響いた。どうやら西島の講演は終わったらしい。急にその音が大きくなって、若い男が会場から出てきた。新聞社の腕章をつけている。

「電話はどこにあるんだっけ」

男は横柄な口調で津田に尋ねた。津田は受付の後ろにある赤電話を教えた。

「ちょっといいかい」

男は空いている受付のイスを顎で示すと、返事も聞かずに、それに腰をおろした。

「ああ、オレですけど……ええ、今終わりました。いや大変な話ですよ。これから西島さんに直接会って、いろいろ細かい点を訊いてみるつもりなんですが、何しろものすごい話です——決定的です。図版にはちゃんと東洲斎写楽ってありますしね——偽物？　そんなんじゃないですよ。明治四十年に出た本の中にあったんですから。クルトの前なんだそうです。ユリウス・クルト。分かりますか——詳しいことは社に戻ってからしますが、これは文化欄じゃなくって、社会面でやりたいですね。それだけの値打はありますよ。何しろ絵だけじゃなくて、当時の社会と密接にからんだ話ですから、絶対面白いと思います。田沼意次なんかも出てくるし——本当ですよ。写楽は田沼の一派だったという説です。いけるでしょう。ええ、もちろん、そのへんはきちんと調べます——他の雑誌で発表する前に、是非うちで何回かに分けて書いてもらいたいとも思っているんですが、ま、そのことは西島さんと会ってから、ゆっくり——とにかくスペースだけは充分に取っておいて下さい。大丈夫です。絶対モノにしますから——」

男は受話器を乱暴に置いた。

「お宅は協会の方ですか」

気がついたように男は尋ねた。

「ええ」

津田は伏し目がちに答えた。

「西島先生、ご存知ですか」

「先生の研究室にいます」

「へえ、そりゃまたいい人に会ったな」

男は慌てて立上がると、名刺を差し出した。

「お待ちどおさま――今度は私が代わります」

裕美が戻って、津田はホッとした。

「あ、この方は新聞社の人でね、先生のことでいろいろと訊きたいそうだ」

「そうですか」

裕美は新聞社と聞いて興味を持ったらしく丁寧に頭を下げた。津田は裕美を記者に紹介すると入れ替わりに席を立った。

津田はそのまま会場に入らずに、階段を降りると地下の喫茶室に入った。誰もいない。コーヒーを注文すると、津田は目を瞑った。

〈全ては終わった。誰でもいいから、認めてほしいと思っていたが、やはり、面と向かってああいうことを聞かされるとな……〉

少し淋しい気もした。本来なら、あの記者は自分のところにくるはずだったのだ

——一刻も早く帰ってしまいたい気分だったが、今帰れば、それこそここまで我慢した意味がなくなってしまう。津田は、ぼんやりと冴子のことだけを考え続けていた。

8　　　　　　　　　　　　　十二月二十二日

津田は、ようやく布団から抜け出ると、新聞を取りにドアまで行き、室内のストーブに点火した。頭が割れるように痛い。二日酔いである。津田は昨夜、久しぶりに一人で飲んだ。津田の目は新聞ばかりを見ていた。

新聞を開くのが怖かった。

気にすまいと思っても、仲々手が伸びない。だが、やがて諦めて、津田は新聞を開いた。

いきなり昌栄の「獅子図」が目に飛びこんで、津田はドキッとした。西島の顔写真も、その隣りに大きく載せられている。津田は堰を切ったように、むさぼり読んだ。

写楽は平賀源内の孫弟子！

田沼政権の落とし子か!?

東洲斎写楽の謎が、およそ二百年ぶりに解明された。写楽は平賀源内の孫弟子で、秋田蘭画の無名絵師、近松昌栄であると言う。しかも写楽の仕えた秋田藩は、当時の江戸文化と密接な関係を持ち、文化人の後援者として多くの人間を育て、老中田沼意次とも接近を図り――

津田の纏めた論文そのままのダイジェストである。新しいことは何ひとつ足されていない。写楽説の長文のあとに、西島のことも詳しく紹介されていた。

美術界にとって、まさに歴史的とも言えるこの新発見をなした武蔵野大の西島俊作教授は、日本を代表する浮世絵研究家として著名で、この新説発表のあと「江戸美術協会」の新理事長として満場一致で迎えられた。これによって写楽＝昌栄説は浮世絵研究家の間でほぼ承認された形となった。西島氏のもとには、出版社からの企画、雑誌の取材の他に海外からも続々と講演依頼などが舞いこんできており、新年をひかえて慌ただしい日程のやりくりに、うれしい悲鳴をあげている。今後は、市場に流出してしまったと思われる昌栄の作品発掘に全力を傾けると、西島氏は抱負を語っている――

津田は、写楽＝昌栄説が完全に認められたことを知り、満足感を覚えたが、と同時に心の中に苛立ちも感じた。

一昨日から大学は冬休みに入っている。幸い当分の間は研究室に出なくともいい。そのことだけが救いだった。この苛立ちを静めるためにも、津田はしばらくの間、東京を離れて盛岡に帰ってみようと思った。自分がいなくなっても、行く先を尋ねるような西島でもあるまい。かえって気が楽になるだろう。一ヵ月の間に、互いの気持がこれほどまでに離れてしまうとは、まるで予測もつかないことであった。

9　　　　　　十二月二十四日

「津田さんも人が悪いな」

津田の姿を認めるなり、加藤は大きな声をあげた。店には来客がない。加藤は一人で刀剣の手入れをしていた。

「すみませんでした——はっきりするまではと思っていたもので……」

「妙だと思ってたんだ——聞いたこともない絵師のために、わざわざ秋田までやってきたってことがね」

加藤は刀をショーケースに納めながら、薄笑いを浮かべた。

「しかし、大変な発見だ——こっちでも大騒ぎだった。ここ二、三日はお客がくればその話でもちきりでね。秋田の業者なんかは、昌栄を見つけるって、動き廻ってるらしいね」

「もう、そんなに――」

「でも無理だな。昌栄の作風を知らないんだから――昌栄って書いてありゃあ別だが、ほとんど直されているだろうし」

「そうでしょうね」津田も頷いた。

「ところで、この前見せてくれた問題の、画集のコピー、あれ津田さん持ってるの？」

加藤は上目づかいに津田を見た。

「ええ、こっちへ持ってきています」

「そう……あれ、良かったらもう一度見せて貰えないかい」

「構わないですよ」

そのくらいのことは、してやらなければならない。津田はすぐ返事をした。

「そりゃ、ありがたい。新聞には何しろ『獅子』の写真しか載らなかっただろう。他の作品は誰も見ていないんでね。図版を見ておけば、いろいろとね……」

加藤はニコニコとした。

「コピーを造って持ってきますよ――原本からじゃないんで、少し調子が落ちると思いますが、それで良ければ」

「充分、充分。ちゃんとコピー代は払うから」

「じゃ、明日にでも」

「申し訳ないな。助かるよ――」

「来年になれば、画集が出版されるそうですから、コピーも必要なくなるでしょうが」

「へえ、そんな話もあるのか――それじゃ、原本は今どこに？」

「西島先生が持っています。大事にして書斎の金庫に入れているそうです。ライトで傷むからと言って、画集を出すまでは誰にも見せないつもりらしいですよ」

津田は低く笑った。考えてみれば、原本だって西島に譲ったわけではない。なしくずしに取られてしまったのである。

〈水野さんにも、古書展以来会っていない。今頃ずいぶんと怒っているだろう……〉

もともとは水野から貰った画集である。だが今のような状態で、どうして会いに行けるのか……さまざまな人々に迷惑をかけているのだと思うと、津田は恥ずかしかった。

「いつ頃画集は出版されるんだろう」

加藤は気になるらしく尋ねた。コピーが効力を持っている期間が知りたいのだろう。それなりに駆け引きがあるのに違いない。

「三月過ぎだと聞いてますが」

「三月か——まだ撮影にはかかってないわけだね」

「来年——一月の十日頃までは撮影も無理でしょう。今年一杯は先生も協会の引き継ぎや何かで忙しいし、正月もありますから……大丈夫ですよ。まだ三ヵ月は絶対余裕があります」

津田は念を押した。

「いや、そんな意味じゃ……」

加藤は照れたように笑った。

10

一月三日

目覚しのベルが鳴っていた。

それはとぎれとぎれに何回も鳴る。津田は暖かい布団に潜りこんだまま、枕許の時計に手を伸ばした。だが時計はない。ベルの音はまだ続いていた。

ようやく津田は、ここが国立のアパートではなく、盛岡の実家であることに気がついた。音は目覚しではなく、階下の電話の呼び出し音であった。薄目を開いて、布団から顔を出すと、すでに陽は高いところにあった。母親が階下から津田を呼んだ。

電話は岩越からのものであった。

津田は慌てて、パジャマの上にカーディガンを羽織ると、階下に駆け降りた。

「すみません。ゆうべ遅かったもので……」

津田は言いわけをしながら電話に出た。

「やっぱりそっちだったか——朝アパートに連絡したが留守だったので、もしやと思って」

岩越の声は沈んでいた。

「何か急用でも?」

岩越が盛岡に電話をくれたことは一度もない。津田は胸騒ぎを覚えた。

「先生が今朝亡くなられた……」

「は?」

「西島先生が死んだよ」

岩越は怒鳴るように言った。

津田の膝は小刻みに震えた。

「どういうことです」

気を取り直して津田は尋ねた。

「先生のお宅が火事になって——焼け跡から先生の遺体が……」

岩越は声をつまらせた。

亡くなったのは西島俊作一人だけであった。幸い、他の家族は二日の夜から箱根に出かけていて無事だと言う。毎年、正月の二日は、西島門下が集まって、西島宅で新年会が催される。それは朝から夕方まで続けられ、それがすむと、西島は家族と一緒に温泉に出かけるのが習慣となっていた。だが、今年は五日から雑誌の取材の予定が入り、西島一人が家に残ることになった。

新年会には岩越も出席した。西島は終始上機嫌で、吉村や山下達と写楽の話に花を咲かせていたらしい。皆が帰る頃には、完全に酔っていたと、岩越は付け加えた。

「あと片づけをして、奥さん達が出かけられたのが八時頃らしい……その後、先生は書斎で仕事を始められたんだろう……火事になったのは夜半の十二時頃だ。机の側の仮眠ベッドで先生の遺体が見つかったので、消防署では先生自身の失火と見ている。煙草が原稿用紙か何かに燃え移ったということらしい。先生は眠りこんでいて、逃げ遅れてしまった」

岩越は口惜しそうに結んだ。

津田は言葉もなかった。あまりにも突然のことである。

「こんなバカな話があるかよ。これからって時じゃないか。一体オレ達はどうなるんだ」

岩越は泣き声になっていた。

津田は明日の告別式には必らず参列するといって、電話を切った。

部屋に戻ると、津田は布団に横になった。

涙があとからあとから溢れ出た。不思議な感情だった。

〈オレは先生を憎んでいたじゃないか〉

だからこそ堪らなかった。まだ自分の気持の整理がついていない。何と言っても、西島は恩師である。たとえ国府が言うように、研究者として間違った方向に進んでいたとしても、津田に浮世絵の素晴らしさを伝えてくれたのも西島に違いはない。憎しみを抱いたまま訣別するつもりはなかった。そのために離れてみたのである。

〈死なれたんじゃ、オレの気持はどうなる〉

津田は身勝手な西島に腹を立てた。

絵師のアリバイ

1

一月七日

西島俊作の葬儀は、中野の総門寺で、午後一時から執り行なわれた。

葬儀委員長には衆議院議員の横山周造がなっていた。参列者の数も七百人を超す。

受付は四ヵ所に設けられ、津田は内田裕美と二人で、その一角を受け持っていた。協会の事務員も交替で受付にやってくる。

〈嵯峨さんの時とは、えらい違いだ〉

花輪も百本以上が届けられ、境内には入り切らずに、山門の外にまで飾られている。

弔辞には文部大臣も予定されていた。

今さらながら、津田は西島の権力の強大さを思い知らされた。

小声で後から呼ぶ者がいた。ゼミナールの学生だった。

「津田さん」

「控室で、吉村さんが呼んでいます」

吉村は葬儀委員として、参列者の接待や進行を受け持っていた。西島の亡くなった当初は、かなり大きなダメージを受けていたようだったが、日数が経つにつれて次第に元気を取り戻していた。

津田が控室を訪ねると、吉村はすぐに出てきて、津田を別室に招いた。誰もいない。津田は今頃になって、わざわざ呼び出した吉村の真意を計りかねていた。

「今、大崎美術の編集者がやってきてね――」

大崎美術社は、今度の昌栄の画集の企画を持ちこんでいるところである。

「非常に困ってるんだ――幸い、論文の方は渡してあるし、写真も若い連中に撮らせたネガがあるから何とかなるんだが、肝心の序文や小伝を撮影してなかったんだよ。復刻版を附録に付けるってことは最初から決定していたんだが、まさか先生がこんなことになるとは思わなかったんでね……」

「どういうことですか」

「あの原本も燃えちまったんだよ」

「あ」津田はそのことを忘れていた。

「編集者は昨日あたりから撮影にかかる予定だったらしい……活字の部分だけならコピーからでも作れるって聞かされてね——お前が持ってることを思い出して、つい返事をしてしまった」

〈虫が良すぎる〉津田は呆れた。

「他にコピーは作らなかったんですか」

津田は尋ねた。

「無理言うなよ——オレが先生から聞かされたのは、写楽＝昌栄説が解決してからだ——コピーを作る必要もなかったし、第一、先生は本を大事にしてコピーを撮らせてくれなかった」

「…………」

「頼む——あの部分が欠ければ復刻ができなくなる。先生の遺作にもなるわけだから、是非コピーを渡してくれ」

吉村は珍しく頭を下げた。

〈何が遺作だ。先生が亡くなったんで、今度は自分が中心になってやるつもりでいる〉

「盛岡に置いてあるんです」

津田は断わりのつもりで答えた。

「じゃ、お前の都合のいい日に持ってきてくれ、もちろん費用はオレが持つ」

津田は吉村の強引さに慌てた。

「少し考えさせて下さい……先生が亡くなったばかりで、そういろんなことを言われても」

「そうか。それじゃ、又、近いうちにゆっくり相談しよう」

さすがに分かったらしく、吉村は頷いた。

ここで津田を怒らせるのはまずいと判断したためであろう。


津田は受付に戻った。

「やあ、久しぶりですね」

意外な男が、そこで津田を待っていた。

「小野寺さんじゃないですか……どうしたんです、こんなところに」

「いや、ちょっとね——それにしても立派な葬式ですな。さすが違うもんスね」

小野寺刑事は裕美にも愛想よく笑いかけた。

「あとで、少し伺いたいことがあるんスが、構わないスか？」

小声で小野寺は津田に尋ねた。

葬儀が終わると、総門寺の別館で盛大な法要が営まれた。津田はそれに招ばれていない。その時間を利用して、津田は小野寺に従って寺を出た。ネクタイは外している。コートを着ているので、さほど目立たない。五分ほど歩いた場所に小さなレストランがあった。小野寺は無言で店のドアを押した。

「水野さんも見えられていましたな」

トマトジュースを飲みながら、小野寺が話しかけた。

「へえー気がつきませんでした」

津田はヒヤッとした。まだ何の挨拶もすませていない。

「あなたが嵯峨さんの時にこられたんで、そのお返しだと言っていましたがね」

「そうですか」

「しかし——残念ですな。嵯峨さんといい、西島さんといい、共に浮世絵研究界の中心人物が、たった二ヵ月の間に亡くなってしまったんスからね——」

小野寺は意味ありげに津田の顔を見た。

津田はその言葉にハッとした。

〈そうか、そのことでこの人はわざわざ〉

考えてみれば、小野寺でなくとも妙な話である。偶然には違いないが、わずか二ヵ月の間に「江戸美術協会」と「浮世絵愛好会」は、共に中心的人物を失ったことになる。その上、二人は何十年来の友人でもあった。警察でなくとも勘繰りたくなるのが当然であろう。

〈何故、オレ達はそのことに気がつかなかったのだろう〉

津田は不思議に思った。誰一人として、西島の死と、嵯峨の死とを結びつけて考えている人間がいない。それだけ西島は身近な存在であり、嵯峨は無縁な人間だったと言える。

世間的には同じ浮世絵研究者には違いないが、内部では互いに別の世界に住んでいる人間同士だった。

「先生の死因に何か不審な点でもあるんですか？」津田は先廻りして訊いた。

「いや、まだ何とも言えんのですがね」

小野寺は苦笑した。

「何とも言えないということは――」

〈先生の失火ではないということか〉

津田は身を乗り出した。

「出火の原因が掴めんのですよ――何しろ火元が書斎でしょう。あれだけの本が燃えたんですから……どの辺から火が出たものか。所轄署では放火という線で見直しているらしいんスがね」

「放火ですか！」

津田は声をあげた。それなら殺人ということになる。津田は小野寺に質（ただ）した。

「単純な疑問なんスよ──何しろ、たて続けでしょう。所轄の刑事が言い出したらしいんですな。それで、嵯峨さんの死因にもおかしな点はなかったかと、久慈署に照会がありましてね」

「………」

「あれは私の担当だったもんで、東京に出てきたんですわ──もちろん、口を酸っぱくして嵯峨さんと今度のことは無関係だと説明しても、偶然にしてはできすぎていると、全く信じてくれんのですよ」

小野寺は笑った。

「二人とも、自殺や事故ではないと言うんですか？」

「まあ、そう見とるんでしょうな」

「でも、何故二人を殺さなきゃならないんです。確かに二人はつきあいがあったようですが、ここのところ、ほとんど無関係になっていたはずですよ」

「そう──二人に対して共通の動機など持っている人間はおらんですからな。ま、片一方の人間の復讐のために、もう一人を殺すというのなら、考えられんこともないですがね」

「まだ、嵯峨さんの自殺の原因が、先生にあったと思っているんですか？」

「いや、冗談です——あれは西島さんとは無関係ですよ。ただ、そうでも考えないと、二人の死に説明がつかんでしょう」

「………」津田は分からなくなった。

「結局、納得いくまで調べてみて——最終的には自殺と事故でケリがつくと私は考えておるんですがね——気になることがひとつあるんですわ」

小野寺は躊躇した。

「何ですか？」

「国府さんと最近会われましたか？」

「いや、今年に入ってからは一度も……国府さんに何か？」

津田は慌てて訊き返した。

「実は——西島氏が亡くなられた晩に、国府さんらしい人物を現場の近くで見かけたという証言がありましてね」

「まさか！」

「近所の酒屋の店員なんスが、夜九時頃、店のシャッターを降ろそうと外に出ていると、国府さんらしい人物が西島氏のお宅の方に歩いて行くのが見えたって言うんです。国府さんは、先生のお宅を訪ねる時に、よくその店で酒を買っていったということで、店員は彼の顔を覚えていたんですな――別に挨拶を交わしたわけじゃないんで、断定はできないと言っているそうですが、妙に気になってね」

「先生のお宅へですか……」

津田には信じられなかった。だが、それもあり得ると思い直した。今度の一件で、国府が何かを考えていたのは事実である。しかしそれを小野寺に言うわけにはいかない。国府にも不利になるが、それ以上に西島の今度の強引なやり方を説明しなければならないのが辛かった。それを話さない限り、国府の怒りは分かってもらえないだろう。

「国府さんは、西島氏に破門を言い渡されていたそうですな――」

「…………」

「そんなことを、すぐ結びつける人間もおるんですよ」

小野寺は煙草に火を点けながら首を振った。

「だが、九時と十二時では時間にへだたりがありすぎる――今の段階では、国府さんと火事とを直接結びつけてはおらんようですが、放火ということが確定すれば、動機という点でね……」

「でも嵯峨さんに関しては動機がまるで……」

「そうです――所轄署の人間は、国府さんを知らないんで単純に結びつけているんですが、あの人は絶対そんなことをする人間じゃないスよ——これは私の勘にしか過ぎんのですが、決して放火犯などではありません」

小野寺は励ますように明るく笑った。

「国府さんに迷惑が及ばんうちに、私の方で何とかしようと思ってはいるんスがね——とにかく、あなたにだけは、このことを伝えておきたいと思いまして」

小野寺は言葉を結んだ。


二人は店を出ると右と左に別れた。

小野寺は津田の姿が見えなくなったのを確かめると、再びレストランに入った。

「ごくろうさんでした」

二人の坐っていた席の後ろにいた若い男が、小野寺に声をかけた。小野寺は不快な表情を隠さずに、男の目の前に坐り直した。

「確かに伝えましたよ」

「申し訳ありません。不愉快な思いをさせてしまいまして……」

男は小野寺に詫びを言った。

「しかし……行き過ぎじゃないスかね。国府さんは無関係だと思いますがね」

「今のところ、それしか浮かんできていないものですから……吉村氏の証言もありますし」

「単なる中傷に過ぎんでしょう。東京の警察では、いつもこんなやり方をするんです
か」

小野寺は憮然として言った。

「まさか――小野寺さんだって、研究家が二人も亡くなったのはおかしいと話されて
いたじゃありませんか」

「それはそうだが……別に国府さんが関係あると言ってはいない」

「このままでは動きがとれないんですよ――国府洋介が関係なければ、それなりに別
の展開があるわけですから」

勘弁して下さい、と男は何度も頭を下げた。

「しかし、彼は国府さんに何か伝えるかな。最近会ってないという話だし」

「そうですね――でも、やるだけはやったんだから、課長も何も言えないですよ」

男は言ったあと、考えながら付け足した。

「国府洋介がこれを聞いて、どういう動きをするか――全てはそれからです」

総門寺に戻ると、法要を終えた人々が山門から出てくるところだった。津田は小走
りになって受付に急いだ。すでにテーブルはとり片づけられていて、岩越達は火鉢を

囲んで一服しているところだった。

「吉村さんのこと聞いたか？」

戻った津田に岩越がいきなり問いかけた。

「うちの大学の講師として今年からくることになったらしい」

「吉村さんが？」

「告別式に学長がやってきて、正式に話を持ちこんだらしい——吉村さん、喜んで引き受けたってことだ。ふざけてるよ」

「美術館の方はどうするんです」

「非常勤だから、当分は二足のワラジだってさ。先生の授業をそのまま引き継ぐってことだ」

「そうですか……」

「そうですかって、お前口惜しくはないのか、何のためにオレ達は研究室に残っていたんだよ——吉村さんだって、それくらい分かっているはずじゃないか。いくら学長に頼まれたからって、二つ返事で引き受けるって法はないだろう——オレ達に相談するのが筋だよ」

全員が賛意を示した。ほとんどゼミナールの学生である。吉村よりは岩越や津田の方が馴染が深い。

「見損なったよ。吉村さんも大学もな――」

「先生が亡くなられて、得をしたのは吉村さんだけみたいですね」

裕美の言葉に、全員が愕然とした。

「そういえばそうだ――昌栄も吉村さんが続けてやるそうだよ」

岩越は口惜しそうに声を荒らげた。

「あ、そういえば、さっき水野さんて方が、津田さんを訪ねてきました」

裕美が思い出して津田に伝えた。

「そう」津田は何気なく返事をした。

「明日の午後、ここに電話下さいって……」

裕美はポケットからメモ用紙を取り出すと津田に渡した。

〈怒っているんだろうな。画集を貰って、それっきりにしてるんだから……〉

厭なことばかり続く日だ。津田は裕美に礼を言いながら、ぼんやりと考えていた。

2

「やめるって――本当に浮世絵をやめられるってのか」

国府は息をのんで津田を見つめた。

神保町の寿司屋で二人は会っていた。葬儀のあと、津田は国府の会社に電話を入れて、久しぶりに飲むことにしたのである。

「もう、厭になったんです」

津田は真面目顔で国府に話した。

「先生も亡くなられたし、今年からは吉村さんが大学にくるって話ですし……続けていく気力が急になくなってしまって——」

「ボストンはどうする」

「それも多分ダメでしょう。先生というより協会にきた話のようですから、先生が亡くなってしまえば……」

「そうか——ひどいことになったな」

「僕が甘かったんです——あの時に国府さんに言われたとおり、もう少し頑張れば……」

国府はじっと黙りこんだ。

「やめてどうするつもりだ」

国府はようやく口をきいた。

「まだそこまでは——近いうちに盛岡に戻って親と相談してみます。多分、向こうで就職することになるでしょうが……ゼミの代講で三月までは大学にいなきゃならないんで、その間に何とか考えるつもりです」

「……そうか。君も諦めたか……」

国府は寂しそうに呟いた。

「結局、得をしたのは吉村だけか——大学に行くなんてな。全くしぶといヤツだよ」

津田は迷っていた。今日小野寺に会って聞かされたことを、話していいものなのか、まだ決めかねていたのである。

「オレも昌栄の新聞記事を読んだ時はカッとなったが、こうして先生が亡くなってしまったら、何だかバカバカしくなってね……先生なら相手にしがいもあったが、吉村じゃな」

国府は苦笑した。

「実は、二日の夜、オレは先生の家を訪ねたんだよ」

津田は鳥肌がたった。

「よほどどうかしていたんだな。駅を降りて先生の家のそばまで行ってから、ようやく先生が留守だってことに気がついてね。毎年、先生は温泉に出かけているだろう……それで引き返したんだが、あの夜は留守じゃなかったわけだ——朝のニュースで知って本当に驚いた。妙にがっかりしてね——あんな人でも、やっぱり十年以上先生としてつき合った人だから、何か力が抜けてしまったよ……」

津田はホッとした。これで小野寺にも話してやることができる。津田は国府への疑いだけをふせて、小野寺の話を伝えた。

「まさか！　あれは放火だって言うのか」

国府は目を見開いた。

「過失かも知れないと小野寺さんは言っていましたがね」

「うーん。分からないな。先生を殺さなきゃならない動機なんて……」

「単なる放火魔ってこともありますよ」

「それこそ、できすぎた話だ——放火となれば、偶然ではなく、やはり先生を狙ったんだろう——先生が死んで得をする人間ってなれば……吉村ってことになるが、ヤツにはそんな度胸はないだろう。たまたま今回の場合はうまい具合に運んだが、あの時点ではそこまで読めなかったはずだ。まだまだ先生を必要としていたと思うね……となればだ、常識的に考えて、動機を持っている人間は、オレと君しかいないことになるな」

津田は慄然とした。

「放火ということで捜査が始まれば、吉村あたりから、そのことが出るんじゃないかね。あいつはオレ達が先生を憎んでいるのを知っているから……ああ、君は大丈夫だ」

「何故です？」

「吉村は言いっこないよ。君のことを警察に話すということは、君の論文を彼らが横取りしたということを認めることだからな――墓穴を掘るような真似はしないだろう――そうなると、オレだけを攻撃してくるな」

「まさか、そんなバカな」

「ひょっとすると、もう話しているかも知れない。小野寺さんが東京に出てきたのも、その辺にあるんじゃないのかね」

「………」

「こうなってみると、二日の夜にオレが先生を訪ねたことは、非常に微妙な問題だな」

それでも国府は笑顔を見せた。

3

一月八日

次の日、津田は教えられた番号を回すと、小野寺を電話に呼び出した。

「そうスか――ああ、留守だと気がついてね。多分、そんなことだと思ってましたよ」

小野寺は陽気な声で応対した。

「いいですか。これ、僕が訊いたんじゃないんです。先生の話をしているうちに、国府さんの方から自然に出たことなんです。絶対、嘘じゃないと思うんです……」

小野寺への電話をすませると、津田はそのまま、水野へ連絡を取った。あまり気が進まない電話だったが、これも自分の責任である。

水野はすぐに電話に出た。

「どうも。昨日は会えなくて残念でしたな」

意外に明るい声で、津田は救われた。

「画集のことでは、申し訳ありませんでした」

津田は最初に謝った。

「は？　ああ、別にあなたが謝ることではないでしょう。あれは差し上げたものだから——お役に立てて嬉しいと思ってましたよ」

水野は笑った。

「しかし、驚きましたな——まさか、あれが写楽だなんてね——やっぱり研究者ってのは大変なものですな」

「…………」津田は何と答えて良いのか迷った。

「ところで、今どちらから電話してるんです」

新宿西口の喫茶店で津田は水野と会うことにした。頼みごとと、どうしても紹介したい人間がいるとの水野の話である。名前は言わなかった。津田は断わることができずに新宿に出た。約束の時間に少し遅れて店に入ると、水野は一人の男と話しこんでいた。

「あ、どうも」

水野は笑いながら、自分の席の隣りに津田を誘った。津田は男と挨拶を交わした。

〈見たことがある人だな〉

歳は四十を超している。厚い眼鏡をかけていて、髪にも白いものが混じっているが、長髪でジャケットの柄もかなり若い。

「峰岸昂さんですよ」

〈どうりで〉

と津田は思った。峰岸は「浮世絵愛好会」のメンバーである。

嵯峨厚とは特に親しく、師弟関係こそないが、世間では門下生のように見ていた。名前を言えば津田が躊躇うと水野は考えたのだろう。雑誌で何回か写真を見たことはあったが、会うのはこれが初めてだった。

「ぜひお会いしたいと峰さんが言うもんで」

水野は困った顔をした。どう説明すればいいのか、話の糸口を考えているようだった。

「いや、継司さんから、あの写楽の画集はあなたに渡したということを耳にしてね、それで継司さんに無理を言ったんです」

峰岸が自分から話した。

「何か気になることがあるらしいんだね」

水野は笑った。

「この人は清親となればしつこいから」

〈そうか、峰岸は清親が専門だった〉

津田は合点がいった。

「ちょうど秋から日本を留守にしていたもので、全く知らないでいましてね」

「そうだよ――あんたがいれば、真っ先に画集を見せていたさ――仕方がないだろう」

峰岸は顔をしかめて水野を見た。清親の序文が入っている本を、何故他人に渡したのかという表情だった。

峰岸は写真家である。風景が主体で、そのために浮世絵の風景画に興味を持った。清親の光の処理の技法に関した論文も書いている。日本でも有数の清親研究家と言えた。

「西島さんが亡くなられて……写楽の画集も燃えたと聞いたんだけど」

峰岸は尋ねた。

「ええ、本当に残念なことをしました」

「それなんですがね——津田さん、あんたコピーかなんか残しておらんですか」

水野が横から口を挟んだ。

「新聞にも、清親の序文があるというだけで文章が載らなかったでしょう。峰さんがうるさいんだよ。つまらんもんだと説明しても、見ないことには納得しない人でね——とうとう、あんたが何か記録でも残しているんじゃないかって話してしまったら、このとおりですよ」

水野は苦笑しながら峰岸を見た。

「どうってことがなくても、やっぱり気になってね、こっちのわがままなんですが」

峰岸は弁解した。

「コピーはあります。今、東京にはないんですが——そんなことなら持ってきますよ」

「ありますか——そりゃ良かった。お蔭で峰さんにも義理が立ちます」

「気になるっておっしゃいましたが、どんなことですか？」

津田は峰岸に訊いた。

「今、たまたま清親の年譜を作成中で——特に清親の東北行きは資料に欠けるんで、それが出てくれれば何か摑めるんじゃないかと思ってね」

津田は頷いた。その気持は津田にも分かる。

「でも、水野さんの言うとおり、序文は儀礼的なもので、ほとんど何も書いてありませんよ」

「そうですか」峰岸は失望した。

「まあ、清親が小坂町を訪れた日付が分かるってことぐらいじゃないでしょうか」

「ほう、日付が入っていますか」

「ええ、十一月の二十日頃だと思いましたが」

「それだけでも分かればありがたい」

峰岸は嬉しそうに返事をした。

「ところで、東京じゃないって言うと、コピーはどこにあるんです」

水野が思い出して口にした。

「盛岡の実家に置いてきたんです」

「盛岡ですか」

峰岸が訊き返した。

「良く行きますよ――仕事もそうだが、仙台、盛岡、青森、弘前と、清親の歩いたあとを辿って、年に二回は行っていますね」

「そう言えば、盛岡にも清親は長い間滞在していましたね」

「今でもあの辺では清親の肉筆が良く見つかります——骨董屋に頼んで、出てくれば連絡をもらうようにしていますがね」

「盛岡の不来方美術ご存知ないですか」

津田は加藤の店を訊いてみた。

「不来方って言うと、あの公園下の店かな?」

「そうです」

「浮世絵を扱っている店でしょう」

峰岸は思い出して言った。

結局、峰岸は津田の日程に合わせて盛岡にくることになった。一日も早く序文を読みたいためと、青森で清親の肉筆画帖が見つかったということで、近々見に行く予定が入っていたからであった。帰りに途中下車して、津田に連絡をくれると言う。津田にも無論、異存はなかった。

4

一月十四日

盛岡は吹雪だった。珍しく雪のない正月を迎えていたが、十日を過ぎると雪の日が多くなり、道路にも何センチかの根雪があった。三日前から再び盛岡に戻っていた津田は、夕方、峰岸からの連絡を受けて街に出かけた。街の中心部に大きな書店が向かいあって建っている。その一方の書店の二階の喫茶室で、峰岸は待っているという。津田は家を出る前に加藤にも連絡を入れた。加藤は峰岸のことを良く覚えていて、盛岡にくることがあったら是非報せてくれと、前々から言われていたのである。加藤の店は大通りに近い。すでに加藤は喫茶店に着いているはずだった。


「やあ」

峰岸は津田に手をあげた。前には加藤が坐っていて、話が弾んでいたようだった。

「ひどい吹雪になったね」

加藤が隣りの席をすすめながら笑った。

「今、先生から清親の画帖を見せていただいてね」

「青森のヤツですか?」

津田はコートを脱ぎながら訊いた。

「いいものだな——それで買ってこられたと言う」

テーブルの上に、風呂敷に包まれた画帖が置いてある。

「構いませんか?」

津田は峰岸が頷くと、手に取って画帖を開いた。二十枚以上の肉筆の絵が貼られてある。どれもこれも花や静物である。色彩がしっとりと落ち着いて、申し分なかった。風景画とは違った味わいがある。津田は清親のデッサン力に思わず驚嘆の声をあげた。

「すごいね」

加藤も一枚一枚一緒に見ながら驚いていた。

「これ、盛岡の旅館で描いたということだ」

加藤が残念そうに呟いた。

「へえ、それじゃ口惜しいでしょう」

「何で青森の業者の手に渡ったのかね——」

「いや、ずいぶん前から青森にあったそうだ」

峰岸は加藤をなぐさめるように言った。

「いいものだとは思ったが、高くてね——写真だけは撮らせてもらうつもりでいたら、最後のところに日付があったもので、無理してでも買うことにしたんだよ」

それでも峰岸は得々として話した。

「あ、コピー作ってきました」

津田は画帖を包みながら、峰岸にコピーを手渡した。

「どうも――こっちの用件で呼び出してしまって申し訳ないな」

峰岸は礼を言いながら、早速序文を読み始めた。やはり、つまらないのだろう。期待が大きすぎると、失望も大きい。峰岸の淡々とした表情を眺めながら、津田は思った。

「あ」峰岸は小さく声をあげて、目を止めた。

見る見るうちに顔の色が変わっていく。

「どうかしましたか」

津田は訝しい表情の峰岸に声をかけた。

「うーん」峰岸はしばらく考えこんでいた。

「見事に嵌められたよ」

峰岸はようやく口を開いた。

「僕が手に入れた清親の画帖……これは偽物だ！」

峰岸は口惜しそうに画帖を叩いた。

「どうしてですか？」

津田は訊いた。津田には偽物ということが分からなかった。専門ではないが、筆使いやサインは間違いなく清親のように思えた。

「日付、日付」

峰岸は再び画帖を開くと、最後に貼られている作品を二人に示した。その左横には清親の字で、書きこみがある。

――病中観写、自十一月廿日、至同月廿五日、於、南部盛岡、大盛館――

「大盛館って、盛岡にあるのかい？」

峰岸は尋ねた。二人は知らなかった。

「やっぱりな――青森だと調べられるんで、盛岡にしたたってわけだ」

峰岸は頭を抱えた。

「でも、潰れた旅館ということもあるでしょう――それだけで偽物ってことには――」

津田には大きな問題には思えなかった。

「清親は明治三十九年の七月から翌年の五月にかけて東北にきていた」

それは津田も知っている。

「ということは、この画帖の十一月というのは三十九年と見て間違いはない」

津田は頷いた。

「一方、君が見つけた画集の清親の序文によれば、彼は三十九年の十一月廿三日より廿八日にかけて、小坂町の佐藤正吉の家にいたとしるされている」

峰岸はコピーをテーブルにひろげた。

「画帖は廿五日まで描いたことになっている。しかも、病中観写ということは、病気で動けなかったということだね——動けない人間がどうして小坂町にいるんです」

「あ」

今度は二人が驚く番だった。

「あんまり私が清親、清親と騒ぐもんだから、そこにつけこまれたんだろうね……東北から出た清親には偽物も多い。もっと良く調べるべきだったんだな——」

峰岸は唇を強く嚙んだ。

「良くできているんで、全く疑わなかった」

「本当ですね——これじゃ誰が見ても清親のものだと思います」

津田は何度も画帖を眺め廻した。

「表紙のこしらえも古いものでしょう？」

津田は加藤に尋ねた。

「ああ……しかし、こしらえはどうにでもできるからね——それより、書きこみを誰かが入れたってことはないですかね？」

「偽物だから、当然そうだろうね」

峰岸は憮然として答えた。

「いや、そうじゃなく、絵は本物で、字だけを他の人間が入れたんじゃないかって……」

「ああ、それならね——確かにそうかも知れんな。どう見ても、この絵は清親のものだと思うよ。字も特徴を良く摑んでいるが——」

「それだけ絵に間違いがないのなら、きっとそうですよ——良くあるんですよ、、、、、」

加藤は納得させるように強調した。

「まさか、清親が序文にいい加減なことを書くわけもなし、多分、そういうことだろう」

峰岸は頷きながら、多少安心していた。

津田は一瞬ゾクッとした。

〈まさか……そんなことがあるだろうか？〉

津田の胸に小さな疑いが広がっていった。

二人と別れて家に戻ると、津田はコピーを紙袋から取り出した。コピーは表紙から全てとってある。津田は最初から見直し始めた。隅から隅まで検討してみたが、特別、気になるところは見当らない。

〈考えすぎか〉

津田は、もしかすると清親の画帖は本物ではないかと思ったのである。あれが本物であれば、同じ日付の入っているこちらの画集が怪しくなってくる。だが、どこを見ても津田には不審な点が見つからなかった。それに理由がない。画帖であれば、偽物を造ることによってかなりの利益があがる。しかし、画集となれば話は別だ。どんなに珍しいものであったとしても本物の絵にはかなわない。現にあの画集はただに近い値で取り引きされてきたものである。何のために偽物を造る必要があるのか。津田の目に触れることがなければ、あの画集は、まだ転々と古書店を廻っていた可能性もあるのだ。津田は自分の考えを打ち消した。

コピーを袋に戻そうとした時、一枚の絵ハガキが落ちた。画集に挟められていたもので、今ではただひとつ残った津田の記念品である。

津田は感慨深く、その画面に見入った。

昭和初期の温泉の風景である。山峡の間に大きな吊り橋が掛かり、その向こうに湯気の立ち昇っている温泉町が遠望される。吊り橋の上では芸者らしい女性が二人、カメラに向かって微笑んでいた。のんびりとした雰囲気が一面に漂っている。

津田はしばらくぼんやりと写真を眺めた。

鳴子温泉峡と右下に書いてある。

宛先は横浜になっていた。多分、温泉にきた客が、知人にでも出したものだろう。

〈鳴子といえば仙台か……冴子は今頃どうしているのだろう〉

津田は無性に冴子に会いたくなった。

5

一月十七日

「今月、ロンドンに行きますよ」

加藤は興奮のおももちで津田に話しこんでいた。津田も何度か顔を合わせ
久しぶりに店を訪ねると、加藤は老人と話した。

たことのある千田という男だった。千田は盛岡の私立の短大で歴史を教えている。古文書が好きで、良く加藤の店にもやってくる。津田は千田の隣りに坐って話の仲間に入った。

「海外旅行ですか」

「私一人じゃないですよ」

加藤は、二、三人の美術商の名をあげた。皆、盛岡で店を開いている。

「じゃ、仕事ですか？」

「サザビーに行くのが目的でね」

加藤は目を輝かせた。ロンドンのサザビーと言えば、世界一の美術商である。定期的に公開のオークションを開いていて、それには誰でもが参加できた。毎年、超一流

の作品がこのオークションで売買される。世界の美術館、画廊がここまで買いつけにくる。ここでセリにかけられた値段で、その年の価格が決定されることもある。誰でもが参加できるが、誰もが買えるような品物は出ない。それほど画商にとってはあこがれのオークションでもあった。そのためのツアーも、旅行会社では計画しているほどだ。

もちろん、そのツアーに参加するのだと、加藤は説明した。

「買えるようなものは出ないでしょうがね」

加藤は笑った。

「ただ、今度は東洋美術が多く出るってことですから、目の保養ですよ――それに二月は、どうせ店も暇だからね。前から誘われていたんだが、今度思い切って……一度は参加してみたいと思っていたオークションだから……」

美術商の夢だな、と千田も笑った。

「大盛館なら、盛岡にあったさ」

千田は思い出しながら続けた。

「八幡の裏手にあったな――今ではビルになってしまったが、結構有名な宿屋だった」

津田と加藤は耳を傾けていた。津田が先日の峰岸の話を蒸し返して、清親の件を考えていると、千田が言い始めたのである。

「戦前に潰れてしまった」

「それなら分からないのが当り前だ」

加藤は頷いた。

「昔は一流の宿だったらしいが、昭和の初め頃から待ち合いのようになっていた」

「時代の流れですよ」

加藤がしたり顔で言った。

「と言うことは……あの画帖は」

「調べたんだろう——古い人に訊けばすぐ分かることだからね。そんなことでボロを出すような仕事はしないさ」

「………」

「大盛館が確かにあったということだけだよ、今の話ではっきりしたのは——」

加藤は画帖の書きこみが偽物だと信じて疑ってはいない。

〈しかし、どうせ調べたなら、何故、明治から今に続いている一流の宿屋の名を書きこまなかったのだろう。待ち合いなんかでは、かえって不自然じゃないか——明治四十年頃なら宿帳だって残っていない。他の宿でも良かったはずだ〉

津田の胸に納得できないものが残った。

その夜、津田は国府に電話をかけた。

「君は画帖が本物だと思うのか？」

「それが……」

津田は口ごもった。そう改まって訊かれると、断定はできない。現に峰岸も加藤も偽物と考えている。二人とも専門家だ。

「絵は本物だと思うんですが、二人とも、書きこみは後から入れたんじゃないかと」

「峰岸さんは、絵は大丈夫だと言ったのか」

「ええ、それに近いことを言っています」

「あの人は、清親にかけては日本で一番だからな——その人が認めたってことになれば、少し問題だな。そうだろう？　本物に偽物の書きこみを入れる必要がどこにあるんだい」

「加藤さんの話では、もっと大量に絵が貼られていた画帖を、何冊かにバラして作り直したんで、中に署名の全く入らない画帖ができたんだろうということです……それで、その画帖に後から清親の名前だけ書き足したと」

「なるほど、巧妙な話だな。それならあり得るか。しかし、オレは書きこみを見ていないんで何とも言えんが、もし、それが本物だとなれば、画集の方が間違っていることになる」

「でしょう……するとどうなりますか？」

津田は国府の考えが聞きたかった。

「どうって——清親が思い違いをしたか、単純なミスプリントか、あるいは——」

「何です」

「序文が偽物だってことだろうさ」

津田は溜め息を吐いた。自分も同じことを考えていたのである。

「清親が間違える可能性は非常に少ないな。あれだけ正確な日付を入れているんだ。おそらく日記か何かを参考にしたんだろう。次にミスプリント。これもどうかな。それほど、あの画集には文字が使われていないからね。ミスを犯す可能性が絶対ないとは言えないが、たまたま日付だけってことは考えられない」

「………」

「画帖が全部本物となれば、清親の序文は偽物だと言えるかも知れないな」

津田は脂汗が出た。

「しかし……偽物だってことになると、理由が全く分からなくなります」

津田はかえって反論した。

「あれで得をする人間がどこにいるんです。偽物だったら、やはり損得がからんでいるはずですよね。しかし、得をしたのはむしろ我々の方で、他に誰も利益をあげていません」

「吉村は出世したしな」

国府は笑い声をあげた。

「昌栄の商品価値を高めるために出版したものなら、もう少し昌栄の名前が今に伝わっていてもいいはずだと思うんです。ところが昌栄は今でも無名ですよね。浮世絵研究家はおろか、蘭画の研究者まで、あの画集を見るのは今度が初めてだったんですよ——よほど少部数しか刷っていないものでしょう。そんなもので利益をあげる人間がいるでしょうか」

「現に、昌栄は落款を切り落とされて市場を動いていたわけだからね」

「そうです——もし清親の序文が偽物だとしたら、全く意味のないことをやったとしか思われないんですよ」

「意味のないことか……確かにその通りだ」

珍しく、国府が津田の言うことに頷いた。

「結局、どういうことになるんだろうね」

国府は訝しい声で訊いた。

「やはり、清親の画帖の書きこみは、偽物だってことでしょうか？」

「君の話を聞けば、そうならざるを得ないだろう……オレは画帖も見てないんだから、何とも言えんな――それで峰岸さんはその画帖をどうしたんだ」

「絵の方は本物らしいんで、そのまま持って帰りました」

「じゃ、東京にあるわけだ――良し、それだったら峰岸さんに連絡を取って見せてもらうよ。あの人とは嵯峨さんのところで何度か会ったことがあるからね」

「すみません、いつも御迷惑ばかりで」

「別に迷惑じゃないさ――オレも興味があるんだ――ところで、画集のコピーだけど、あれ、こっちへ送ってもらえないか」

「いいですよ。全部ですか？」

「表紙から何まで全部貰えればありがたい」

「分かりました。あ、それと絵ハガキのコピーも送ります」

「絵ハガキって、何だ？」

津田は説明した。横浜の宛先を調べてもらいたいと思ったのである。一旦気にしはじめると、何から何まで気になってきた。国府は興味を示した。

「もっと前に見せて欲しかったたな」

「今まで忘れていたんです」

「まあ、別にどうってことはないだろうが」

国府は笑いながら、電話を切った。

6　　　　　　　　　　　　一月二十九日

国府は鶴見の古い住宅街を歩いていた。

手には複写してきた昭和十年代の区分地図を持っている。地図の一ヵ所に赤い丸印がつけられていた。戦災で街並が変わっていると覚悟はしていたが、実際歩いてみると、道路などはそれほど変わっていない。目的地に近づくにつれて、地図はかなり正確になってきた。空襲でやられなかった一画だ。国府はついていると思った。

〈この辺りになるな〉

国府は立ち止まると、辺りを見廻した。

坂の多い町である。国府の息は少しあがっていた。

国府はその印の一画を一軒一軒廻った。表札を見るだけだが、明るい昼下がりに、少し気がひけた。通り過ぎる人々が、国府を押し売りとでも勘違いしてか、避けていった。

「あ」

〝松下〟と表札がある。古い家だ。思わず国府は地図を確かめた。間違いない。当時の住所では、まさしく、ここにあたる。意外に簡単に見つかって、国府は気が抜けた。とうの昔に失くなっていると思いこんでいたのである。

国府は思い切って、ガラス格子の引き戸を開けた。チリリンと鈴が鳴った。戸の上に仕掛がしてある。

「どなたですか」

中から年配の婦人が出てきて、国府を怪訝そうな目つきで見つめた。だが、国府の様子を見て安心したらしい。婦人は丁寧な口調で用件を尋ねた。国府は来意を説明した。

「ええ、うちはずっとここにありますのよ。それが何か？」

「松下勇二さんと言う方は——」

「おじいちゃんです——もう亡くなってしまいましたけど」

国府はポケットから折り畳んだハガキのコピーを取り出して、婦人に見てもらった。

「あら、これ、おじいちゃんにきたものだわ、どうしてこれが？」

「本の間に挟まっていたんです。ちょっと事情があってその本を調べていたものですから」

津田から届けられたものであった。宛先は鶴見の松下勇二となっている。

「そうですか、それでわざわざ」

婦人は国府のことを役所か何かの人間と勘違いをしているらしい。事情は特に訊かなかった。国府も黙っていた。

「でも、その本とは関係ないですわよ――これ、おじいちゃんが亡くなってから、整理したものですから」

「整理と言いますと？」

「形見わけのようにして、あげたものなんですのよ――えーと、あれは誰だったかしら、絵ハガキは珍しいので、確か纏めてあげたと思いましたけど……」

ちょっと待って下さいと言って、婦人は奥に消えた。国府はじりじりとした。

「ありましたわ」

婦人は古い大学ノートを持って戻ってきた。記録を残しておいたらしい。

「親戚の子供にあげたものです――切手集めが趣味の子供ですから、せがまれてあげたんですわ」

「それは、いつ頃のことですか？」

「おじいちゃんが亡くなったのは六年前です」

「そんなに最近のことですか」

「最近でもないですわよ――その子も今は大学生になっています」

国府は唖然としていた。絵ハガキの年代が古いために、頭から古い話だと思いこんでいたのである。

国府は大学生になっているという松下良武の住所と電話番号を教えてもらうと、その家を出た。住所は五反田になっている。ちょうど帰る途中になる。国府は鶴見の駅から電話をかけてみた。

松下良武は土曜だと言うのに家にいた。

「良武ですが」

知らない人間からの電話に、ひどく警戒した声だった。国府は用件を切り出した。話を聞いているうちに、良武の口調は安心したものに変わっていった。

「ヤバイなぁ——あれ叔母さんにバレちまったの」

良武は悪びれずに笑った。

国府が詳しいことを訊きたいと言うと、良武は軽く了承した。二人は五反田駅前にある喫茶店で一時間後に会うことにした。国府はモスグリーンのバーバリーを着ている。目印にはなるだろう。

「オレ、胸に赤いバラでもつけていきますか」

良武は笑いながら言った。

「今、電話が終わりました。切符を買っています。ええ、じゃ、のちほど」

男は慌てて電話を切ると、国府のあとを何喰わぬ顔で尾けながら、ホームに続いて入った。総門寺の近くで、小野寺と話を交わしていた若い刑事である。

「国府さんでしょ」

店に入ると、リーゼントの若い男が国府に声をかけた。背はそれほど高くはない。

「良武君ですか」

男はストローを銜えながら頷いた。皮ジャンパーに、だぶだぶの黒いズボンをはいている。中にはTシャツ一枚しか着ていない。

良武はクリームソーダを頼んでいた。

「わざわざ申し訳なかったね」

国府は良武の前に腰かけた。

「いいんです。かえって家を出られたから」

「どういうこと？」

「おふくろがうるさくって――今日は謹慎させられていたんスよ」良武は笑った。

「ダチのワッパで事故やったもんで――さっきは、まじに警察かと思っちゃって……」

良武は頭を掻いた。

「あれはねえ、去年の春頃じゃなかったかな。どうしても金が要ることがあったもんで、切手なんかと一緒に売ったんですよ」

良武は国府の問に思い出しながら答えた。

「何しろ小学校の頃から必死になって集めたもんスからね――やっぱり泣けましたよ」

国府は、良武が切手を毎日眺めていた姿を想像できなかった。

「何だかんだで十万くらいにはなったかな」

「すごいじゃないか」

「冗談じゃないスよ。切手だけでも小売価格じゃ軽く七十万超えてたんスよ――店の親父に文句ばかり言われて頭にきたけど、こっちも急いでいたから――今でも腹が立つな、あの親父」

良武はふてくされて言った。

「絵ハガキはどのくらいあった？」

「三百枚はあったな」

「へえ、良く集めたな」

「切手が欲しくて頼んでいるうちに集まったんスよ――珍しいものじゃないスけどね。でも、あんなのでも店で買えば一枚三百円はするんだから、百円パーで見ても三万でしょう。それが全部で五千円だって。実際汚ねえよな」良武は言いながらトマトジュースを追加注文した。

「しかしヤバイよな――あれは一応秘密だったから、叔母さんに知れるとは思わなかった」

「すまない――どうしても調べなきゃいけないことがあってね」

「何か、犯罪の匂いがしますね」

良武はふざけて言った。国府は笑った。

「ところで、その売った店っていうのは？」

良武は答えた。新宿にある店だ。国府も、その店は知っていた。店は小さいが、良く雑誌などに広告を載せている。

「あすこでは良く買ったから、話せばオレのこと知ってますよ」

良武は別れ際に言い添えた。結構、気の好い若者だと国府は思った。良武は仲間と待ち合わせをすると言って店に残った。

新宿駅を出ると、もう六時に近かった。十二時過ぎに会社を出て、五時間以上が経っている。国府は空腹を感じたが、早目に調査だけはすまそうと思った。スタンプ商の店は、三越の裏通りにあったはずだ。国府は足速やに歩いた。

客は誰もいない。国府は簡単に見つかった。中に入ると五十代の太った主人が、愛想よく声をかけた。客でないことが分かると、主人は面倒くさそうな顔をしたが、それでも国府の話を黙って聞いていた。

「ああ、あの人ね」

主人は良武を良く憶えていた。

「そう言えば、最近こないですな」

「切手はやめたようです」

「その方がいいですよ——中途半端じゃ結局何にもならんですから」

主人は大声で笑った。

「このハガキなんですが」

国府は無視してハガキのコピーを渡した。主人はしばらく眺めていた。

「分かりませんな——確かにあの人から纏めて仕入れたことはあるが、中味までいちいち憶えてはいませんよ——それに、この程度じゃ珍しくないもんで、一山いくらのところに入れておいたと思いますね」

店の左側の壁には仕切り棚が作られていて、そこに束になって絵ハガキが入れられてあった。「昭和初期の都電」「日本の火山」「国立公園」とか、それぞれにタイトルがつけられて輪ゴムで何十枚かずつ纏められている。一枚一枚セロファンで包まれているものもあった。それには驚くような値がつけられている。明治の頃の浅草風景も何枚かある。

「ああいうものだったらね……」

主人は「浅草十二階」を写した絵ハガキを示しながら言った。

「まあ、何とか記憶に残るとは思うんだが」

「憶えていませんか？」

国府はねばった。ここで途切れてしまえば頑張った意味がなくなる。

「これ、タイトルをつけるとすれば、どんなものになるんでしょう？」

国府は何とか記憶をたぐり寄せようとした。

「そうねえ。まあ、温泉風景ぐらいに纏めるんじゃないかな」

コピーの右下の字は読めない。

「その写真ですが――鳴子温泉だそうです」

「ほう。鳴子って言うと仙台の近くの……あれ、あの人かな？」

主人は何かに気がついたらしい。

「何か――」

「いや、どうかな……確かにその人かどうか分からんですがね、去年の夏頃、良く店にきてくれたお客さんがいましてね――その人にこれを売った記憶はないが、何でも東北の名所をテーマにした絵ハガキだったら、どんなものでもいいって言われてね、何枚かは売ったことがあるんだ……もちろん、こんなものじゃないですよ。もっと古い時代のものでね。松島とか弘前城とか、たいていが明治のものだったが」

「どんな人です」

「どんな人って、普通の人ですよ……ああ、名刺があったはずだな。ちょっと待って下さい。確かひき出しの中に……」

主人はレジの下のひき出しを探した。国府の胸は高鳴った。

「ああ、これ、これ、ここに東北絵ハガキって書いてあるでしょう。これは忘れないように私が書きこんだんだ」

主人は名刺を手渡した。

国府は名前を確かめて息をのんだ。

〈どういうことだ、何故この男が〉

国府は眩暈（めまい）がした。

「本当にこの人に売った記憶はないんですか」

国府は激しい口調で尋ねた。全てはこれにかかっている。

「そう言われてもねぇ――」

主人は腕を組んで思い出そうとしていた。

「今戻りました」

店の奥で女の声がした。主人はホッとしたかのように、女の名を呼んだ。女は青い上っぱりを羽織りながら店に出てきた。主人は女店員に国府の用件を伝えてコピーを見せた。

「東北の温泉だけを纏めていたと思うがね」

主人は説明した。

「東北温泉便りのことかしら」

「ああ、そうだと思う」

「それなら、確かにあの人です」

女店員は断定した。

「旦那さんが留守の時、店にいらして――三分の一は必要ないから安くしてくれと言われたんですけど、私では分からないと答えたら、仕方がないなっておっしゃって、全部買われていったんです」

「ああ、あの時のヤツかい、これ」

「それ、いつ頃のことですか?」

国府は慌てて訊いた。

「去年の十月頃かしら……まだ暖房入れてなかったけど、少し寒い日でしたから」

〈昌栄の画集が見つかったあたりだ〉

国府は無言で、今の言葉の意味するものを嚙みしめていた。空腹感はとうに消えていた。

7　一月三十一日

小野寺は東京から電話を貰った。

「それがどうも良く分からないんです。今、府中駅前のラーメン屋に入っていますが、別に怪しいってことはありませんでした。五反田では喫茶店で暴走族みたいな男と話しこんでいたようですが、何しろこっちは一人ですからね、何を話したのか直接訊くこともできなくて──ええ、新宿の切手商は明日一番にあたってみます。今からじゃ店を閉めてますんで。しかし、これだけ張っても別に出てこないところを見ると、やはり国府は無関係だと思いますね──もう、自宅に戻るだけだと思いますが、確認したら今日は帰っていいですか？　ええ、分かりました」

若い刑事はホッとしたように電話を切った。

「そうスか――やはり特別不審な点はないんですな」

小野寺は安堵した。

「ええ――それは今回の事件(ヤマ)には無関係でしょう。会社の用件か何かじゃないスかね――ほう。絵ハガキですか――いや、私には全然見当もつきませんな。ふうん、買った人間をあたっていたってことですか?」

相手はその名前を言った。

「ああ、なるほど……」

小野寺は、突然、その名前に気がついた。

「す、すみません。今の名前、もう一度お願いします」

相手は繰り返した。

〈何でだ! 何であの男の名前がここで出てこなきゃならんのだ〉

小野寺にはわけが分からなくなった。

8

二月一日

国府が外で昼食をすませて会社に戻ると、机の上にメモ用紙が置かれてあった。峰岸の名と電話番号が記されてある。ようやく東京に戻ってきたのだろうと国府は思った。ここのところ毎日のように連絡を取ってみたが、仕事で九州の方に出かけていて、峰岸はずうっと自宅を留守にしていた。国府はすぐにダイヤルを回した。

「やあ、何回も電話を貰ったそうだけど？」

峰岸はすぐに電話に出た。番号は、峰岸が仕事場にしている四谷のマンションのものだった。国府は画帖を見せてくれと頼んだ。

「誰から聞いたの？」

峰岸は訝しんだ。国府は津田の名を告げた。

「ああ……そういえば君も西島さんの――」

峰岸は忘れていたと笑った。嵯峨の家でだけ会っていたので、勘違いをしたのだろう。

「複写を撮っている最中なんで、今ここにあるよ」

峰岸は誘った。国府の会社は神田須田町にある。タクシーで行けば二十分もかからない。国府は隣りの同僚に片手で拝んで、留守を頼んだ。

「どう見ても本物なんだよね」

峰岸は紅茶をいれながら、画帖を眺めている国府に話しかけた。

「確かにいい作品ですね」

「いや、絵じゃなくて書きこみがさ」

「本当ですか」

「ああ、他の書体と較べて見ても、おかしい点はない……筆跡鑑定って言えば大げさになるが、同じ時期の肉筆から、清親の署名だけを何十種類も写真に撮ってね、同じくらいの大きさに引き伸ばして較べて見たんだ。微妙に文字の位置がずれることはあったが、バランスなんかはぴったりと一致した……全く頭が痛いよ……」

「さすがですね――我々ではとてもそこまで」

「別に大したことじゃないさ――オレはこれで飯を食ってる人間なんだから」

峰岸は満更でもない表情で笑った。

「しかし、君はどう思う?」

「書きこみが本物ってことになると……」

「妙な話だよな――せっかく資料がふたつも出てきたって言うのに、これじゃどっちを信じていいものか、かえって混乱するばかりだ」

国府は無言でいた。

「九州の帰りに湖西市と三保に寄ってきたよ」

峰岸は話を変えた。

「湖西と三保って静岡の――」

「徳川慶喜に従って、清親が二年間住んでいた場所だ。佐藤正吉のことでちょっとね」

清親は幕臣である。維新後、慶喜は静岡に移封され、家臣の多くもそこに移った。

「それで、何か手がかりでも？」

「全然ダメだった。湖西の方は合併した市だから資料がほとんど見つからない。三保の方に期待したんだが、やはり無駄足だった――考えてみれば、清親は静岡で佐藤を知ったと書いていても、別に静岡の人間だとは言っていないからね――何となく簡単なつながりだと思っていたのが甘かった。そんなに親しければこれまでの研究の段階で名前くらいは出てきていたはずだよ」

二人は思わず同時に溜め息を洩らした。

「秋田でも分からなかったんだろう？」

峰岸は尋ねた。

「佐藤正吉の件ですか、そうらしいですね」

「吉村君は真剣に探したのかね」

峰岸は、吉村が調査したと信じこんでいる。

「どうしてです？」

「写楽のことだけに夢中になって、清親の方は無関心だったのじゃないかと思ってさ」

「いや、ちゃんと役場とか資料館とか、調査はしたはずです」

国府は津田のために弁解した。

「それじゃ、何故静岡は調べなかったんだ」

「無理ないでしょう——佐藤は単に昌栄を集めた人物だけに過ぎませんからね。秋田で何も出てこなければ静岡にも行ったんでしょうが、昌栄の資料が出てきて、写楽の謎は解けたんですから——佐藤はもう関係ないですよ」

「ああ、そうか……オレはまた、ヤツらは自分に都合の悪いことを全部伏せたままで論を進める癖があるんで、今度もてっきりそうだと思い始めていたよ」

峰岸は照れたように作り笑いをした。

「清親の方がオレには重要なんでね」

峰岸はつけ加えた。

「ところで、明治四十年頃って言うと、鶏卵紙の時代ですね」

国府は峰岸に会ったついでに尋ねた。

「鶏卵紙——ああ、印画紙の鶏卵ね——そうだな。あの当時の雑誌の貼りこみ写真なんか、だいたい鶏卵紙を使ってるね」

峰岸は突然写真のことを訊かれて、多少めんくらっていた。

「昌栄の画集なんですが、それとちょっと違うんですよ——もう少し厚くて、光沢があるんですが、秋田のようなところで、そんな技術があったんでしょうか？」

「だって、鶏卵紙って、紙の種類じゃないぜ」

「そうなんですか」

「写真の感光剤に卵白を何割か混ぜているんで、鶏卵紙って呼ぶんだ」

「すると紙の種類とか色じゃないんですね」

「そう——出版社なんかは材料費を押えるために薄い紙を用いているが、原理的にはどんな厚い紙にだって、その方法で印画できる。それに鶏卵紙はね、普通我々が使うブロマイドやガスライトと違って焼出紙だから、暗室も必要ない——実に手軽に作れたんだな」

「焼出紙って言いますと？」

「君だって子供の頃遊んだと思うがな——ホラ、日光写真っていうやつ。あれも焼出紙の一種だよ」

国府は合点した。

「単に経済性が重視されて鶏卵紙が用いられることが多かったんだろう。町の写真館なんかでは、もっと立派な紙や技法をもちろん使っていたさ」

「そうですか……ちょっと気になっていたものですから」

「それより、どういうこと——あの画集は網版やコロタイプ印刷じゃないのかい？」

「ええ、印刷じゃなくて、直接写真を貼りこんでいます」

「へえ、知らなかった――新聞やコピーで見ただけだから、今まで考えてもみなかった」

峰岸は驚いていた。

「扱っているのが絵画ですからね。直接の方が図版が鮮明になると思ったんでしょう」

「ふーん。大変なものだな」

峰岸は尚も首を振っていた。

「何か変ですか？」

国府は気になって質した。

「いや、変ってことはない。ただ、ずいぶん金がかかったろうと思ってさ。あれ、どのくらい刷ったものかねえ」

「さあ……最低でも五十部は刷ったんじゃないですか」

「そうだな。それが限界だろう――あの当時は、今のように誰でも簡単に写真を撮れるって時代じゃないからね。莫大な費用がかかっているはずだよ――あれは確か七十枚位の写真が貼ってあるんだろう？　どう考えても、今の金に直すと一冊十万円以上はかかるな」

「まさか、そんなにかかりますか！」

国府には信じられなかった。

「自分が写真機を持っていたり、親戚に写真屋でもいれば別だが――まともに頼めばそれくらいにはなるだろう」

峰岸は含み笑いをしながら続けた。

「この時代の写真撮影料は大体一円くらいだ。一円って言ってもピンとこないだろうが、同じ頃、コーヒーは三銭、映画だって二十銭程度で見ることができた。その頃の一円だぜ。今だったら、一万円くらいの見当だろう。焼増料が一枚二十銭と計算すれば、五十部で十円。つまり一枚につき十一円かかる。それが七十枚ってことは、貼りこみ用の写真を作るだけで八百円近い金がかかるってことさ」

「八百円と言えば――八百万か」

「それに製本やら、印刷やら、全部をひっくるめて千円ということになれば――五十で割って……冗談じゃない。一冊二十万近くなる。千円なら、当時では立派な家が建つ――よほどの金持だったんだろうなぁ」

うらやましそうに峰岸は呟いた。

帰りは四谷から中央線に乗った。

〈次第に糸がほぐれてきた〉

国府は吊り皮につかまりながら、峰岸との会話を反芻していた。

〈オレでなくとも、いずれ峰岸や良平の手で〉

しかし、他人にまかせるつもりに、国府は断じてなれなかった。これは自分の問題である。自分でケリをつけなければならない。

〈思い切って荒療治をしてみるか〉

国府は名刺の男を思い浮かべた。

蠟画の獅子

1

二月三日

幻の写楽
サザビーオークションで発見!!

　つい先ごろ、謎が解明されたばかりの、写楽（昌栄）の肉筆画が、二月一日、早くもロンドンのサザビーオークションの公開セリ市の会場で日本人の手によって発見された。これはサザビーが企画した「東洋美術コレクション」の蒐集の中に含まれていたもので、サザビー側でも指摘されるまで全く気がついていなかったと言う。この世紀の発見をなしとげたのは岩手県の盛岡市で美術店を営む加藤哲夫さん。加藤さんは同市の美術商の仲間数人とかたらって、今回のオークションに参加するため数日前よりロンドン入りしていた。

最初、この作品を見ても写楽とは気がつかなかったと話しているが、下見を繰り返しているうちに、友人から見せられた近松昌栄の画集のコピーの中に、同図があったことを思い出したと言う。作品には昌栄の落款があったと想像される部分を切り取った痕がはっきりと見られ、替わりに佐竹義文（秋田蘭画家、佐竹義敦の長子）の名が書きこまれている。加藤さんが騒ぎ始めたことから、オークションに参加していた画商やコレクターの耳目がこの作品に集中し、翌日のセリ市では最大の話題となった。最終的にはアメリカの私立美術館がこの写楽を手中にしたが、落札価格は八千二百万円まであがり、写楽としてはこれまでの最高値と美術界の評判を呼んでいる。

最後まで、仲間と共同でこの写楽をセリ合っていた発見者の加藤さんは「ぜひとも日本に持ち帰りたかった」と失望の色を隠しきれない様子で語っていた。

2

〈昌栄が発見された！　それも加藤の手で〉

新聞を持つ津田の手は震えた。

〈単なる偶然だろうか？〉

津田の頭は混乱した。

サザビーが気がついていなかったということは、新聞や雑誌に発表された昌栄の図版以外の作品だということになる。すると、これはコピーか画集ではっきり昌栄のものだと分かっている人間にしか発見できないことになる。津田の知っている限り、外部の人間でその可能性のある者は数人しかいない。その中の一人が、たまたまサザビーに行って発見するなどということがあり得るだろうか。しかも加藤はサザビーに、今回が初めての参加である。津田は、どこかにからくりがないかと再び紙面に目をおとした。

〈何故、加藤は写楽だと騒いだのだろう〉

見つけた驚きは分かる。だが、加藤は商売人なのだ。これまでにも何度かそうした場面に遭遇しているはずだ。感情を押し殺して、何食わぬ顔でいた方が、セリで入手できる可能性が高い。自分から騒ぎたててセリ値をつりあげるということはプロのすることではない。これまでの加藤の行動と矛盾している。

〈清親の画帖が見つかって、書きこみ文字の矛盾に峰岸さんが気づいた時——まっさきにそれが別の人間の手で入れられたものだと言い出したのも——〉

加藤だった。次から次へと、加藤に対する疑惑が津田の胸の中に広がっていった。

〈清親の画帖が本物であれば——昌栄の画集の序文は偽物だということになる。序文が怪しくなれば、あるいは昌栄も〉

津田は血の気を失った。

〈昌栄は——偽物なのか！〉

しかし、あの画集には、何処にも昌栄は写楽だと書かれていない。昌栄を写楽と結びつけたのは自分なのだ。たった一枚、たった一枚の獅子の図に小さく写楽の名があっただけである。偽物なら、もっと誰にでも分かるように作るのではないか——あれでは研究者がよほど調べていかない限り、誰も認めはしないだろう。自分が偶然、いや研究者が偶然あの小さな書きこみに目をとめない限り、あの画集は偽物としての価値が全くなくなってしまう。何万分の一かの確率に賭けて作ったと言うのだろうか？

それは絶対考えられない。

だとすれば、やはり清親の序文だけが偽物ということになる。

津田は頭が痛くなった。

何のために偽物の序文を作ったのか、全く理由が分からない。単に佐藤正吉が清親という当時の名士と交友関係があったということを誇示したかったからなのか——生きている人間ならあり得るが、佐藤は出版前に事故で亡くなっている。遺された家族が、彼のために嘘で飾ってやったというのも考え難い。

〈本当にあの画集が明治四十年に出版されたものならば、清親の序文は偽物ではない〉

津田の結論はそこに達した。

序文が単なるミスプリントではなく、偽物であるならば、あの画集は絶対に明治四十年に作られたものではないことにもなる。

では、いつ頃作られた可能性があるだろう。

昭和十二年以前だということは、はっきりしている。あの昌栄の画集に載せられている作品が、名前を切り取られて田代雲夢の名で流通していた証拠がある。写真が撮影されたのは、当然それ以前ということになろう。

昭和十二年と言えば、写楽別人説はまだ出ていない。阿波の能役者説が大手を振って横行していた時代だ。

そうなれば、たとえ、明治四十年ではないとしても、少なくとも絵だけは偽物ではなくなる。

偽物を作っても意味がない。

写楽の書きこみがあったとしても、誰も信じはしないだろう。写楽は阿波の人間で、秋田とは無関係である。贋作者も、その辺のことは充分心得ていたはずだ。

やはり、偽物だとすれば、国府とも前に話したように、画集を作った人物は昌栄を世に出そうとしたのであろう。自分の持っている作品を立派な図録にしたてあげ、市場価格を高めようとする人間がいることを、津田は良く知っている。

結局、その考えに落ち着くほかはない。

昌栄を清親が認めた、と世間に思わせたくて、あの序文は作られたのだろう。しかし、その目論見は見事に外れたことになる。秋田に住んでいる人達でさえ、昌栄の存在をほとんど知らなかった。それほど甘い世間ではなかったわけだ。

津田はようやく得心がいった。

〈昌栄の作品を加藤はどこかで見つけたのだ〉

津田はそう確信した。

〈高く売るためにサザビーに持ちこんで、わざと自分で騒ぎたてた——セリに出したのは一緒に行った仲間の一人だろう〉

サザビーには誰が持ちこんでも良い。サザビーは或る程度の鑑定を行ない、出品しても恥ずかしいものでなければ、それをセリにかける。あとは売れた金額から何パーセントかの手数料を取るだけである。もちろん、サザビー自身が作品を集め、テーマを決めて開催することもあるが、今度のように「東洋美術コレクション」という大筋から外れない品物であれば、とびこみでも扱っただろう。加藤はそこを狙ったのだ。参加する画商やコレクターは、東洋美術に注目している人間ばかりである。世界で一番、写楽を高く買ってくれそうな人間ばかりが集っているのだ。商売の場所として、ここほど適当なところはない。

〈横手あたりから見つけたのか？〉

それはありそうな話だった。あのあと、加藤は横手に出向いて、昌栄の作品を探しあてたに違いない。

〈ひどい話だ〉

サザビーに持ちこむ前に、見せてくれてもいいはずだ。コピーを作って渡したのは津田である。津田は少し腹が立った。


夕方近く、津田に電話がかかった。

「私です。小野寺です」

津田はとまどった。

「今、盛岡にきているんスがね、これから伺っても構わないスか」

津田は理由を尋ねた。

「それが、ちょっと事情があって——電話だと少し——」

津田は小野寺の居場所を訊くと、自分から行くと返事をした。家に刑事がくると母に伝えて、余計な心配をかけたくはない。

「国府さんの居所に心当りはないスか」

津田の顔を見るなり小野寺は口にした。

「何かあったんですか？」

「国府さんが急にいなくなったんスよ」

「…………」

「昨日の朝から会社に出ていません。おとといの夜に何処かに出かけたらしい。アパートも留守らしいんです」

「どうして分かったんです？」

「担当の刑事から連絡が入ったんスよ」

〈じゃあ、あれから国府さんのことを――〉

津田は呆れた。

「岡山の実家とか、妹の冴子さんのアパートとか、その辺は探したんですか？」

「何処にも行っていません。考えられるところは全部あたりました――津田さんのとこでお終いなんスよ」

小野寺は不安そうな顔で答えた。

「逃亡の疑いがあるわけですか」

津田は意地悪く尋ねた。

「いや、それならいいんスが……」

「だって、あなた方は国府さんが放火を――」

「違います。それはもうないと見ています。これは私の個人的な考えで行動してるんスよ」

「個人的って言いますと？」

「それが、まだ良く分からんのです――ただ、なんとなく不吉な予感がして……津田さんはあの人が絵ハガキを持って歩いていたことを知っておられますか」

「ええ、それは僕が頼んだことですから」

「本当ですか！」

　小野寺は顔面に喜色を浮かべて説明を求めた。津田は観念していきさつを詳しく話した。画集が西島ではなく、実は津田が見つけたものだと知ると、小野寺は唸ったきり声をあげなかった。西島のその後の行動も、津田は淡々と伝えた。画集に挟まっていた絵ハガキのところにきて、小野寺はようやく口を開いた。

「すると、あの絵ハガキを持っていた人物は画集を持っていた人物ということになりますね。しおりとして使っていたならば……」

　まわりくどい言い方で、小野寺は津田に念を押した。津田は頷いた。それで国府に宛先を探ってもらっていたのである。

「国府さんは持ち主を見つけたんスよ」

「本当ですか！」

今度は津田が驚く番だった。

「藤村源蔵です」

小野寺はその名をはっきりと言った。

「藤村って言いますと？」

「仙台の古書店主です。嵯峨さんが死ぬ直前に本を返そうとした、あの藤村です」

「…………」

「どういうことなんスか――画集を藤村が持っていたことと、国府さんが消えたことと、一体どんな具合につながるんスかね……私はもっと別なことだとばかり思って……嵯峨さんの自殺のことを追いかけているとばかり思いこんでいたんスよ」

「嵯峨さんとつながるかも……知れませんね」

津田はポツリと呟いた。

「画集の件がですか？」

「画集は嵯峨さんの弟さんから出たものです」

「しかし――そりゃあ」

小野寺は口を開けたまま、動かさなかった。

「藤村と水野さんは知り合いだという可能性が高いですな」

小野寺は言いながら、考えこんでいた。

「何故、私が嵯峨さんの筆跡を確認してもらいに水野さんを訪ねたとき、水野さんはそのことを言わなかったんスかね」

「葬儀で気が動転していたということは？」

「ないですよ。私は何度も、この書店に心当りはないかと尋ねました——彼は全く知らないと答えました」

「じゃ、水野さんは——」

「嘘をついたことになる……おととい、東京からの連絡で、藤村の名が出てきた時は、てっきり国府さんが嵯峨さんのことで何かを摑んだと思いましてね——仙台にすぐ電話を入れて、藤村の動向を探ってもらったんです」

「何か分かりましたか？」

「嵯峨さんが亡くなった日、十月の九日は、仙台のデパートで古書展を開いていて、藤村は昼食の時以外、一歩もデパートから出ていませんでした。これは多くの同業者から確認を得てることです」

「じゃ、嵯峨さんのこととは——」

「あれが、もしも殺しだとしても、藤村は無関係でしょうな——しかし、それじゃ国府さんが消えたこととつながらなくなる」

「………」

「藤村は、その後も目立った動きはしていません。普通どおり店を開いています。先月、ロンドンへ出かけて一週間ばかり店は休みましたが──」

「ロンドンへ！　それはいつのことですか」

「先月の二十日から二十七日の間です」

〈これは偶然ではない〉

津田は確信した。

「今日の写楽のニュース読みましたか」

「ええ……あ、あれは確かロンドンで」

「そうです。藤村が持ちこんだと思います」

津田は朝に考えていたことを伝えた。

「国府さんも、清親の画帖の出現で、画集の序文が偽物である可能性を知っていました。そこに藤村の名前がでてきたんで……」

「そうですな──つじつまはあいますよ。そうなると、その加藤ってのも怪しいな。本当に横手あたりから絵を見つけたんですかね」

「その辺が鍵ですね。初めから藤村が持っていたということも──」

「確かめてみましょう」

「どうやって調べるんです」

「なあに、横手の業者に片っ端から電話を入れてみるだけです――加藤が本当にその辺から見つけたなら、きっと誰かを訪ねています」

「そうですね――しかし残念なことをしました。こんなことなら、あの時、電話で話した店の名を確かめておけばよかった」

「それも聞いてみましょう。すぐ分かります」

小野寺は早速電話に飛んでいった。

津田は思わぬ展開に胸が高鳴った。


「妙な話になりましたよ」

しばらくして小野寺は困惑した表情で席へ戻ってきた。

「誰も知らないと言うんです――アルバムを貸したこともなければ、そのことで津田さんと話したこともないって言うんスよ」

「そんな――隠しているんじゃや？」

「横手じゃ、まず蘭画は出ないそうです――これは電話に出た全部の人間が言っていました。美術館に納めたりするほどの作品なら、情報が入るはずだとも言っています。ましてや、蘭画だけでアルバムを作れるほどの店となれば、秋田市あたりでも難しいと——」

「でも、僕は実際に横手の人と電話で——」

「加藤が言ったんでしょう——本当に横手の業者だったんスかね?」

津田は小野寺の言葉に頬を打たれた。

「あれが横手の業者じゃないとすれば——」

「加藤はあなたを騙ったことになる」

「あのアルバムも嘘ってことですか」

「横手の誰かが私に嘘をついていなければね」

小野寺は自信ありげに頷いた。

「しかし……それが本当なら……あのアルバムが嘘だったら……」

「どうしました?」

「画集の序文も怪しい。昭和十二年に昌栄が流通していたということも嘘……ということになれば、あの画集は一年前に作られたと仮定しても構わなくなるでしょう」

「そうでしょうな」

小野寺は、このことの重要性に気がついてはいなかった。津田はもどかしく思った。

「いいですか。アルバムのコピーがあったからこそ、画集のアリバイが成立していたんです。その証拠があるから、僕にはわけが分からなかったんですよ——昭和十二年以前に、あの画集の偽物を作る必然性はまるでない。作ったとしても誰も認めはしなかったでしょう。ところが、その根拠は消えてしまって、今でも構わないということになれば、偽物を作る意味がでてくるんです。今なら、昌栄を写楽と認めさせるチャンスが、少しだけは残されているんですよ」

津田は浮世絵界の状況を説明した。

「——それに、昭和十二年以前なら、たとえ序文は偽物でも、昌栄の作品は本物と言えました。なぜなら、別人説もなく、阿波の能役者説が信じ込まれていた時代ですから。別人説は戦後に出てきたものですからね。ところが今であれば、そのどちらも偽物だという可能性が高くなります——本当に誰かがあの作品を持っていたなら、あんな面倒なことをするより、あの獅子の図を研究者に持ちこめばすむことです。現在なら、別人説が盛んに行なわれていますから、どんな研究者でも頭から否定することなく、一応の調査はしてくれるはずです。それなのに、わざわざあんな画集を作ったってことは、獅子の図に写楽の名を書き足したってことになりませんか」

「うーん。確かにその通りですな」

小野寺もようやく納得した。

「画集は偽物なんですよ——藤村がロンドンに絵を持っていったということが本当な

ら、僕が話した横手の業者というのも――」

「藤村だったかも知れません」

小野寺があとを続けて、

「しかし、手がこんでいますな」

呆れたように言った。

「よほどの人間じゃないと、ここまでうまく運べんですよ」

「浮世絵のことを、かなり詳しく調べないとまず無理でしょうね」

言いながら、津田は頭に一人の人物を思い浮かべていた。

「嵯峨さんじゃないスかね」

小野寺も同じことを考えていたらしい。

「この件に水野がからんでいるとなれば、嵯峨さんに頼むことも自然でしょう」

「でも、そんなことに嵯峨さんが手を貸すでしょうか？」

津田は一応否定した。信じたくない気持が何処かにあった。

「ああ――そうか」

小野寺は何かを考え、一人で頷いた。

「やっぱり嵯峨さんってのは不自然ですな。嵯峨さんは写楽研究では西島さんと並ぶ研究者なんでしょう？」

「ええ」

「それじゃ、わざわざ偽物の画集など作らなくても、自分が写楽は昌栄だと認めればすむことでしょう——水野に頼まれた場合でも同じことです。嵯峨さんは関係ないスよ——それより、嵯峨さんは水野達の偽物作りに気がついたんじゃないスかね」

「それで自殺ですか——弟の罪の重さに気がついて」

「それなら、何かを書き遺して死ぬと思いますな。嵯峨さんは水野達に殺されたんスよ」

小野寺は断定した。

「整理してみましょう」

小野寺は津田の訝しい表情を見て言った。

「水野と藤村は知り合いだった。それも画集のことを思えば単なるつきあいではない。そう考えると、嵯峨さんの死ぬ理由がなくなってしまう。嵯峨さんは藤村の店から本を盗んで、それが原因で死んだということになっています。ところが、国府さんの話では、愛書家というのはあとさきも考えずに、珍しいものを入手すると他人に見せるということです。当然、水野もその本を見せられたと思います。そこに藤村から本を盗まれたという話を耳にする——水野は古書を扱う人間ですからな。光悦本がそんじょそこらにあるもんだとは思わんでしょう。本当に嵯峨さんが盗んだものであれば、すぐピンときます。藤村が古書通信に広告を出した時点で、兄の不名誉のために、何とか解決を図ろうとするでしょう。これで解決してしまえば、嵯峨さんの自殺する動機は全くなくなってしまうんですよ」

小野寺は息をついで一休みした。

「それに——私には嵯峨さんが本を盗んだとも思えなくなった。水野と藤村の関係を思えば、広告を藤村が出す前に、何とか水野がそれをくい止めたろうと思うんですよ。しかし、現実に広告は載せられた。これは嵯峨さんの死に動機を作り出すためのトリックだと思いますな。死ぬ理由の全くない人間が自殺すれば警察では一応捜査を開始しますから、何とかうまい理由をこじつけようとしたんでしょう。小包みも、そのひとつです。間違いなく、嵯峨さんは水野と藤村に殺されたんスよ。殺人の動機は、嵯峨さんに偽物作りを見破られた。その辺だと思いますな」

「しかし、二人ともアリバイがあります」

一瞬、小野寺はうつろな目になった。

「水野は国府さんとずうっと一緒だったんです。僕はそう聞いています」

「それなら、加藤ですよ。ここなら北山崎に近い——それ以外に考えられない」

小野寺の声はうわずっていた。

3

　二人はそのまま公園下にある加藤の店に向かった。もちろん、加藤に会いにいくのではない。加藤はまだ日本に戻っていない。嵯峨の殺害された十月九日のアリバイを探るためであった。加藤は独身者である。店には一人の使用人もいない。加藤がその日、北山崎で嵯峨を殺したということが事実であれば、店は必らず休みになっていたはずだ。北山崎と盛岡では、どんなに急いだとしても往復五時間はかかる。北山崎にあらわれるためには、午後一杯、店を閉めていなければならない。二人は互いに、加藤の店の近辺をあたった。十月十、十一日はちょうど休日になっていた。商店ならば、その前後の記憶が残っている可能性があった。

　だが、加藤のアリバイはあっさりと肯定された。連休を挟んで五日間、つまり九日から十三日までの間、この地区は連合で売り出しセールをしていたと言う。それも加藤の発案だと言うのだ。加藤はその間、一日の休みもなく店を開けていた。

「加藤の発案だってのがひっかかるな」

　小野寺は口惜しそうに呟いた。

　二人は諦めて近くのレストランに入った。時間はすでに七時を過ぎている。二人は空腹を覚えた。

「どこか、別の場所で殺されたんじゃないでしょうか」

「それが、ちょっと考えられんのです」

小野寺はその日の嵯峨の行動を詳しく語った。

「八日の夜、汽車に乗った。これは目撃者がおりませんが、次の日の朝十時頃に八戸駅に足どりがありますから、そう思うほかありません。十時四十六分の普代行きに乗ったかどうかは、はっきりしなくなりました。あの汽車から見つかった小包みが根拠になっていたわけですからね。それでも三時頃には別荘に着いたことは間違いありません。別荘にはあの人のカバンがあって、国府さんがそれを見ています。死亡推定時刻は胃の内容物の消化から夕方五時頃と思われます——盛岡にも、仙台にも戻る余裕はありません」

「八戸の足どりって言いますと、目撃者でもあるんですか?」

「いや、嵯峨さんが八戸駅から、府中図書館と水野に電話をかけています」

「ああ、それは聞きました。でも確かに八戸駅だったんでしょうか」

「間違いないでしょう——時間的に考えてもピッタリしています。嵯峨さんは八日夜二十三時五十分発の十和田五号に乗り、九日朝十時十三分に八戸に着いたと思われます」

小野寺は手帳を取り出して説明した。

「図書館に電話が入ったのが十時四十分頃です。何処からですかと職員が尋ねたのですが、それに嵯峨さんが答えなかったので、それ以上訊かなかったようですが、その電話の最中に駅のアナウンスが偶然入りました」

「…………」

「十時四十二分八戸着のくりこま一号が五分遅れで前の三戸を出たという連絡です──もちろん、その職員はそこまで覚えていたわけではなく、八戸駅という名前と、汽車が五分遅れで到着すると言うことだけを忘れないでいたんですね。調べてみたら、その列車だと分かりました」

「テープとか、そんなんじゃないですね」

「あり得ないですよ──汽車の遅れまで予測はできんでしょう──それにテープだとしても、藤村と加藤はその日、八戸駅に行けるはずがない。水野は分かりませんが、死亡推定時刻には東京にいます」

「水野への電話は？」

「これは本人がそう言ってるだけで本当に電話が入ったか分からんのですが、何でもひどく沈んだ声だったと言うことです。それで心配して嵯峨さんのアパートを訪ねたら留守だった。あちこち探しているうちに、倶楽部の例会日に気がついて図書館を訪ねたら、国府さんに会ったと言うことです。国府さんは職員から連絡を受けていたので、そのことを水野に伝えました。二人は再び職員に尋ねました。そこで八戸からかかってきたことを知ったのです——普代には嵯峨さんの別荘がある。そこに行ったと直感して、すぐ車で向かう話をした。それに国府さんがついて行ったというわけです」

「テープじゃなければ、別の誰かが八戸から電話したんじゃないですか——アナウンスなんて、できすぎた話ですよ」

「別の誰かですか？　ことは殺人ですからね。これ以上仲間を増やして、わざわざ危険を冒すような真似は——やはり三人が限度だと思いますがね」

「じゃ、水野ですよ——二人は歳も近いし」

「そりゃ、八戸駅に行くことはできると思いますが、さっきも言ったように、死亡推定時刻には東京にいますからね」

「その死亡時刻ってのはどうして分かったんです——確か嵯峨さんは何日か後に——」

「胃の内容物から判断されたんスよ——嵯峨さんは別荘で駅弁を食べてましてね。テーブルの上に当日の製造印が押された小唄寿司の空き箱が、そのままになっていました。これは八戸駅で売っているものです。十時半に八戸駅にいる人間が、北山の別荘まで汽車で行くとなれば、どうしても二時過ぎになります。別荘に着いてから食べたんですから、時間はその前ってことはありません。一方、解剖所見によりますと、嵯峨さんは食後三時間以内に亡くなったことになっているんです。つまり夕方五時前後って計算になるでしょうが……その他に、嵯峨さんのカバンの中には、当日発行の東奥日報も入っていました。やっぱり、殺されたにしても、場所だけは動かすことができんと思うんスがね。飲み込んでいた水質も間違いなく北山崎のものでしたしね」

小野寺は吐き出すように言った。

「この問題がある以上、たとえ水野が八戸で細工をしたとしても、殺人犯ではあり得ないことになるんですよ」

「どうしてです？」

「どうしてって、だから……駅弁とか新聞とか、嵯峨さんが現場にいたという――」

「そこがおかしいんですよ。水野が八戸で細工をしたと仮定できるんでしたら、駅弁や新聞も、その時に水野自身が買ってこれるじゃないですか」

「………」

「嵯峨さんの死体が北山崎で見つかったんで先入観があるんじゃないですか？　もちろん、僕にも水野が犯人だという先入観があるからそんなことに気がつくんでしょうが」

「……そうか。しかし、カバンや空き箱はどう説明できますかね？」

「だって、水野は車で別荘に行ったわけでしょう？　その時に持って行って、国府さんの気がつかないうちに置けば簡単じゃないですか」

「ふーむ」

小野寺は煙草に火をつけると、深々と喫いこんだ。頬が紅潮してきている。

「なるほど――朝、八戸で図書館に電話をかけて、新聞と小唄寿司を買って東京に戻る。東京で嵯峨さんにそれを食べさせてから殺害する――確かに、これだと解決しますな。えーと、水野が図書館に顔を出したのは……午後四時頃となっていますね。東京を出発して岩手に向かったのが大体六時頃。水野は一旦自宅に戻って国府さんと待ち合わせしていますから――死亡推定時刻の五時前後には、アリバイがありません。問題は朝十時に八戸を出て、午後三時ごろまでに東京へ戻れる方法があるかですが……」

小野寺は目を輝かせながら言った。

「それはすぐ突きとめられますよ、きっと。水野はどこかで――多分、倉庫兼用の事務所だと思うんスが――嵯峨さんを殺害してから、死体を車のトランクに入れて国府さんと待ち合わせの場所に行ったんスよ」

「じゃ、国府さんは嵯峨さんの死体と一緒に車に乗っていたわけですね」

「そうでしょう――水野は北山の別荘に着いてから、死体が発見されるまで岩手を離れていません。嵯峨さんの死体を取りに戻る余裕などありませんよ」

小野寺は手帳を嬉しそうに閉じながら、この線で捜査をもう一度洗い直すと口を結んだ。

4

結局、事件解明の糸口は分かったものの、国府が一体どこに行っているものか、二人には見当がつかなかった。津田は不安な気持を抱いたまま小野寺と別れた。

だが、国府の消息はその夜のうちに分かった。家に戻った津田が入浴を終え、自室に行きかけた時、小野寺から再び電話が入ったのである。受話器を握りながら、津田は気が遠くなりかけた。

国府は仙台市立病院に担ぎこまれていた。

車に轢かれて危篤状態だと言うのだ。

「冴子さんには？」

「連絡しました。もう駆けつけている頃です」

「どういうことなんです」津田は叫んだ。

「轢き逃げです。目撃者があります。車のナンバーから持ち主が割れました――藤村源蔵のものです」

「あの男が――それで藤村は？」

「今日の昼過ぎに盗難届けを出していました――全くふざけたヤツですよ。自分の名前は表面に出ていないと確信して犯行に及んだんでしょうが。これでヤツらも終いです」

「それで国府さんの方は？」

「分かりません――これから仙台まで行ってみるつもりですが」

「僕も連れて行って下さい」

「そのつもりで連絡したんスよ」

小野寺は緊張した声で返事をした。

「上手の手から水が洩れるってヤツですな」

運転しながら、小野寺は助手席の津田に声をかけた。津田はただ、煙草だけを喫っていた。

「それだけ彼らが焦っていたことになる――こっちが甘かったかも知れないスね。もっと藤村をマークしていれば、こうなる前に何とかできたかも知れない」

「どうして国府さんのことが分かったんです？」

「一昨日、藤村のことをいろいろ尋ねたんで、それで何か関係があるんじゃないかって連絡が入ったんスよ。車の持ち主が藤村だと分かった時点でね――心臓が止まるかと思いましたよ、国府さんが被害者だと聞かされた時は」

「やはり、国府さんは藤村を追いかけていたんですね」

「水野は自分と一緒にいてアリバイがある。加藤はまだ戻っていない。それで藤村をつけ狙っていたんでしょう――国府さんは嵯峨さんの事件を追っていたんですな――私の勘に間違いはなかった……それにしても何故一人だけでやろうとしたんですかね。ひと言でも話してくれれば……」

小野寺は口惜しそうに話した。

「藤村の動向を探って、嵯峨さんのこととは関係ないと判断したのが失敗でした。これは私の責任です。万が一、国府さんがどうにかなったら……」

津田はそれにには答えなかった。

夜半の一時を少し廻った頃、二人の乗った車は市立病院に着いた。ロビーに入ると、一人の男が待っていた。

「久慈署の小野寺です」

小野寺に応えて、男も名を言った。仙台署の刑事だった。

「それで国府さんの容態は？」

「かなりの出血で——今、ＩＣＵ室ってとこに入っています——ところで、どうなってるんですか。何かの事件に関わり合いでも？」

「車の持ち主の藤村は？」

「さっき挨拶にきました。盗難車と言っても自分の車に違いないからって、妹さんに詫びを言ってましたが——」

「あの野郎、どこまでもバカにしやがって」

小野寺の剣幕に男は驚いていた。


津田は小野寺と離れて、国府の部屋に向かった。部屋の中はシンとしていた。ひそひそと看護婦達のものらしい声が洩れている。ドアをノックする音が、思いのほか大きく廊下に響いて、津田はハッとした。看護婦が出てきた。津田は自分の名を告げた。その声で冴子は廊下にとび出してきた。冴子の顔は、一ヵ月も見ないうちに、やつれてしまったように思われた。冴子は津田の顔を確かめるように見つめていたが、やがて緊張の糸が弛んだのか、声をあげて津田の肩にしがみついてきた。津田は冴子を抱きしめながら、そっと背中をさすり続けていた。

「国府さんは？」

ようやく落ち着きを取り戻した冴子に、津田は尋ねた。

「病院についたとたんに、岡山の両親を呼んだ方がいいって先生が――」

それ以上、津田は訊けなかった。

廊下に低い足音が近づいて、小野寺が姿を見せた。

「さきほどは、御連絡ありがとうございました」

小野寺が名乗ると、冴子は礼を言った。

「津田さん、ちょっと……」

小野寺が小さな声で呼んだ。津田は小野寺の後に続いて、廊下の外れに設けられている喫煙コーナーに向かった。冴子は再び部屋に戻った。

「藤村のヤツ、アリバイがあるんスよ」

小野寺は言いながら、ポケットから煙草を取り出すと、空になっているのに気がついていまいましげにゴミ箱に投げ捨てた。津田は自分の煙草を差し出した。小野寺は礼を言いながら一本引き抜くと、火をつけた。

「同業者と麻雀をしてやがるんですよ――考えてみれば、昼のうちに盗難届けを出しているぐらいだから、早くから計画していたんですな。アリバイも用意したものに違いありません」

「じゃ、水野ですね」

小野寺は頷いた。

「加藤は日本にいないし、まず間違いないところでしょう。事故があったのは九時前だそうですから、東京に逃げ帰ったとしても、まだ家には戻っていないはずです――電話でも入れて確かめてみたいとこですがね」

小野寺は残念そうに呟いた。

「日中なら何とでもごまかせるんだが、こんな時間ですからな――下手に動いて、こっちの考えがヤツに知れてもつまらないし……」

「そうですね――この分じゃ水野の方も」

「もちろん、アリバイを用意しとるでしょうな。ですが、今度の一件は今までと違って、こっちに犯人の目星がついとるわけですから、そんなものは通りませんよ。絶対崩してみせます……それにしても、水野はこんなに早く私が国府さんのことを知っているとは思わんでしょうな。実際、藤村のことを少しでもマークしていなければ、私は知らなかったはずですしね。これで何とか先手をとることができます」

「しかし――これほどのことをやるとは……ひょっとしたら、西島先生の件も、彼らじゃないでしょうか？」

「何とも言えんですな。そっちとなれば動機が少し弱いでしょう」

「でも、あれは先生を殺すためじゃなくて、単に放火が目的だったとすれば……」

「何のためです？」

「それが今まで分からなかったんですが、あの画集が彼らによって作られた偽物だってことになると——彼らは証拠を燃やしてしまおうと思ったんじゃないですか？」

「…………」

「彼らは一月十日頃から本の撮影があることを知っていたんです——徹底的に調査されることを怖れたんじゃないでしょうか？」

津田は、加藤がその撮影予定を妙に気にしていたことを思い出して小野寺に伝えた。

「なるほどね——そこでバレてしまえばお終いですからな。本の専門家ではない西島氏や我々は騙せても、完全な復刻版を作らせて世に出すことは少し危険だと言うことですか」

小野寺は津田の考えに納得した。

「確かにあり得ますよ——西島先生は決して体が不自由なわけじゃなかったんですし、殺すのが目的なら、もっと確実な方法を選んでいたでしょう——津田さんの言う通り、本を燃やすためと考えるのが自然ですな。西島氏の失火でない限り、彼らの犯行だと言う可能性は高くなります……すると、彼らは二件の殺人を犯していたということになる」

「…………」

「国府さんは、そのことを知っていたんでしょうかね……」

「さあ……あの人は頭のいい人だから、ある程度は見抜いていたとは思いますが——でもこれは完全に画集が偽物だったという確証がないかぎり、でてこない考えですから」

「そう。偽物じゃなければ、西島氏の家に放火する必要が全くなくなりますからな——やはり知らなかったと見るのが妥当ですな。殺人者だと分かっていたら、一人で行動するなんて危険なこともしなかったでしょうから」

二人は互いに頷いた。

「絵ハガキからの、単純な疑いだけで、国府さんは藤村を追っかけていたのかも知れませんが、彼らにとっては非常に危険な人間に思えたんでしょうな——すでに二人殺している彼らにすれば、国府さんを殺すことは何でもないことだったでしょうし……」

「しかし、どうして彼らは国府さんが探っていることが分かったんでしょうかね」

津田は不審に思った。

小野寺も、それには首をかしげていた。

「津田さんって方は？」

看護婦が二人のところに足速やに近づいてきて尋ねた。津田は、その顔に緊張が現われているのに気づいて、立ち上がった。

「国府さんがどうかしましたか」

「いそいでいらして下さい」

津田と小野寺は病室に向かった。


ドアが開け放たれていて、廊下から室内が見えた。中で冴子が国府にしがみついて泣いていた。津田は呆然として、しばらく入口の側に立ちすくんでいた。若い医師が看護婦に指示をしながら、ドアの付近で津田とすれ違った。

「お気の毒でした……」

医師は津田に低い声でそれだけ言うと、頭を下げて病室から出て行った。小野寺がそれに従うように廊下を歩いて行く。津田は、まだ部屋に入れないでいた。

視野が急に狭くなっていくのを覚えた。

〈これは夢だ。悪い夢なんだ〉

国府の眠ったような横顔を遠くから眺めながら、津田の体は次第に固くこわばっていった。

点滴の針をゆっくりと引き抜く、看護婦の冷静な動作が、津田に非現実的な印象を与えた。

廊下の寒さも津田には気にならなかった。

暗い窓の外には、雪が光を反射して、しきりに舞い降りていた。

5

二月四日

昼近くになって、岡山から両親が到着すると、冴子はようやく平静を取り戻したようだった。自分がしっかりしないと……冴子は津田に小さな笑顔を作って見せた。津田は痛々しい気持にさせられた。国府の両親に挨拶をすますと、津田は、しばらく家族だけにさせて病院をあとにした。

小野寺にその後のことを訊いてみるために津田は仙台署に電話を入れて、病院の近くの喫茶店で待ち合わせをした。

「確実です——朝から東京に連絡を取って、西島氏の一件も洗い直してみたんですが、当日、水野らしい人物が、現場付近にうろついていたのを、偶然古書籍商の仲間が見かけていましてね。動機が全くなかったために見すごされていたんですが、これで何とか目鼻が」

小野寺はコーヒーも飲み忘れて、少し興奮していた。

「今、ヤツの自宅と事務所の両方に見張りをつけてもらっていますよ。まだどちらにも顔を見せていないようです。やっぱり昨日は東京を留守にしていたんスよ——朝に何気なく電話をしてみたら、福島の方へ出かけたと言っていました。これでヤツも終いです」

「放火の件ですが、もし水野が犯人だとすれば、あの日、国府さんが先生の家の近くまでやってきたのを見ていたかも知れませんね——それで彼らは国府さんの動きに注目していたのと違いますか」

「うーん。水野なら、国府さんが西島氏に破門されているのを知っていますからな——訪ねるのは妙だと思ったかも知れません。すると国府さんは藤村を追いかけているつもりで逆に水野に追いかけられていたと言うことですね——国府さんが東京を離れてわずか二日目に犯行が行なわれていることを思えば、その線もありそうですな」

小野寺は冷めたコーヒーに手を伸ばしながら頷いた。

「全く頭の回る連中ですな——今回のことでも、清親の画帖が偶然発見されなければ、偽物だということは分からなかったでしょう。偽物だと分かって初めて、西島氏の放火の動機が摑めたんスからね——我々サイドでは絶対に解決できない問題だったでしょう」

「水野は全く西島先生とは無関係の人間でしたからね——それは藤村にしても加藤にしても同じです」

「嵯峨さんの時でもそうです。水野は嵯峨さんに世話になって、あそこまで商売を伸ばしてきた男ですから——画集のことがなければ殺す動機が全く見つからなかったんスよ。葬式の時なんか、自分も被害者だって顔をしていましたからね……」

小野寺は顔に怒りの色を見せた。

「考えてみれば、この事件は僕がひきおこしたようなものです。僕さえあの画集に騙されていなければ、国府さんも……」

「そんなことはありませんよ——西島氏だって、他の研究者だって認めたことでしょうが。別の人間でも同じだったと思いますよ」

小野寺は津田をなぐさめた。

「あとはアリバイをどう崩すかですが——水野が犯人と分かった以上、どんなことをしても、崩してみせますよ。小説なんかと違って、現実の捜査力は甘くないですからね。そうそう、水野が朝に八戸駅に行って、午後三時までに東京に戻る方法が見つかりましたよ」

小野寺は手帖を取り出して説明した。

「水野は九日の午前二時過ぎまで古書関係の人間と酒を飲んでいたことが確認されているんで、夜行列車は使えません。まあ、それもアリバイのつもりだったんでしょうがね……そうなれば方法はこれ以外に考えられなくなります。これだったら、時間的に大丈夫です。十時四十六分の普代行き列車は、翌日から三連休があるんで、若い観光客で混雑していたと思われます。水野が網棚に光悦本の入った小包みを置いても、誰も注意はしなかったでしょう――このことによって、水野は、嵯峨さんが確かにこの列車に乗ったという証拠と、自殺の動機を伝えるという二つの難問を解決したのです――八戸と三沢間は車を使えば近いところですから、充分二二四便には間に合います」

（行き）
（TDA 221便）
東京 7:45 ―― 三沢 9:00
（はつかり6号）
三沢 10:11 ―― 八戸 10:28

（八戸駅ホーム）
10:40 府中図書館に電話する
10:46 普代行きに小包を置く
小唄寿司、新聞を買う

（帰り）
（TDA 224便）
三沢 11:55 ―― 東京 13:10

「なるほど。一時十分に羽田に着けば、府中には絶対四時前に行けますね」
「充分すぎる時間ですよ。それまでの時間を利用して、嵯峨さんに小唄寿司を食べさせたんでしょう――どのような状態で嵯峨さんがいたのか、その辺は分かりませんがね」

「…………」

「現在、八戸駅周辺のタクシー会社と、乗客名簿を当ってもらっています。飛行機の方はどうせ変名でしょうが、乗客の数も知れていますからね、十日もかからずに全員つきとめることができると思います――これさえ出てくれば、もう言い逃れはさせません。国府さんの敵（かたき）は私が必らずとってみせます」

小野寺は煙草を揉み消しながら、強く言い切った。

6

二月十日

慌ただしい一週間が過ぎた。

津田は昨日から久しぶりに国立のアパートに戻っていた。岡山で執り行なわれた国府の葬儀に参列し、帰りにそのまま東京にとどまったのである。

ちょうど、東京には小野寺も出てきていた。

冴子が国府の住所録を取りに、七日の夕方、府中のアパートに立ち寄ってみると、部屋があらされていることを発見し、小野寺に報告したのである。

津田は大学に二十日ぶりに顔を出し、四月からの辞職願いを教務課に提出すると、府中署にいる小野寺に連絡をとった。

「その後、何か？」

「時間の問題です――タクシー会社の方はまだ分かりませんが、飛行機の方は三人に絞られました。結構いい加減の住所を書いているのが多くて、まいりましたよ。ところで葬儀の方は？　私も参列したかったんスが」

「無事にすみました。冴子さんからもよろしくとのことです――国府さんのアパートの件はどうなっているんです？」

「水野が仙台の帰りに立ち寄ったものと判断していますが、理由となればね――妹さんが上京した折に、失くなったものとか見てもらわんと……水野のものらしい指紋は全く発見できませんでした」

「それにしても、ボロを出さない連中ですね」

「ホントに頭にきますよ――これでヤツらが偽物を作ったという証拠でも出てくれば、あげられるんスがね――その辺で何か気づいたことはありませんか？」

津田は逆に相談をもちかけられた。

「加藤を攻めてみたらどうですか。横手の業者だと僕に嘘をついたわけですから」

「何の容疑でやるんです――嘘をついたくらいじゃ、どうにもならんでしょう」

「藤村は？」

「全部の件にアリバイがありますからね――絵ハガキの一件だけじゃ、無理なんスよ」

「それなら、サザビーのほうは？　絵を持ちこんだのは藤村なんですから」

「ええ、それはその通りなんスが、あれだって偽物だという証拠があがらんと……」

「………」

「仲間だということがはっきりしない以上、手は出せません」

津田は空しく電話を切った。

〈証拠か……ここまではっきりしながら〉

水野が三日の夜、福島にいたというのも、もちろん嘘に決まっている。しかし、そう信じていても、証拠がない以上、下手に手は出せない。水野はまだ、そこまで自分達が摑んでいることに気がついていない。だからこそ確証を得るまで遊ばせているのだ。ここで逃亡でもされてしまえば、元も子もなくなってしまう。

〈せめて、昌栄の作品でも見つけることができれば……〉

何処かに隠している。津田は信じていた。

何処かに残された五十本の作品が眠っているのだ。それさえ見つけることができれば、確かな証拠となる。

津田は気ばかりが逸（はや）った。

7

二月十二日

冴子から朝早くアパートに電話がかかってきた。部屋には電話がない。津田は管理人室の前にある電話に急いだ。

冴子はかなり立ち直っていた。

津田は用件を聞いて、耳を疑った。国府の遺書らしきものが見つかったと言うのである。

「遺書って……国府さんは自殺なんかじゃ」

「でも、そう言うのよ。私もまだ読んでないから分からないけど——それで直接良平さんに行ってもらった方がいいと思って——」

「待って。どこへ行けっていうのさ、誰が遺書のことをいってるんだい」

「兄貴の会社の人——お葬式の時に見えて、兄貴の私物の整理の話になったの。そしたら、ワープロに入力してある個人的な文書なんかはどうしますって訊かれて」

「ワープロ?」

「ええ——兄貴は会社の仕事の他に、時々研究なんかの整理にそれを使っていたんですって……」

「へえ、そんなことを」

「タイトルがあるから分かるんですって。それでお金は払うから、全部下さいって頼むとね、フロッピーって言うの？　レコードのようなものだって聞いたけど、それには会社のことも入っているから無理だって言うのよ。それに肝心の機械がないと読みとれませんよって言われて……でも、文書だけなら印刷機で作れるらしいのね」

「うん。プリンターでね」

「それで良ければプリントして、あとは消しても構わないですかって訊かれたんで、お願いしていたの——そしたら昨夜(ゆうべ)電話があって、その中に遺書のようなものが見つかったって」

「ふーん。不思議な話だな」

「でしょう。それでその人も気になったらしくて……中に良平さんの名前があるんですって——どうも、それは良平さん宛ての手紙のようだって言うのよね」

「ホントかい！」

「ええ——こっちへ送るって言ってくれたんだけど、それなら直接良平さんに見てもらった方がいいと思って……」

津田は自分宛てと聞いて驚いたが、とにかく一刻も早くその文書を読みたいと思った。国府の会社の場所は分かっている。津田はあとで連絡すると言って電話を切った。

「こんなにですか！」

津田は受け取った文書の量に、思わず驚きの声をあげた。Ａ４の用紙で三百枚以上はある。国府がこつこつと一人で纏めた研究の一端である。

「ほとんどが浮世絵の資料のようなものばかりでしたが……」

同僚の若い男は、紙袋をもうひとつ津田に手渡した。

「これだけがどうも違うようなんで――あ、中味は読んでいません。最初のあたりだけです。津田さんの名前があったんで、それで妹さんに連絡をとって――小説かなって思ったんですがね、ちょっと気になって……」

男は中味を確かめながら津田に渡した。

確かに手紙にしては相当の長さだ。ページ数は二十枚以上ある。小説と思ったのも不思議ではない。

〈こんなに――何を言いたかったのだろう〉

津田は男に礼を言うと、それらをひと抱えにして、近くの喫茶店に入った。家までとても待てない気分だった。

津田は読むことを少し躊躇した。

煙草に火をつけて、気持を落ち着かせた。

用紙にはプリンター独得の無個性的な文字がびっしりと打ちこまれている。

一行目に津田は目をやった。明朝仙台に行くと記されている。

〈ということは死ぬ直前に書かれたものだ〉

津田は緊張した。

国府が何故あのような行動をとったのか、その理由が、それには記されてあった。

8

今は夜の八時だ。オレは明朝汽車に乗る。行く先は仙台だ。オレはオレ自身の手でこれに結着をつけなければならない。戻ってこれれば、これは君の目に触れることはない。

もし戻れない場合に備えて、一応これに考えを纏めておく。何故オレが一人で仙台まで行かなければならないか——その説明だけは、残しておきたい。

この一連の事件は、そもそもオレがひきおこしたものだ。オレの意識の底に淀んでいた憎悪や、妬みの感情が、この事件を思わぬ方向に拡大させていった。全てオレの責任と言ってもいい——先生を殺したのは結局、オレの憎悪だったのだ。

昌栄の画集を初めて君から見せられた時、あの画集が偽物だということを、オレはすでに知っていたのだ。あの時に、そのことを君に伝えてさえいれば、この事件は何もおこらなかったはずだ。だがオレは言わなかった。わけはあとで話す。

画集を見つけたのが君ではなく、吉村や他の人間であれば、事態はもう少し違った方向に動いていたと思う。多分オレも……止そう。今さら何を言っても弁解になるだけだ。

話は長くなる。だが夜も長い。朝までには全てを記すことができるだろう。

ここに嵯峨さんの覚え書きがある。

君と小野寺さんと飲んだ夜、懐かしさのあまりに本箱から取り出したあの人の本の函の中に、これは隠されてあった。この本は、嵯峨さんが亡くなる何日か前に、直接あの人から貰ったものだ。その時に気がついていれば多分あの人も死なずにすんだかも知れない。

この本の内容を、オレは諳(そらん)じるほどに良く知っている。オレにとっては浮世絵の世界に入るきっかけを作ってくれた入門書のようなものなのだ。嵯峨さんはそれを知って、わざわざ署名を入れて持ってきてくれた。あの人は署名を見せると、自分で函に入れてオレに渡した。以来、あの日までオレは中味を見ることなく本箱に押しこんでしまった。オレが何度も読んでいることを知って、嵯峨さんはその本を選んだのだろう。オレがそうするだろうと、心の裡を読んでいたのだ。考えてみれば妙な話だった。オレはあの本のことを、嵯峨さんに初めて会った時に話している。なのに二年も経ってから、思い出したようにあの人は本を手渡した。それに気づかなかったオレが迂闊だったということになる。

オレは覚え書きを読んだ。

内容の異常さに、オレは慄然とした。そしてわけが分からなくなった。

あの夜、小野寺さんから嵯峨さんの自殺の動機らしきものを聞かされて、納得したばかりのオレにとって、それは、まるで信じることのできない告白だった。

あの人は浮世絵界を根底から揺るがすほどの犯罪を犯したと書いていた。しかも、目的は西島先生の失脚を狙ったものだと言う。

オレは嵯峨さんが狂ったとしか思えなかった。と同時に、あの人の気持をそこまで追いやってしまった先生を憎んだ。今、こうして記しながらも、その感情に偽りはない。嵯峨さんはオレの知る限り、日本の中で最も優れた、最も浮世絵を大切にしてきた研究者の一人だと信じている。その研究者が、この世の中で絶対許すことのできない人物、それが西島先生だったのだ。これは嵯峨さんだけの私憤ではない。浮世絵を愛する人間すべての公憤なのだ。先生のために、どれだけ若い研究者の芽が摘まれ、どれだけ新しい研究がはばまれてきたことか。嵯峨さんの怒りは、オレの絶望にも共通していた。

嵯峨さんは「国立浮世絵美術館」建設問題にも触れている。君には話していないが、オレが先生から離れるきっかけとなったのも、このことが大きい。八年位前のことだ。文部省から先生に「美術館」建設について意見の打診がよせられた。先生が中心となって、予算や展示プランを提出してくれと言うことだったらしい。先生は驚喜して、その実現の可能性を門下の我々に話した。日本での浮世絵再評価のさきがけとなる――先生の話は熱っぽく連日のように続けられた。門下の我々にしても実現すればこれほど嬉しいことはない。我々は先生の指示のままに西、東と動いた。全員が夢に酔っていたのだ。研究者の誰一人として、この話に耳を傾けないものはいなかった。

ところがある日、吉村が妙な噂を聞きこんできた。

「浮世絵美術館」建設のアイデアは「浮世絵愛好会」の人間から出たものだと言うのだ。何でも、向こうの誰かが文部省に出向いて熱っぽく必要性を説いたと言う。情熱につき動かされた文部省の人間は、それを上に報告し、それならばと言うことで西島先生に打診してみたと言うのだ。「江戸美術協会」の方からも賛同が得られれば、予算化を考えるという気持だったらしい。

それを聞いて先生は激怒した。

「愛好会」から出た話なら、オレはこれを潰してみせる。先生の言葉が今でも耳の底に残っている。ヤツらの提灯持ちのような真似ができるか。先生はそうも言った。

その日から先生は研究者の間をとび廻った。「愛好会」の卑劣な陰謀だと騒ぎたて、美術館建設をのぞむ人々を一人一人ねじふせていった。それがすむと先生は「江戸美術協会」の名前で「浮世絵美術館」建設は、まだ時期尚早の判断を下した文書を、文部省に提出した。

これで、その話は立ち消えとなってしまった。この時ほど情けない気持になったことはオレにはない。「愛好会」がからんでさえいなければ、間違いなく美術館は建設されていただろう。最初、オレは「愛好会」を憎んだが、すぐにそれは違うと思った。たとえどのような形であれ、美術館建設は、浮世絵を愛する人間であれば誰しもが胸に抱く共通の夢なのだ。個人の思惑などが入りこむ余地はない。ところが、先生は単なる意地から、浮世絵界全体の夢をこなごなに打ち砕いてしまったのだ。あれほど熱っぽく我々に必要性を説いていたあとだけに、オレの絶望は大きかった。

それでは我々は何のために浮世絵を研究しているのか。多くの人々にとって、浮世絵が必らず必要になってくるという信念が我々の胸の中にあるから、我々は研究を続けていくことができるのだ。だが、先生は浮世絵の将来のことなど、まるで考えていない。自分の存在している現在だけが重要なのだ。そうでなければ、あの話を潰してしまうなどということが考えられない。あれは浮世絵の未来にとって、いや、後に続く我々にとって大きな足がかりとなる建物だった。オレは先生を疑いはじめた。先生は浮世絵のことなど、本当はどうでもいいのではないか？　そういう不信を抱いたまま、先生のそばにいるわけにはいかない——オレは研究室に残ることを諦めて、浮世絵とは無関係の会社に就職した。

だから、嵯峨さんの怒りは痛いように分かった。

美術館のアイデアは嵯峨さんが文部省に持ちこんだものだと言う。だが嵯峨さんには研究者を纏める力がない。そこで昔同僚だった先生に、このプランが伝わるように図ったのだと言う。誰が作るにせよ、とにかく美術館建設が、今の浮世絵界にとって、どれだけ大きな意味を持つか、あの人は分かっていたのだ。まさか、先生がこの話を潰してしまうとは夢にも思わなかったに違いない。

しかし、簡単にその話は毀されてしまった。

理由を知って嵯峨さんは先生を呪った。

先生がこのまま浮世絵界の第一人者として君臨していく限り、浮世絵はただ、先生一人のためにめちゃめちゃにゆがめられてしまう。だが、先生の力はすでに嵯峨さんの及ばないところに到達していた。新聞社、雑誌社、美術館、先生の根が張りめぐらされていないところは日本にはほとんどない。「愛好会」の名で真正面からぶつかってみても、それはかえって「会」そのものの存続すら危うくさせることになる。

「会」の代表者として、それはできなかった。

嵯峨さんは一人で先生に対決する決意を固めた。オレがあの人に可愛がられたのも、オレが先生に破門されたからなのだと、今にして思う。あの人は虎視眈眈（こしたんたん）として、先生を失脚させる機会を狙っていたのだ。

その絶好のチャンスが、ようやく巡ってきた。

五十本以上の秋田蘭画が嵯峨さんの目の前に並べられた。すべて無署名のものだった。弟の水野継司が東北の美術商から鑑定のために預かってきたものだ。

嵯峨さんには最初、そのつもりはなかった。だが水野が置いていった軸物を眺めているうちに、嵯峨さんの胸の中に次第にある計画が芽生え始めてきた。

春峰庵をまっさきに想像したと言う。

あの方法を再現すれば、西島を失脚させることができる。だが、まともにこの作品に細工をしただけでは西島はひっかかってこない。肉筆嫌いの西島で通っていたのだから、それは当然のことだ。嵯峨さんは夢中になってプランを練り始めた。研究者の立場から考えていくことが大切だった。これなら、たとえ自分でもひっかかってしまう。ようやく自信の持てる方法を思いついたと言う。

それがあの昌栄の画集だった。


印刷物というのは、肉筆嫌いの西島を土俵に誘い出すために嵯峨さんが思いついた一種の盲点なのだ。写本などとは違って、作製するためには莫大な経費と日数がかかることは当然だが、それよりも我々は活字というものに対して、信頼感を抱いている。活字になったものなら大丈夫だろうと思うところがある。印刷されてあれば、たとえその画が肉筆であろうと、我々の目にはすでに肉筆ではなくなってしまう。そこが嵯峨さんの第一の狙い目だった。そして、これがもっと重要なことだが、一人の人間をだますために、たった一冊の画集を印刷するということだ。誰が考えてもあり得ないと思うだろう。印刷物は必らず複数性を持っている。一冊の印刷物が見つかれば、誰もが何百冊かの中の一冊が出てきたものと、単純に信じてしまう。自分だけが特別に発見したものだとは思えなくなってしまうのだ。

実に巧妙なアイデアだと、オレは嵯峨さんの才能に今でも脱帽している。これがアルバムのようなものに写真を貼りつけただけのものであれば、いかに功を焦っていた先生であったとしても、決して騙されはしなかっただろう。印刷物であるために、先生はその疑いを完全に振り捨てたのだ。

嵯峨さんは計画を練りあげると、水野に事情を話した。水野も最初はさすがに躊躇したらしい。だが水野も西島に何度も苦汁を飲まされていた。次第に嵯峨さんの計画に惹きつけられていった。画集の説明に至って、水野もこの成功を信じはじめた。水野は研究者としての嵯峨さんの実力を高く評価していたのだ。水野は協力を約束した。だが五十本の蘭画は彼のものではない。すべてを買いとるか、事情を説明して持主を仲間として迎えるか。ふたつにひとつしかない。水野は後者をとった。

こうして昌栄の画集づくりが始められた。もちろん、昌栄という絵師の名も、嵯峨さんが資料から見つけ出したものだ。存在すら確認されないような架空の人物にしてしまえば逆に真実性が薄れてしまう。

資料の名は記されていないが、君が秋田で見た「秋田書画人伝」と考えて間違いがない。

又、絵の存在は確認されていないが、歴史に名をとどめ、秋田県に関係の深い絵師であることが、絶対的な条件となる。

何人かの候補を検討していって、最後に残ったのが近松昌栄だった。

あとは、どのように昌栄の履歴を作りあげていくかが鍵になる。あまりに完璧に作ってしまえば、かえって疑いを持たれることにもなりかねない。西島に、あくまでも自分の調査で出てきた結論だと信じこませなければならない。これは研究者でなければ思いつかない発想だ。嵯峨さんも、その辺のかねあいに最も苦労したらしい。相手側にどれだけの調査能力があるのか、その判断にすべてがかかってくる。折角ヒントを画集の中に記しておいても、それに気がつかないような人間ばかりでは、意味がなくなってしまう。そしてもうひとつ。どうすればこの画集に西島が興味を持つかという問題だ。

清親の序文はそのために用意された。

この序文はふたつの効果をあげる。ひとつは、もちろん、研究者の興味をこの画集に惹きつける役目を果たす。そしてもうひとつ。このことで清親は、絵を集めた佐藤正吉の生き証人として存在することになるのだ。

清親は実際にあの時期に東北に行っている。研究者ならたいていの人間がそのことを知っている。清親が序文を書いても何の不思議はない。その序文によって我々は佐藤正吉という男の存在を、簡単に信じてしまう。佐藤を認めるということは——あの画集が明治四十年に出版されたということを認めることと等しい。研究者にとって身近な、信頼感を持つ清親の名前をはめこむことによって、あの画集は初めてリアリティを持ち始めるのだ。


嵯峨さんの覚え書きには、写楽の名は一度として出てこない。どこかに研究者としての矜持があったのだと思う。「ある絵師」と表現されているだけだ。とにかく、嵯峨さんは一枚の作品上にだけ「ある絵師」の名を書き入れ、他はすべて昌栄と落款を入れた。嵯峨さんの篆書家としての技術が役に立った。

西島が気がつかなかった場合を恐れて、嵯峨さんは、もう何枚かにも「ある絵師」の名を書きこみたい衝動にかられたそうだが、やはり、そうなれば不自然になってしまう。嵯峨さんは、西島の中にわずかに残されている研究者としての実力に期待をかけることにした。

そこで、図版は、書きこみ文字を確実に読み取らせるために、わざと写真貼りこみにしたと言う。印刷でやれば完全になるが、網版で肝心の文字が潰れてしまう可能性を怖れたのだろう。

活字は、その当時の書籍から一文字一文字切り取って、台紙に貼りこみ、直接整版したと書いてある。オフセット印刷と言うことだろう。あの画集に文字が少なかったのは、そうした理由によるものだ。

紙に古色をつけたり、かびの匂いをつけるのはほとんど水野がやった。具体的な方法は書かれていないが、良く骨董屋がやるように、紅茶につけこんだか、落花生の殻をいぶして、その油煙で古色をつけたのだろう。かびは湿気の多い場所に吊るしてさえおけば簡単にできる。すでにかびが生じている別の古い本の間に、一枚一枚紙を挟みこんでおけばもっと完璧になる。

画集は完成した。

想像以上に良くできたと、嵯峨さん自身が驚いている。あとは、この餌を西島の目につくところに、さり気なく置けば良い。

興味を示せば、西島は間違いなく秋田に調査の手を伸ばすだろう。その時のために嵯峨さんはもうひとつの方法も考えておいた。調査の手助けをさせる人間を行く先々に配置しておくのだ。

調査が嵯峨さんの思う方向に動いていればその人間は何もしない。だが調査が行き詰まっていた場合、その人間はさり気なく近づいて、何らかのヒントを与える。

そうして出た結論は西島に伝わる。

その後の西島の行動は容易に予測できる。及ぶ限りの力を発揮して、西島はこの発見を世間に公表するだろう。その時が西島の研究者としての生命が潰える時なのだ。

嵯峨さんは、その時のために、画集の中に何ヵ所かの罠をあらかじめ作っておいた。これを追及すれば、西島は窮地に追いこまれる。しかも、その罠は、画集が偽物だと証明するだけで、自分達がこの画集を作ったということと、絶対に結びつかないようにしかけられている。嵯峨さんがそれを言いたてても、そのことで自分達が追及されることは、まずあり得ない。

嵯峨さんの計画は、ほぼ完成した。だが、ここに至って思いがけない事態が、嵯峨さんに襲いかかってきたのだ。

最初は西島追い落としに協力していた水野や、その仲間が、あまりの計画の見事さに欲を出し始めたに違いない。彼らは、この画集を西島が本物だと認めた場合、こちらから偽物だと言いたてる必要がないと判断したらしい。考えてみれば無理もない。偽物と発覚し西島が研究生命を断たれたとしても、彼らには一円の得にもならない。だが、もしも西島がこの画集を認めて、世界に公表されて通ってしまえば、彼らの持っている秋田蘭画は、一夜にして巨大な財産となるのだ。世界の権威が本物と認めた写楽の肉筆を、彼らは五十本も持っている。うまく運べば三十億円以上の価値にもなろう。

嵯峨さんはその時から水野の気持が変わったと考えているが、オレはそう見ていない。多分、話を聞かされた時点でそこまでの可能性を考えていたと思う。でなければ、単なる嵯峨さん自身の怒りだけで、何人もの人間や、画集を作るだけの金が集まるはずがない。

彼らには、この画集を偽物だと騒ぎたてる気持など初めからなかったのだ。嵯峨さんは利用されていたのだと思う。

嵯峨さんは、ようやく彼らの意図に気がついた。だがもう遅い。画集はできあがって、もはや嵯峨さんの手の届かないところにあった。

彼らは画集を世の中に出したあと、嵯峨さんが偽物だと騒ぎだせば、警察に洗いざらい告白すると言って、嵯峨さんをおどしにかかった。嵯峨さんは自縄自縛の罠におとしめられてしまったのだ。これが発覚すれば、西島はおろか、日本の浮世絵界全体が崩壊してしまう。ふたつの派閥を代表する人物が、私利私欲のために動いたということになれば、世間は浮世絵界全体の体質を疑い深い目で見ることになる。どんなに嵯峨さんが公憤だと力説しても、部外者には絶対分かってはもらえないことだろう。逆に嵯峨さんが何故西島に対して怒ったかという理由が世間に公表されれば、ますます人々は浮世絵界に不信の念を持ち始める。その傷は十年も二十年も消えない。春峰庵ですら、今だに尾を引いているのだ。嵯峨さんは絶望した。浮世絵界のためにしたことが、浮世絵界をもっとひどい状況に追いこむことになってしまった。これほど惨酷な話はない。

浮世絵の将来のためには、口をつぐむ他はない。だが、あれが本物として通ってしまうことは嵯峨さんのこれまでの研究生活に大きな矛盾を生じてしまう。

それ以上に耐えることができなかったのは、この発見によって、西島がより強大な権力を掌中にしてしまうという可能性だった。それだけは、どうしても許すことができない。

その姿を見るくらいなら、死んでしまった方が楽だ。死んでしまえば、水野達は警察にぶちまける意味がなくなる。全部自分達の罪になってしまうのだ。嵯峨さんが作ったと彼らが言っても、その証拠はない。嵯峨さんは亡くなる一ヵ月ほど前から、そのことだけを考えていたらしい。

死んでしまえば、すべては解決する。しかし、西島の問題だけは残ってしまう。そこで嵯峨さんはオレに目をつけた。オレは先生を憎んでいた。それは嵯峨さんにも分かっていたことだろう。嵯峨さんは、すべてをオレに明らかにして、オレに判断をゆだねた。

画集が出た時点で、西島に忠告するも良し、嵯峨さんが果たそうとした方法をとっても良し。ただし、浮世絵のために、必らず役に立つ方法を選んでくれと、その覚え書きは結ばれてあった。

オレは泣いた。悔んだ。怒った。

この覚え書きを先生の前に何度つきつけてやりたいと思ったことだろう。嵯峨さんに罪はない。罪は先生にあるのだ。オレはその時嵯峨さんの復讐を心に誓った。嵯峨さんが果たせないままに死んでいった方法を取ることにしたのだ。

ところが、ここに思いがけないことがおきてしまった。

よりによって、あの画集は君に発見されてしまった。このことも当然予知していなければならないことだったのだ。嵯峨さんは君の実力を高く評価していた。ましてや君は写楽を専攻している。研究室にいるということで時間も他の人間に較べれば自由に使える。西島門下の中で、君ほど、この発見にうってつけの人間はいない。

画集の序文や小伝は、君を念頭に入れて拵えられたものだったのだ。君ならば、この文章でこう動く。この地名はこう解釈する。嵯峨さんの頭の中では、絶えず君の思考パターンがグルグル巡っていたことだろう。君の発表した「写楽研究ノート」が、その手がかりになったことは間違いがない。

君は何ヵ月も前から、偽造グループにマークされていたのだ。

古書展の案内の中に、浮世絵の書籍を大量に含めて、君を会場に招び寄せる計画は成功した。あの時に君からの注文ハガキが送られてこなければ、彼らは再び別の機会を狙ったことだろう。古書展の案内は一ヵ月に何通も送られてくる。機会はいくらでもある。もしかすると、あれはすでに何回目かのことだったかも知れない。君からハガキが送られてくれれば、水野は抽選で当ったと君に伝えればいい。それで君は必らず会場に現われるのだ。

会場にやってきた君に、水野はさり気なく近づいて、画集に興味を持たせさえすれば、この計画は半分成功したも同じだ。

君にそのあと何日も動きがなければ、水野は巧妙に君に連絡をとって、写楽の名が入っている図版に注意を惹かせただろうが、幸いに君はすぐに発見した。その点では、君は嵯峨さんの期待通りの動きをしたと言える。

嵯峨さんの目に狂いはなかったわけだ。


君は、あの画集を自分が掘り出したものと完全に信じた。あれが水野あたりから、調べてくれと持ちこまれたものならば、君は簡単に写楽の獅子を認めはしなかっただろう。ましてや西島先生も、初めから相手にしなかったはずだ。偶然に手に入ったものだと思いこませることが、この計画の最も大切な部分だった。オレも、君が見つけた経過を聞きながら、嵯峨さんの覚え書きさえ読んでいなければ、同じように偶然だと信じこんでいただろうと思った。


オレの気持は動転した。

まさか、君が画集の発見者になるとは、その時まで全く予測もしていなかった。そのうえ、すでに先生までがあの画集を手にとって、可能性があると判断したと言う。

だが、君をこの件にまきこむわけにはいかない。オレは君が持ち込んだ画集を眺めながら、どのようにして、これが偽物であることを君に説明すれば良いか――それだけを考えていた。嵯峨さんの覚え書きを読ませれば一番簡単だが、それはしたくない。嵯峨さんの名誉のためにも黙っていたかった。そのことを説明せずに、何とかこれが偽物だと伝える方法はないものか、オレは焦った。その時、偶然に、オレの指は袋綴じになった紙の裏の部分に触れた。咄嗟にオレは理解した。この画集が何故袋綴じでなければならないかということを——理由はふたつある。ひとつは紙に古色をつけるために、一枚一枚バラバラにして吊るさなければならないからだ。洋本では、それが難しい。和本なら、古色をつけたあと再び糸で綴じれば元に戻る。ふたつめは、活字圧を隠すためだ。嵯峨さんの覚え書きにはオフセットの方法で文字が印刷されたと書いてある。オフセットと活版の最大の違いは活字圧の差にある。オフセットではほとんど活字圧がなくなってしまうのだ。薄い紙に活版で印刷すれば、必らず紙面の裏に活字の圧力で、でこぼこができる。句読点などの部分では穴があいてしまうことすらある。ところが画集の裏はつるつるだった。間違いなくオフセットの特徴だ。この特徴を隠すために、袋綴じの方法で本が作られたのだ。これだと裏を見られることが絶対にない。

絶妙なアイデアだが、ここに欠点がある。

明治四十年では、石版刷りはあっても、まだオフセットの技術はない。印刷関係者なら即座にこの画集が偽物だと見抜いてしまうだろう。オレはこのことを君に伝えようとした。だが、この時、オレの心に再び復讐心が燃えあがってきたのだ。先生は可能性があると見ている。このままでいけば、先生は罠にかかるかもしれない。しかも、オレの見つけた活字圧の問題は、実に単純なものなのだ。このことを後でオレが世間に公表しても、嵯峨さんと結びつくことは絶対にない。嵯峨さんの覚え書きという証拠なしで、オレは先生を失脚させることができるのだ。この考えは、オレを狂喜させた。誰にも迷惑をかけず、先生だけを葬り去ることができる。

それにオレは、嵯峨さんが執念で生み出した画集が、どれだけの根拠で作られているのか知りたくもあった。この画集だけでは、手がかりだけで、論には成り難い。あれだけの研究者が練りに練った計画でもある。必らず調査の段階で、決定的な証拠が出てくるように仕組まれているに違いない。復讐ということよりも、オレも研究者の一人として、その方向に興味が動いたのだと言っておきたい。

考えるのは、そのあとでもできる。オレは結局、君に何も言わないでしまった。

君は秋田に調査に出かけた。その間、オレはオレなりの方法で写楽を追い求めた。源内を探り、狂歌の連中を追いかけ、久しぶりにオレは充実した。こんなに面白い世界だったのかと、オレは浮世絵を続けている君をうらやんだりしていた。

大館に泊まっていることを知って、地名辞典を読んだのは偶然だった。あれは今でも分からない。嵯峨さんが果たして、あそこまで読みとって昌栄の住居を大館と定めたものなのか——だが、やはりそこまで考えていたのだろう。遅かれ早かれ、大館とあれば、誰かがあのことに気がつくはずだ。寛政七年、大館に郡奉行設置。実に良く練られた計画だ。あの時ほど驚いたことはない。

一方、君は秋田で、続々と昌栄の資料を掘り出した。栄和という門人らしき人物まで見つけ出した。しかも栄和は本荘のすぐ側に住んでいたと言う。偽物だということを、オレは一瞬忘れて、写楽＝昌栄説を信じさえするところだった。

君は多分、嵯峨さんが想像していた以上のことを探りあてたのだと思う。昌栄が秋田藩士であれば、秋田藩を探っていくのは当り前だが、君が導き出した結論——秋田藩と江戸文化の密接な関係、田沼と蔦屋のつながりは嵯峨さんにも思いもよらないことだったと思う。蔦屋と喜三二との関係には着目していたとは思うが、嵯峨さんにすれば、昌栄が秋田藩士で、蘭画を描き、写楽が活躍した時代に江戸にいて、寛政七年に大館に帰った、と言う程度がはっきりするだけで、西島先生は必らずこの餌にとびついてくると信じていたのだろう。昌栄の実在さえ認めさせてしまえばあとは明治四十年刊という事実がものを言う。クルトの前に存在した本の中に、写楽と名の入った作品を、世界中の誰もが否定できなくなってしまうのだ。

君は秋田から戻った。説明を聞きながら、オレは驚嘆した。そこまで完璧に昌栄が写楽と結びつくとは思ってもみなかった。そのうえ君は、昌栄の作品が昭和初期からすでに市場に流出しているという動かせない証拠も握ってきた。その作品では昌栄の名が切り取られ別の名が後から入れられていると言う。偽物だということを知らなければ、まさに、これは決定的な証拠と言っていい。しかし、それはあり得ない。昌栄の画集は最近になって嵯峨さんが拵えたものだ。その中の作品が、昭和十二年に横手に存在することは絶対に考えられないことなのだ。

オレは最初、これも嵯峨さんが仕組んだことだと思った。しかし、何と巧緻な計画だろう。このことによって、たとえ昌栄の作品が世の中に出てきても、誰もそれを偽物だと判断できなくなってしまうのだ。

今の科学では、どんなにうまく拵えたとしても、後から入れた落款であれば、検査によって、それを見破ることができる。彼らが、あのまま昌栄の署名の入った作品を出せば、一ヵ月も経たないうちに、偽物だということが発覚していたに違いない。

ところが、それに別の絵師の名が入れられていればどうなるか。すでに、その作品上に、もと昌栄の名が入っていたことは、画集の存在で明らかにされている。つまり、その別の絵師の名は、最近になって入れられたものだと、その時点で誰もが知っていることになる。検査をしてみても、落款の年代が新しいのは当り前のことなのだ。

そして昌栄の落款は画集の中にしか存在していない。いかに現代の科学が進んでいようと、写真の中の落款の年代だけは探りようがないだろう。彼らは昌栄の名を削って、どんどん別の絵師の名を書きこんでいけばいい。そこから偽物だと言い出す人間は、この世に一人もいないのだ。まさに完全犯罪だ。

こう考えながら、突然オレは妙なことに気がついた。嵯峨さんがこれを行なうはずはない。あの人は画集だけで先生を追い落とせたはずなのだ。これは水野達の考えたことだ。とすれば、君は今度の調査旅行の間に、必らずその仲間と接触しているに違いない。オレはそのことをさり気なく冴子に尋ねた。加藤が仲間の一人だ、話を聞いて、まずそう思った。しかし冴子の話では、蘭画の写真を探すということは君から出たものだと言う。いくら何でも、君からその話が出ると予測して準備していたとは思えない。オレは悩んだ。横手の業者が昭和十二年だと断定したと言う。今度はその男を疑ってみたが、加藤が仲間でないとすれば、君とその業者の電話は、全くの偶然になってしまう。オレにはどうにもわけが分からなくなってしまった。

何日かして、オレはそのからくりが分かった。やはり加藤は仲間だった。横手の業者も仲間の一人に違いない。落款を切り取るというアイデアは君との話から初めて出てきたものなのだ。彼らはそこまで考えてはいなかった。だが君の話を聞いているうちに、その方が有利だと判断したのだろう。

加藤はおそらく君が小坂町に入ったあたりから、ずうっと尾行していたのだと思う。ところが角館で冴子に見つかってしまった。彼は覚悟を決めて君に接近した。何気なく話を交わしているうちに、蘭画の写真を探せば何か摑めるかもしれないという話が君の口から出てきた。彼はそのアイデアが面白いと感じたのだろう。君と別れると、すぐに彼は水野に連絡をとった。水野も乗り気になった。水野は早速、昌栄の落款を切り取ると、田代雲夢の名を書き入れ、それをポラロイドで撮影した。多分、その写真を盛岡に持っていったのも水野だろう。

その間に加藤はアルバムを作るために、手あたり次第に蘭画の図版を集めた。美術館に入っているものが多かったと君は話していたが、おそらく美術館などの図録からも、かなり流用したのだろう。それは逆に、その架空の店の信用を付け足す役目も果たした。彼らは、それを用意してあるポラロイド写真と一緒にアルバムに貼りつけ、そのあとコピーをとった。コピーだと図録から切り取った形跡や、ポラロイド写真だということをごまかすことができる。そうして準備をすますと、加藤は何食わぬ顔で君を待っていたのだ。

店に現われた君に加藤は何気なく見せる。君は当然昌栄の作品を発見し、出所を尋ねる。そこで加藤は別の仲間に電話をかける。横手の業者というのはもちろん嘘だ。だが水野でもない。君は水野と会っている。そんな危険を冒すような彼らではない。その男は、そして君に作品が昭和十二年から市場に流れていたと説明する。長戸呂のことも、もっともらしく付け加えてだ。ここまで言われて信じない人間はいない。

これによって彼らは、画集が確かに古い時代から存在していたという証拠を作りあげ、その他に、昌栄の作品が別の絵師の後落款(あとらっかん)で市場に流れているという、好都合な事実まで世間に納得させることに成功したのだ。

だからと言って、君を責めてはいない。君の昌栄を追究する情熱があったればこそ、このアルバムの一件は生まれてきたものなのだ。君には責任がない。

しかし、この事実は、写楽＝昌栄説の正しさを不動のものとした。何故昌栄がこれまで認められなかったかと言う疑問にも、これで解答が与えられたのだ。誰もが、この説の正しさを認めるだろう。オレさえ黙っていればこれは世界にも通用する。すべてはオレにかかっているのだ。

オレはここにきて迷った。偽物と公表すべきか否か。それだけ、これは魅力を持ってオレに迫ってきていた。田沼意次と結びつけられた写楽は、強烈な実在感を持って、オレの心に育ちはじめた。嵯峨さんは田沼のことまでは考えてはいなかったと思う。だが、君と話をしているうちに、本当に写楽は秋田蘭画の絵師ではなかったのかとオレは思うようになっていった。昌栄以外の別の絵師であっても、あの説は成立する。そうでなければ、あれだけ納得させる人間関係がでてくるはずがない。嵯峨さんは偽物を作ったが、本筋は間違っていなかったのではないか？　絶対に写楽は秋田蘭画の絵師の一人なのだ。君は偽物のあとを探りながら、本当に写楽の謎を解決したのに違いない。オレはそう信じるようになった。

するとどうなるだろう。オレが画集を偽物だと公表することは、オレ自身が信じている秋田蘭画説を同時に葬ってしまうことになる。研究者として、どちらが正しい立場なのか、オレには分からなくなってしまった。自説を守るつもりであれば、オレはあれが偽物だと言えなくなってしまう。

だが、これは世の中に問うべき問題なのだ。このまま闇から闇へ葬り去ってしまうには、あまりにも大きな魅力を、秋田蘭画説は持っていた。

オレは断念した。もはや、これは嵯峨さんの構想を超えて一人立ちしている。君の発見だと言ってもさしつかえがない。それを毀す権利などオレにはない。ただ、ひとつだけ不安だったのは、先生がどう動くかということだった。これを君にそのまま任せるような先生ではないような気がした。もし、これを先生が自説として発表でもしたら——その時はオレは遠慮しない。君のような真面目な研究者の芽を摘むような人間であれば、これ以上浮世絵界をまかせておくつもりにはなれなかった。先生を潰すことと引き換えなら、秋田蘭画説を捨てても惜しくはない。そう思いながらも、心底では先生を信じている部分もあった。まさか、先生がこの発見を門人から奪ってしまうとは思えなかったのだ。

結果はあの通りのことだ。十二月二十一日の総会で、先生の態度が明らかにされた。

オレは唖然とした。君の口惜しさを思うとやりきれなかった。オレは決意した。だが、その前にオレの気持を先生に伝えておきたかった。そのことで先生が研究者として目覚め、先生自身の口から、あの画集が偽物だと発表してくれれば、浮世絵界にも迷惑をかけずにすむ。それをしてくれるなら、オレはそれ以上の追及はしない。何処かに先生を捨てることのできない気持が少し残っていたのだ。

オレは元日の夜、先生に電話をかけた。画集のことで重要な用件だと話し、都合を尋ねると、先生は二日の夜にこいと言った。一人で家に残っていると言う。オレの言葉の真剣さに少しは気がついているようだった。

次の夜、九時過ぎにオレは先生を訪ねた。

嵯峨さんの覚え書きを見せることはしなかった。オレは、ただ画集が偽物であることだけを伝えた。先生はまるでとりあわなかった。そこで、オレはオフセット印刷の可能性を指摘した。それを聞くと、先生はまっさおになって金庫から慌てて画集を取り出して確かめはじめた。あの時の先生の顔が、今だにオレの目の中に焼きついている。先生は泣き出しそうに顔をゆがめながら、オレを殴った

——自分でも分かったのだ。

しばらく先生はそのまま立ちすくんでいた。やがて先生は画集にライターを近づけて、燃やそうとした。画集さえ失くなれば、肝心のオフセット印刷という証拠も消えてしまう。誰もこの画集を偽物だと言うことができなくなるのだ。先生の意図が分かって、オレは先生にとびかかると、画集を取りあげた。先生はオレに躍りかかってきた。だが、体力はオレの方がある。オレは反対に先生を組み敷いて、その卑劣さを罵った。突然、先生はオレの腕の下でおいおいと泣きじゃくった。それがどんなに切なくオレの胸に響いたことか——オレはいたたまれなくなって、そのまま先生の家をとび出した。まだ泣き声は続いていた。

次の朝、先生が死んだ。

自殺だと直感した。今さら偽物だと公表できずに、責任を取ったのだと思った。この事件は嵯峨さんの自殺で始まり、先生の自殺でけりが着いた。

もっと早く覚え書きを見つけてさえいれば嵯峨さんは死なずにすんだかもしれない。君が画集を発見した時点で、オレが偽物だと、ひと言告げてさえいれば、先生も死なずにすんだのだ。図らずも、オレは二人の死に責任を持つことになってしまった。辛かった。

オレが先生を殺した。そう思っていたところに、君の口から意外なことが分かった。先生は放火で逃げ遅れて死んだと言う。

オレの頭は混乱した。先生は自殺ではないのか？　しかし誰が先生を殺す必要があるのだろう。水野のことが頭に浮かんだ。が、それも考えられない。彼らにとって先生はまだまだ必要な存在なのだ。画集や論文を発表させて、写楽＝昌栄説を揺るぎないものにしてもらわなければならない。それまでは絶対必要な人間なのだ。この謎は今でもオレの胸に残っている。

そのうちに清親の画帖が発見された。

この画帖によって、新しい展開が生じた。発見者の峰岸と君が、清親の序文に疑いを持ちはじめたのだ。まさか、こういう事態になるとは水野も思わなかったに違いない。二人を紹介したのが水野と聞いて、オレはその大胆さに呆れた。それだけ自信を持っていたのだろう。確かに、あの時点では誰にも清親の画帖が発見されることなど想像もできない。

あの序文への疑いさえ出てこなければ、水野達は、まだのんびりと絵を寝かせておくはずだ。ほとぼりを冷ましてから、多分、二、三年あとに絵を発見する手筈になっていると思う。ここまでくれば、彼らには不自然な行動だけが命取りになる。だが事態は変わった。

いずれ序文が偽物だということが、君達に発覚してしまうと、彼らは考えはじめているに違いない。その結果がどういう形で現われてくるか想像もできないが、売り急ごうとしていることだけは確かだろう。

オレは、それを待って自分なりの決断をつけようと考えていたが、その前に意外なことを知ってしまったのだ。


オレは、ここ何日か、君から頼まれていた絵ハガキを追いかけていた。それほど重要な手がかりではない。初めオレはそう考えていた。だが妙に気になりはじめた。ハガキには特別意味のありそうなことは書かれていない。そこで宛先を辿った。順にそれをたぐっていって、ついに新宿のスタンプ店で、オレは最後の買い主にぶつかった。差し出された一枚の名刺、それには思いもよらない人間の名が刷られていた。

藤村源蔵。嵯峨さんが、盗んだ本を小包みにして返そうとした、あの仙台の古書店主の名前なのだ。

これは偶然だろうか——。

しかし、それはできすぎている。水野が、たまたま藤村の持っていた絵ハガキを入手して、画集に挟みこむことはあり得ても、嵯峨さんが同じ男から本を盗み出すという確率はほとんどない。嵯峨さんが、その時に絵ハガキも盗んだと考えればつじつまは合うが、何のために絵ハガキを盗む必要があるのか、その説明はつかなくなる。珍しいものではないと、切手商は断言している。

答えはただひとつ、藤村も水野の仲間だと言うことだ。横手の業者だと偽って君と話を交わしたのも、多分、藤村だったに違いない。

藤村が贋作グループの仲間だった、ということになれば、今度は妙なことになる。何故嵯峨さんは光悦本を直接渡さなかったのだろう。何故藤村は嵯峨さんを知らないと答えたのか。何故水野は小野寺さんに藤村のことを聞かされても、顔色ひとつ変えなかったのか。オレの疑惑は次から次へと浮かんだ。

嵯峨さんは殺されたのだ。

どう考えても、嵯峨さんがわざわざ死の直前に藤村に本を返さなければならない理由はない。本の小包みは嵯峨さんの自殺の動機を作るためのトリックに違いない。オレの結論はそこに至った。殺したのは誰か分からない。だが三人の中に必らず犯人がいる。画集が偽物だと公表してしまいそうな嵯峨さんの様子を見て、彼らはその前に殺してしまうことにしたのだ。

オレは動揺した。

嵯峨さんの覚え書きをオレは読んでいる。嵯峨さんは自殺したのだ。そう信じていた。だからこそ、画集が偽物だと分かっていても彼らの行動をこれまで見過ごしてきたのだ。欲に目のくらんだ哀れな人間達だ。そう考えれば腹も立たなかった。ところが、彼らは違った。殺人者なのだ。オレは自分の憎悪や妬みの感情のために、殺人者を野放しにしてきたのだ。

これが分かってみると、オレの心の中には先生を殺したのも、やはり彼らではなかったかという疑惑が湧いてきた。この時のオレの絶望のどれだけ大きかったことだろう。

オレは自分一人の力で犯人を探す決意をした。事件の責任は全てオレにある。その償いだけはしなければならない。

オレは今日、嵯峨さんの覚え書きを二通コピーして、一通は水野、もう一通は藤村に渡すことにした。水野にはすでに届けてある。朝のうちに郵便受けに投げ入れてきたのだ。明日、オレはここにあるコピーを持って行き、藤村にも同じ方法をとる。二人は必らず連絡を取って、何処かで墓穴を掘るだろう。オレは彼らを見張って、彼らがミスを犯すことをただ、待つだけだ。うまくいけば、昌栄の名がまだ切り取られていない作品を見つけることができるかもしれない。それさえあれば、彼らには言い逃れができない。そのあとのことは小野寺さんにでも任せようと思う。ことは殺人だ。できれば浮世絵をまきこみたくないと、今でもオレは思っている。しかし、それもやむを得なくなるかもしれない。

もう夜明けが近い。オレは行かなければならない。嵯峨さんの覚え書きは、今でもあの本の函の中にある。それを使いたくない。それがなくても、彼らの殺人を立証できるだけの証拠がなんとか見つかればいいが——画集が燃えてしまった今となれば、あれが偽物だと実証することも難しくなった。せめて、嵯峨さんが画集に仕掛けた罠というものが、オレに分かればいいのだが、まだ見つけることができない。やはり、オレが行かなければならないだろう……。

君には迷惑をかけた。

冴子のこともよろしく頼む。

9

津田は涙も出なかった。

〈初めから、偽物だと分かっていた……国府さんは最初から昌栄が偽物だと……〉

これだけの確証を手にしながら、津田にはまだ信じられなかった。国府とは写楽の謎を共に解き明かしてきたという、強い気持が、今だに津田の胸の中にあった。

〈それなのに……ひどすぎるよ。これじゃ、あまりに身勝手すぎる！〉

抑えようのない怒りが、突然、津田の胸に突きあがってきた。

〈死んでしまえば、もう責任はないって言うんですか。それでいいって言うんですか

——そりゃ、先生も悪いよ。でも、やっぱり嵯峨さんが勝手すぎたんだ。あの人は浮世絵なんか愛していなかったんだ。愛している人間がどうして他人の作品に写楽なんて平気で書きこむことができるんです。あんたには、それが分からなかったんですか

——嵯峨さんに利用されたのは、オレじゃなくって、国府さんの方だったんですよ

——嵯峨さんは浮世絵の将来を預けてしまったんだ。重すぎる荷物をあんたに背負わせて、自分だけ満足して死んでいったんだ……オレ達若いもののことなんか、結局、誰も考えてはくれなかったんだ〉

津田には、嵯峨と国府が命がけで守ろうとした浮世絵が、そのことで、かえって薄汚れてしまったように思われた。

〈オレ達は思いあがってはいなかったですか？　誰も認めてくれようとしないと、勝手に想像して、浮世絵のことをバカにしてはいなかったですか——オレ達がいなければどうなるかって、まるで落ちこぼれの生徒でも扱うように、浮世絵を考えてはいな

かったですか。浮世絵はそんなものじゃないでしょう。先生が一時期、方向をゆがめたくらいで消えてなくなってしまう程度のものだったら、そんなものは消えてしまって構わないんですよ。そんなものなら、誰だって必要としない——でも浮世絵は、これからも立派に存在し続けます。嵯峨さんや先生が消えても、浮世絵は遺っていくんです。オレ達は浮世絵から見れば、通りすがりの人間でしかないんですよ——放っておいても、浮世絵は自分だけの力で遺り続けていったのに……〉

初めて津田の目に大粒の涙が溢れた。

このことで、結局、何が遺されたと言うのだ。西島を初め、三人の研究者が無意味に死んでいったとしか、津田には思えなかった。特に国府は津田にとって、かけがえのない人間だったのである。津田は喫茶店の隅で泣き続けた。国府を失ったのが口惜しかった。

10

〈オレは、国府さん達が守ろうとしたものを毀します——浮世絵なんかより、オレは国府さんに生きていて欲しかった——このまま、水野達のことを許しておくわけにはいかないんです〉

津田は決意すると、すぐに府中署にいる小野寺に連絡をとった。水野が国府のアパートを荒したのは嵯峨の覚え書きを探そうとしたためだろう。それさえあれば、確実に水野を逮捕することができる。偽物の確証さえあがれば、何とでも彼らを攻めることができるのだ。

このことで嵯峨の贋作行為や、西島のエゴイズムが明るみに晒されるとしても、津田は少しも痛痒を感じなかった。浮世絵は、こんなことで消え去るようなやわな世界ではないと、津田は確信を持っていた。

津田は電話に出た小野寺に、四冊の書名を告げた。嵯峨の著書で、函に入っているものはそれだけである。もし、水野が発見していなければ、その中のどれかに覚え書きは隠されている。

小野寺は、早速、冴子に了承を得てからと、喜々として電話を切った。

11 二月二十日

事件はすべて終った。

やはり、嵯峨の覚え書きは函の中に気づかれずに残っていたのである。この証拠をもとに、小野寺は詐欺の疑いで水野を、事情聴取の形で任意同行した。加藤、藤村も同様に各所轄署によって連行された。

殺人を犯したのはすべて水野である。

加藤と藤村は意外なほど脆かった。画集が偽物だということが発覚してしまうと、二人はすべての罪を水野に持っていこうとした。水野の指示によって動いただけで、自分達はあくまでも本物だと信じていたと言い張ったのである。

水野はさすがに、すぐには口を割らなかったが、小野寺が飛行機の乗客名簿から、水野の筆跡を割り出すと遂に観念した。

ひとつを自供すると、あとは雪崩のように水野の口は滑った。

やはり小野寺の考えたとおり、嵯峨厚は水野の事務所で殺害されていた。何日も前から用意された、北山崎付近の海水を溜めこんだ風呂桶の中で、嵯峨は溺死させられていたのである。

正式に殺人容疑で水野に逮捕状が出されたのは、連行されてからわずか三日後のことであった。

五十本近い、昌栄の名が入れられた作品はほとんど手つかずのまま、仙台の藤村の店の倉庫から発見された。一本一本蠟紙に包まれて、厳重に封がされてあった。国府の想像したように、彼らは清親の画帖さえ発見されなければ、少なくとも三年は放っておくつもりだったと言う。

東洲斎写楽と書きこみの入った作品も、そのまま発見された。

この、写楽と落款の入れられた「蠟画の獅子」は、事件を象徴するものとして、その後に出された新聞、雑誌の紙面を大きく飾った。

誰の描いた作品かは不明のまま、この「蠟画の獅子」の図は、多くの人々の記憶の中にこれからも残っていくことだろう。

すべて事件は解決したのである。


「うまいやり方ですよ」

小野寺は、上野駅まで見送りに出た津田と向かいあって、地下のコーヒーショップで話を交わしていた。

「あの一週間くらい前から、嵯峨さんのマンションに藤村と加藤が交互に脅かしの電話を入れていたんスよ——殺すということもほのめかしていたらしいんですな。嵯峨さんはノイローゼのような状態になっていたんでしょう。国府さんに覚え書きを渡したのも、そういうことがあったからなんスね。そこに水野が登場する。水野は、殺すという彼らの言葉を口では否定しながらも、安全な場所に移った方がいいと、嵯峨さんを説得したんです」

「安全な場所と言いますと？」

「水野の倉庫兼用の事務所です。誰も訪ねてくるものはいないから、安全だということなんでしょう。殺人を犯すのにもね」

小野寺は拳を握りしめた。

「あそこはマンションの一室ですから、風呂や寝泊まりの用意もしてある。確かに嵯峨さんが何日か隠れる場所としては適当な場所でもあった。嵯峨さんは安心して、八日の夜から、そっちに移ったということです。もちろん着換えや洗面道具をカバンにつめてですな」

「…………」

「水野は、その間に何とか東北にいる他の二人と話をつけると、嵯峨さんに保証した。だが、その話がすっかりかたがつくまでは油断はできない。何しろ、そこは水野の事務所ですから、他の二人も電話や場所を良く知っている。万が一のために、何日かは決して外へ出るな、電話にも出るなと、水野は強く念を押しています」

「ふーん。それじゃ信用しますね」

「これが他の場所なら、いくら嵯峨さんでも、水野の考えすぎだと思ったかもしれませんな。そうして、言いきかせたあと、水野は他の二人と話をつけてくると言って、九日の朝、八戸に向けて出発したのです」

「なるほど、それで嵯峨さんはただ、じっとして……」

「じっと殺されるのを待っとったわけですよ。ひどい話じゃないスか。ヤツの自供を聞きながらぶん殴ってやりたいと思ったスよ――とにかく、嵯峨さんは水野が完全に目がさめたと信じこんで、彼が戻ってくるのを何処にも出かけず待っていました。午後になって、ようやく水野は帰ってきた。手には小唄寿司を二つぶらさげています。朝から何も口にしていない嵯峨さんは、何の疑いも持たずにそれに箸をつけました。その間中、水野は根掘り葉掘り、嵯峨さんのその日の行動を確かめました。外へは出なかったか、誰も訪ねてはこなかったか、電話をかけなかったか、電話に出なかったか……何しろ東京にはいないはずの人間ですから、ひとつでも不審なことがあれば終いです。その辺のところは良く心得ている男ですな。妙な点があれば犯行を別の日にのばすつもりでおったらしいです」

「…………」津田は水野の慎重さに呆れた。

「不審な点がないことを確認すると、水野は、今、東京にきている藤村と話をつけに行くと言って、再びそこを出ました。藤村が東京にいることを知って、嵯峨さんは驚きました。これも計算なんスよ。これで又、何時間かはじっとしているはずですからね――そうして水野は府中図書館へ急いだ。あとは我々の考えたとおりでした。アリバイを作ってから、今度は嵯峨さんを殺すために、事務所に帰ったということですね……なにしろあのとおりの大男ですからね、ひ弱な嵯峨さんを風呂桶で溺死させることぐらい造作もなかったでしょう」

「それじゃ、やっぱり国府さんは嵯峨さんの死体と一緒に？」

小野寺は暗い顔で頷くと汗を拭いた。

「まさか国府さんが一緒にくるとは思わなかったと話してますがね――だが、そのことで水野は完璧なアリバイを掌中にしたんですな。別荘に着くと、水野は国府さんとふた手に別れて部屋を探しています。国府さんにとっては初めての家だから勝手が分からない。その時間を利用して、カバンやら小唄寿司の空き箱をテーブルに置いたと言っています。それを国府さんに発見させているんです――全くどこまでも悪賢こい男だと思いましたね」

「本当ですね、それなら国府さんも信じてしまったでしょう」

「死体を捨てたのは、そのあとです。国府さんを連れて、北山崎まで探しに行くふりをして、国府さんがレストランの方向に歩いていくのを確認してから、もう一度車に戻り、トランクから死体を引き摺り出し……夜の海に投げこんだんスよ」

「音なんかしなかったんでしょうか」

「当夜はひどい強風が吹き荒れてましてね。絶好だと思ったらしいスよ――そのあと、死体が完全に沈んだか、何度も確かめたって言ってましたな。暗いので不安だったらしい」

「西島先生の場合も、やはり水野だったと」

「ええ、吐きました。殺すつもりはなかったと殺意だけは否認していますが――そうそう、津田さんが思っていたとおり、あの夜、やはり水野は国府さんが西島氏の家を訪ねたのを見ていたんですよ――破門された男が何故ここにと、水野は妙に思って、書斎の窓の下にひそんで二人の話を聞いていたらしい――国府さんが、画集は偽物であると言っているのを耳にした時は、もう終りだと思ったらしいんですな。ところが、国府さんは自分達の存在に気がついてはいないようだ。単純にオフセットだけで見破られたと分かって、安心した。そこで予定どおり、西島氏が寝静まるのを待って火を放ったというわけです。水野はまさか西島氏が書斎の仮眠ベッドに寝ていたとは夢にも思わなかったそうですが、たとえ別室で眠っていたとしても、逃げ遅れる可能性はあるわけですから、やはり殺意はあったと我々は解釈しておりますがね」

「…………」津田はただ頷いていた。

「その時から、水野は国府さんの行動をマークしていたんスよ。証拠は失くなったが、危険な人間には変わりないスからね。家の郵便受けに嵯峨さんの覚え書きが入れられてあった時には、咄嗟に国府さんの仕業(しわざ)だと分かって、もう殺すほかはないと決断したらしい。その前に絵ハガキの件もあったんで、水野は国府さんが必らず藤村の店にも現われると見て、先廻りをして仙台に向かいました。やはり仙台では、逆に国府さんが水野にあとを尾けられていたんスよ――そして国府さんが一人で歩いているところを見はからって轢いたんです。国府さんは、まさか自分の方が彼らにつけ狙われているとは思ってもいなかったんでしょうから、油断があったんですよ」

小野寺は言いながら体を震わせた。

「国府さんは、絵ハガキから藤村の存在を突きとめましたが、あのことがなければ、もしかすると国府さんは殺されずにすんだかもしれんですな――あの時点で、初めて水野は、国府さんが事件の真相に気づくのではないかと焦ったと話しています……そもそも、あの絵ハガキの件は、嵯峨さんの計画の中に入っておらんかったものだそうです」

「じゃ、水野が？」

「いや、藤村の考えだったらしい。古いものだと信じさせるために、咄嗟に挟みこんだと水野は口惜しそうに言っていました。あんなのは初めから問題になっていなかったんスから、バカな話ですよ……結局、それが命取りになってしまったんスね」

「………」

〈国府さんにとっても、それが命取りになってしまった……オレが調査を頼んだばかりに〉

津田は、やりきれない思いがした。

「もう少し、国府さんが行動を遅らせていれば――せめて、サザビーから写楽が発見されるまで待っていたら……多分、一人でヤツらを追いかけるなんてバカな真似はしなかったと思うんスよ。たった一日の差ですよ。あそこまでやれば、まさか国府さんでも、追及を諦めて、私にでも津田さんにでも事情を話してくれたんじゃないかと思っているんですがね」

「でも、画集は燃えてしまっていたし……あの人は、嵯峨さんの覚え書きだけは、絶対伏せておくつもりだったでしょうから」

「うーん。その辺のことになると、私には良く分からんのですがね……ところで、嵯峨さんが画集に仕掛けた罠ってのは、本当にあるんスかね？」

「何度もコピーに目は通しているんですが、やはり、国府さんの指摘したオフセット印刷ってのが、それとしか思えないんですよ」

「そうスか……しかし妙なんだなぁ。それだと、嵯峨さんがもう一度画集を手にしない限り口にはできないことでしょう。新聞や雑誌の写真では分かりっこありませんよね——嵯峨さんには、西島氏から必らず画集を見せてもらえるという保証みたいなものがあったわけなんスか？」

「さあ？」

確かに小野寺の言うとおりだ。これまでの二人の関係を想像すれば、それは決して、ありえない話のように津田には思われた。

「直接、原本にあたらなくとも、すぐ分かるような部分じゃないと、不自然でしょうが」

「うーん。そのとおりですね」

「やっぱり、罠は別な部分にあるんスよ」

　小野寺はきっぱりと言った。

「しかし、国府さんにも津田さんにも分からないんじゃ、誰にも罠を見つけることはできんでしょうな——嵯峨さんって人も、恐ろしい人だったんスね。頭がいいとか、そういうことだけじゃなく……」

　津田も同意した。

〈執念だ——先生に対する妄執が、あの画集を世の中におくり出したんだ……〉

　津田は淋しくなった。浮世絵界に二つの会の対立さえなければ、嵯峨と西島は友人として同じ研究を続けていくことができたはずである。ましてや、この事件もおきなかったはずだ。しかも、この対立は事件発覚後、歩み寄りを見せるどころか、ますます根が深くなっていくように津田には思われた。

　すでに浮世絵から離れる決意を固めていた津田にとっても、そのことだけは大きな気がかりのひとつだった。いつか、再びこの対立の中から、何かがおこらないという保証はどこにもない。その意味からでは、事件は解決していない。両会の対立が続くかぎり、いつまでもだ。津田は暗い予感に怯えた。

吉村は事件のあおりをくらって失脚した。大学の研究室は閉鎖され、岩越も故郷へ帰ると言う。西島門下生はバラバラになってしまった。

〈結局、嵯峨さんの思うとおりになってしまった……勝ったのはあの人だ〉

耳に嵯峨の笑い声が聞こえたような気がして、津田は辺りを見廻した。旅行客のざわめきの声が、急に大きく聞こえた。

「どうかしたんスか？」

小野寺は笑いながら津田を見ていた。

「秋田蘭画説ですがね――」

小野寺は話題を変えた。

「津田さんの書かれた論文を何日かかけて読んでみたんスが――国府さんも言うとおり、あれは間違いないと思いましたね――絵の評価なんてことはできんですが、犯罪捜査と同じように考えていけば、津田さんと同じ結論がでますよ。あなたの説は絶対外れてはおらんですよ……証拠がないのが残念ですが、これは刑事の勘ってやつです。これからは人に会う度に、写楽は秋田蘭画の絵師の中にいると、説明してやるつもりです……必らずそのうちに完全な証拠がでてきます。浮世絵をやめるなんて言わんで、これからも研究を続けてって下さいよ」

小野寺は優しく声をかけた。

津田の胸には熱くこみあげてくるものがあった。

「私も、おかげで浮世絵が好きになりかけてきましてね——まだ、勉強をはじめたばかりですが——歌麿と写楽の区別だけはつくようになったんスよ」

小野寺は体を揺すって笑った。

その笑顔が、事件後、はじめて津田の心を暖かく包んだ。

二人は笑い続けていた。

エピローグ

二年後。

津田は盛岡の私立中学校で日本史を教えていた。静かな教師として、生徒の評判も良かったが、年に何回か美術の「浮世絵」の項に入ると、津田の目は突然眠りから醒めたように輝いた。

ある日。津田は調べものがあって、県立図書館まで足を運んだ。ここには大部の辞典類が沢山備えられている。

調査対象は、岩手県の古い地名の由来だった。津田は迷わず棚に近づくと、吉田東伍が編集した「大日本地名辞書」の「奥羽」の巻を手に取った。「地名辞書」は全七巻からなり、総ページ数は五千を超す。古い地名の歴史、由来等については、現在のところ、これ以上に優れた辞書はまだ出ていない。

「奥羽」の巻では、仲々見つけることができなかった。津田はそれを元に戻すと、別巻の索引を棚から引き出した。

索引の前に、百ページ近い序文や書評が集められていた。

津田は興味をひかれて、序文をパラパラとめくった。当時の有名人が大勢含まれている。序文だけで二十五人が寄せていた。中には、大隈重信、原敬、渋沢栄一、坪内逍遥の名も見える。

〈へえ、すごい人間ばかりだな〉

津田はあらためて感心した。時々、この辞典を手にするが、序文までは読んだことがない。津田は面白そうな部分を選び出して、読みはじめた。

「今や文運日に進み月に新にして、図書の刊行せらるるもの尠からず。然れども、此等は概ね時好を趁ひ流行に投ずる片々たる一気呵成の小冊子にして……これ、識者の深く遺憾とする所なり」

文字を追いながら、津田の胸に何かひっかかるものがあった。何かで読んだことがある。序文を寄せた人物の名は嘉納治五郎と書かれていた。あの明治の柔道界の大家だろう。

津田は、自分の苛立ちを無視して、別のページに目をやった。

「君はもと山村に生長し学術を以て身を立つるの初志なかりしが故に、系統ある教育とては、中学の課程をだに卒ることなかりしが……家事の為めに世故を閲し尽し、遂に北海道に赴きて――」

津田は目を疑った。これは、清親の序文の一節である。佐藤正吉の生いたちを清親が説明した部分だ。世故を閲し尽し、という文字が珍しくて、津田は良く憶えていた。北海道を秋田に代えれば、全く同一の文章となる。

〈そうか、さっきの部分も……〉

清親の序文の冒頭と全く同じものである。

後の方の序文作者は市島謙吉となっていた。

〈これは、どういうことだ〉

津田は一瞬、その意味が分からなかった。

やがて、その答は、瞬時のうちに津田の頭の中に広がっていった。

〈これだ、これが嵯峨さんの仕組んだ罠だったんだ！　嵯峨さんは清親の序文を、この地名辞書からわざと抜き出して作りあげたのだ〉

嵯峨ほどの人物が、清親の序文を自分でつくれぬはずがない。これは偽物だという証拠を遺すために、わざとそのままの文章を抜き出したのだ。津田は息苦しくなった。

夢中になって、津田は、あちこちの序文に目を通した。何ヵ所かに同じ文章が続く。

結局、四つの序文から、必要な部分だけを取り出して、清親の序文を作りあげていることが分かった。

津田は「地名辞書」の刊年を確かめた。

明治四十年十月十三日。

画集と同時期のものである。

〈そうか——画集の小伝も、この本から文字を切り取って作ったものだ。覚え書きにあった、同時期の本というのは、これのことだったのだ〉

地名辞書であれば、大館や本庄の文字も、容易に取り出すことができる。

津田は頭に血がのぼった。

西島が写楽＝昌栄説を世間に公表したあと、嵯峨は、この地名辞書の序文を紹介し、画集の序文との類似性を提示するだけでいい。それだけで用はすむのだ。かなりの人間が、あの画集に不信を抱くことは間違いがない。そこから攻めていくつもりだったのだ。

津田は胸の動悸を抑えることができないまま、図書館をとび出した。

駆け足になりながら、津田はアパートに急いだ。すぐ伝えてやらなければならない。

〈これさえ分かっていれば——あの時に、これにさえ気がついていれば〉

津田は駆け続けた。

津田はアパートの階段を乱暴に駆け登るとドアを開けて部屋にとびこんだ。

音に驚いて、冴子がエプロンで手を拭きながら慌てて台所から出てきた。津田は胸を抑えながら、そのまま部屋の隅に坐りこんだ。冴子は息をつめて津田を見つめていた。

「やったよ――とうとうつきとめたよ」

津田は荒い呼吸のまま、立ちつくす冴子に涙声で言った。

「あの時に、これさえ分かっていれば……義兄（にい）さんも死なずにすんだんだ。死ななくても良かったんだよ」

冴子は、ただ頷いているばかりだった。

涼しい風が部屋の中を吹き抜けて、長く伸ばしはじめた冴子の髪が、さらさらと揺れていた。

解説

澤田瞳子（作家）

日本史上に数多存在する画家の中で、東洲斎写楽ほど「謎」という語と強く結びついた者はいない。わずか十ヵ月の短すぎる活躍期間と、一目見れば二度と忘れられぬほど個性的な大首絵。どこで誰に絵を学んだかも分からぬ不可思議な経歴に加え、画壇から唐突に姿を消した彗星にも似た生き様は、その活躍から二百年を経た今日でもなお多くの人々を惹き付け続けている。

第二十九回江戸川乱歩賞受賞作でもある本作は、若き浮世絵研究者たる主人公・津田を取り巻く学界の相克とそのただなかに起きた殺人事件を描くとともに、そんな東洲斎写楽の正体にも迫らんとするミステリー。筆者・高橋克彦がかつて大学で浮世絵の講座を担当していたことは高橋ファンには周知の事実で、今日でも浮世絵研究は高橋のライフワークの一つであるが、誠実で、それゆえに不器用で、真実を追うためならば如何なる労苦もいとわぬ津田に、筆者の姿を重ねる読み手はわたし一人ではないであろう。

それにしても日本のミステリー小説では、これまで数え切れぬほどの小道具がそれぞれの謎を彩ってきたが、本作ほど謎の根幹をなす小道具――今回においては浮世絵への愛情が強く感じられる作品は珍しいのではなかろうか。それは作中の随所にて語られる浮世絵の知識からのみだけではなく、登場人物たちの言動の端々にも強くにじみ出ている。

主人公・津田の師である大学教授・西島は、教え子の業績を自らの手柄として憚(はばか)らぬ傲慢な男。しかしながらこと浮世絵という一点のみに焦点を据えれば、その行動は過剰なほどの浮世絵愛に満ちている。また西島に破門された一番弟子・国府(こくふ)の浮世絵への執着は当然としても、国府の妹・冴子までもが兄や津田の影響のもと、浮世絵への強い関心を抱き、鋭い推理まで展開させるに至る点には、多くの人々を虜(とりこ)にする浮世絵の魅力と、それに惹かれ続ける筆者の姿が垣間見える。これまで浮世絵に関心がなかった読者も、本書をひもとけば必ずやその魅力の虜となること請け合いである。

なお本作において写楽の正体として提唱される近松昌栄(ちかまつしょうえい)は、「秋田書画人伝」に文政年中（一八一八―一八三〇）に秋田で活躍した画家とのみ短く記される人物。そんな東北の画家がなぜ、江戸で活躍した写楽と結びつくのか？　いやそもそも、どこまでが史実で、どこからが嘘なのか？　ミステリーに慣れた読者ほど、騙されまいぞと懸命になるかもしれないが、気が付けば筆者の巡らした虚実入り混じった写楽の謎に引き込まれ、歴史ミステリーの本髄を堪能できることは間違いない。
ところで高橋は本作刊行の四年後、続編『北斎殺人事件』にて日本推理作家協会賞を受賞している。本作の主人公だった津田はこの続編では、義兄となった国府の遺稿集出版計画をきっかけに、葛飾北斎＝幕府隠密説を追うこととなる。高橋が後に手がける長編ミステリー『パンドラ・ケース　よみがえる殺人』、『南朝迷路』、『即身仏の殺人』で探偵役を果たす風俗史家・塔馬双太郎がここで津田を補佐する役割として登場するのも、高橋ファンには嬉しい限り。そして『北斎殺人事件』の三年後に刊行される『広重殺人事件』においては、探偵役はついに物語の途上で完全に津田から塔馬へと入れ替わる。

　未読の方のために詳細は避けるが、『写楽』から『北斎』へと読み継いできた読者にとっては、『広重』は少々辛いところの多い作品である。しかしこれら浮世絵長篇三部作が、美術への強い愛情とそれを悪用する輩への怒り、そしてどんなときも変わらぬ人の情愛を読み手に突きつけて幕を下ろす時、読者は必ずやそこに滔々と流れる歴史の大河とそこに生きる人間の哀歓の深さを知るに違いない。そう、写楽の謎にしても北斎の謎にしても、その果てにあるのはすべて今を生きる我々自身の姿。本作を含めた三部作がただの歴史の玩弄ではなく、現在を生きる人に焦点を据え続けている点を決して見落としてはならない。

　ところで高橋克彦作品について語る上で避けては通れぬことに、その著作がホラーやミステリー、SFに歴史小説と多彩なジャンルを横断しつつも、徹頭徹尾、「東北」に主軸を置いている事実がある。個人的な話になるが、かく言うわたしが最初に触れた高橋作品は、盛岡を舞台とするホラー小説『ドールズ　闇から来た少女』（のちに『ドールズ』と改題）。中学生だったわたしはこの作品で骨まで染み通るような盛岡の寒さに触れ、直木賞受賞作『緋（あか）い記憶』では盛岡から飛び出して岩手県の各所を、NHK大河ドラマの原作である『炎（ほむら）立つ』では陸奥（むつ）とひとくくりにされていた時代の東北を知った。このため告白すればわたしの東北の知識の大半は、高橋作品によって作られている。つい先日も仕事で初めて秋田県の角館（かくのだて）を訪れ、「おお、津田と冴子が歩いた通りの光景だ！」と大興奮してしまった。二人が待ち合わせをした伝承館（仙北（せんぼく）市立角館樺細工（かばざいく）伝承館）中二階の喫茶室でわたしも休憩を取り、改めて高橋作品が描く「東北」に思いを馳（は）せた。

「東洲斎写楽——東北で写生を楽しむ人」

　とは、本作において冴子が呟くセリフ。江戸時代の「東洲」とはすなわち東北地方の意だったという津田の説明を受けて口にされるものであるが、実のところこの意味に従うならば、わたしは多種多様な切り口から東北を自在に描く高橋克彦こそが、現在の東洲斎写楽だと主張せずにはいられない。

　画家の写楽は絵を活躍の場とし、二代目中村仲蔵（なかぞう）をはじめとする大勢の役者の姿を絵筆によって後世に残した。ならば高橋はいま、言葉と物語によって自らの故郷たる東北を活写し、今なお我々にその魅力に満ちた土地の諸相を伝え続けている。もっともそのおかげでわたしのような高橋ファンは、ぜひ足を運びたい東北の町があまりに多すぎて大変なのだが。

　東洲斎写楽は何者なのか。一筋縄ではいかぬその問いを読者お一人お一人で嚙み締めながら、ぜひ尽きぬ謎に耽溺していただきたい。

本書は一九八六年七月に講談社文庫より刊行された
『写楽殺人事件』の文字を大きくした新装版です。

|著者| 高橋克彦　1947年、岩手県生まれ。早稲田大学卒業。'83年に本作『写楽殺人事件』で江戸川乱歩賞、'86年に『総門谷』で吉川英治文学新人賞、'87年に『北斎殺人事件』で日本推理作家協会賞、'92年に『緋(あか)い記憶』で直木賞、2000年に『火怨』で吉川英治文学賞を受賞。

写楽殺人事件(しゃらくさつじんじけん)　新装版(しんそうばん)

高橋克彦(たかはしかつひこ)

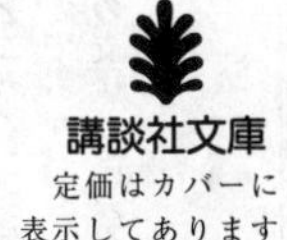

定価はカバーに
表示してあります

2025年1月15日第1刷発行

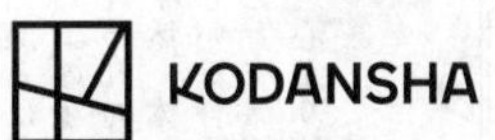

発行者――篠木和久
発行所――株式会社　講談社
東京都文京区音羽2-12-21　〒112-8001
電話　出版（03）5395-3510
　　　販売（03）5395-5817
　　　業務（03）5395-3615

Printed in Japan

デザイン―菊地信義
本文データ制作―講談社デジタル製作
印刷―――株式会社KPSプロダクツ
製本―――加藤製本株式会社

ISBN978-4-06-538159-5

講談社文庫刊行の辞

二十一世紀の到来を目睫に望みながら、われわれはいま、人類史上かつて例を見ない巨大な転換期をむかえようとしている。

世界も、日本も、激動の予兆に対する期待とおののきを内に蔵して、未知の時代に歩み入ろうとしている。このときにあたり、創業の人野間清治の「ナショナル・エデュケイター」への志を現代に甦らせようと意図して、われわれはここに古今の文芸作品はいうまでもなく、ひろく人文・社会・自然の諸科学から東西の名著を網羅する、新しい綜合文庫の発刊を決意した。

激動の転換期はまた断絶の時代である。われわれは戦後二十五年間の出版文化のありかたへの深い反省をこめて、この断絶の時代にあえて人間的な持続を求めようとする。いたずらに浮薄な商業主義のあだ花を追い求めることなく、長期にわたって良書に生命をあたえようとつとめるところにしか、今後の出版文化の真の繁栄はあり得ないと信じるからである。

同時にわれわれはこの綜合文庫の刊行を通じて、人文・社会・自然の諸科学が、結局人間の学にほかならないことを立証しようと願っている。かつて知識とは、「汝自身を知る」ことにつきていた。現代社会の瑣末な情報の氾濫のなかから、力強い知識の源泉を掘り起し、技術文明のただなかに、生きた人間の姿を復活させること。それこそわれわれの切なる希求である。

われわれは権威に盲従せず、俗流に媚びることなく、渾然一体となって日本の「草の根」をかたちづくる若く新しい世代の人々に、心をこめてこの新しい綜合文庫をおくり届けたい。それは知識の泉であるとともに感受性のふるさとであり、もっとも有機的に組織され、社会に開かれた万人のための大学をめざしている。大方の支援と協力を衷心より切望してやまない。

一九七一年七月

野間省一